AF175377

Strengstens erlaubt
Verbieten verboten

Elisabeth Bonner

Biografische Information der Deutschen
Nationalbibliothek:
Die Deutsche Nationalbibliothek verzeichnet diese
Publikation in der Deutschen Nationalbibliografie,
etaillierte bibliografische Daten sind im Internet über
http://dnb.dnb.de abrufbar

© der Originalausgabe 2018
St. Wendalinus Akademie GmbH, St. Wendel
Herstellung und Verlag: BoD-Books on Demand, Norderstedt

ISBN: 978-3-7528-6779-4

Vorwort

Tatsächlich bin ich nicht 9, sondern 18 Monate mit diesem Buch schwanger gegangen. Das ist die doppelte Zeit, die ich eingeplant hatte! In den letzen Monaten bin ich mehrfach von meinen Lesern gefragt worden, wann denn endlich die Fortsetzung von
'Reden ist Silber, Schweigen ist Quatsch'
erscheinen würde, die hätte ich doch angekündigt! Ja, stimmt, hab ich. Aber dadurch, dass ich in meinem 'Unruhe-Stand'(Gegenteil von Ruhestand) noch vielfach gebraucht werde, fehlte mir die Zeit, mein angefangenes Werk zu vollenden. Lehrerinnen und Lehrer sind im Moment Mangelware und so habe ich immer noch das Vergnügen, meinen Beruf ausüben zu dürfen um in **der** Schule, die auch in meinem ersten Buch eine Rolle spielt, Kindern mit Migrations-Hintergrund die deutsche Sprache zu vermitteln. Aber in der letzten Zeit habe ich mich am Riemen gerissen und habe meinen Roman zu Ende geschrieben. Jetzt bin ich glücklich, dass ich bei den letzten Nachfragen endlich sagen konnte: „Ich habe fertig."
'Strengstens erlaubt'
ist zwar tatsächlich eine Fortsetzung von meinem ersten Roman, aber diese Geschichte steht für sich allein und kann ganz unabhängig von der Vorgeschichte gelesen werden. Die Handlung ist nicht frei erfunden, sondern sie stammt ebenfalls aus meinem echten Leben. Die handelnden Personen und deren Namen sind frei erfunden. Es ist jedoch nicht zu vermeiden, dass sich ein Teil dieser Leute wiedererkennen werden, was ja bei der Schilderung einer wahren Begebenheit nicht von der Hand zu weisen ist. Wer sich in einer unangeneh-

men Rolle wiederfindet, der kann sich ja mal Gedanken machen, was er an sich selbst verändern könnte.

Den sogenannten 'guten' Personen kann ich nur zurufen: Weiter so!

Meine 'private Lektorin' Edith hat mir wieder sehr geholfen und mir bescheinigt, dass ich meinem mir eigenen persönlichen Stil treu geblieben bin.

Unser jetziger Bildungsminister ist ein Mann, der Worte in Taten umsetzen kann, und er könnte, wenn er denn das nötige Geld dazu bekäme, der beste Bildungsminister aller Zeiten sein. Aber wie das bei einer GroKo so ist, er bekommt es nicht, das Geld, die Finanzen, die Knete, den Zaster....um seine Visionen alle in die Tat umzusetzen.

Er hat jedoch erreicht, dass in unserem Bundesland die Behinderten-Konvention in die Tat umgesetzt wurde und bei uns das Wort 'Inklusion' kein Fremdwort mehr ist. Er hat auch, nach seinen Kräften, das nötige Personal eingesetzt, das er bekommen konnte. Leider wachsen Lehrerinnen und Lehrer nicht an Bäumen und man kann sie auch nicht aus dem Ärmel schütteln. Es gibt halt im Moment nicht genug davon, wie ich schon erwähnte.

Meine Romanfigur Liz, mit der ich mich selbst hauptsächlich identifiziere, hat in ihrem Berufsleben sehr viel kämpfen müssen, um wenigstens einen Teil dieser Konvention erreichen zu können. Sie hat jedoch ihr Ziel immer im Auge behalten und nie aufgegeben, was ich von meiner Person ebenso behaupten kann.

Meine Romanfigur Anne Herz, auch 'Körnchen' (ehemalige Frau Korny) genannt, ist Mutter von Schulkind Mizzi. Bei ihr erleben wir viel **Herz**blut und Durchsetzungsvermögen, trotzdem und obwohl es mit plötzlich 'viereinhalb, fast fünf' Kindern nicht so einfach ist. Die Lehrerin ihrer Tochter unterstützt Annemit allen ihr zur Verfügung stehenden Mitteln. Ihren neuen Ehemann Eckhard Herz liebt sie heiß und innig. Sogar Hochdeutsch wollte sie für ihn sprechen lernen. Der mag sie jedoch so, wie sie nun mal ist und damit auch ihren 'süßen Dialekt'.

Eine meiner Leserinnen beteuerte, dass sie Schwierigkeiten gehabt hätte, die von Frau Herz verfassten Kapitel zu lesen und was das denn überhaupt für ein Plattdeutsch wäre.

Dazu muss ich sagen, dass es ein Misch-Masch von Dialekten ist. Hessisch-Pfälzisch-Saarländisch, also HPS könnte man ihre Sprache nennen. Deshalb kommen an dieser Stelle noch ein paar Erläuterungen zu meinem selbst erfundenen HPS:

Anne Herz, genannt 'Körnchen', sagt beispielsweise statt 'wir'-'mir', also z.B.:

„Mir könne das net."

In diesem Satz stecken gleich drei ganz typische Sprach-Nuancen:

Endungen bei Verben fehlen meistens:

'könne', statt 'können',

'hawwe', statt haben, und 'net' statt 'nicht' usw.

‚gesacht un gefracht' kommt auch sehr oft vor, ist aber doch leicht zu verstehen, oder?

Statt ‚wir können das auch' – ‚mir könne das ach', also 'ach', statt 'auch'.

g wird öfter mal zu **ch**, z.B.: 'Gelechenheit', statt 'Gelegenheit', 'Kollegen' werden zu 'Kolleche' usw.

Was sehr oft vorkommt ist das Wort 'Kinner' 'hawwe', und 'awwer', was soviel heißt wie 'Kinder', 'haben' 'aber'.

Ich denke, das sind die wichtigsten Erläuterungen zu diesem Dialekt. Außerdem finde ich es leichter als Bayrisch, des könnt ich net lese, ha ha.

Na dann wünsch ich allen meinen Lesern:

„Fui Gfui boim Läsn!" (Ist doch viel schwieriger, oder?)

Kapitel 1
Multi-Tasking

Endlich Ferien!

Ich liege auf der Couch und bin ganz entspannt.

In der linken Hand halte ich den Eckhard Tolle:

'Leben im Jetzt'

Mit der rechten Hand führe ich einen Apfel zum Mund.

Immer noch total entspannt.

Da steht, ich soll nix denken. Ja wie soll ich denn das anstellen, wo mir so viele Gedanken durch den Kopf schießen?! Und das noch alles durcheinander.

Aha. Ich soll mir den ersten Gedanken, der kommt, anschauen.

Ich bin schwanger.

Meine Katze nervt mich.

Die Schule wird geschlossen. Endgültig.

Morgen fliegen wir nach Texas und ich bin immer noch nicht fertig mit Packen.

Halt halt! Das sind doch viel zu viele Gedanken auf einmal!

Jetzt mal sortieren, **Frau Lehrerin**! (So nennt mich meine Mutter, wenn sie mich belehren will.)

Ich wähle einen Gedanken:

'Meine Katze nervt mich'.

Der ist am Einfachsten.

Warum nervt Zorro mich eigentlich? Er liegt ganz friedlich auf meinem Bauch und schnarcht ab und zu genüsslich.

Aber nein. Da steht, ich soll mir einfach nur den Gedanken anschauen und weiter nix.

Ich kann es nicht. Sofort schwirrt der nächste Impuls durch meinen Kopf:

Was habe ich eigentlich gedacht? Ach ja: Meine Katze nervt mich.

Meine Katze nervt mich. Meine Katze nervt mich.

Was für ein blöder Gedanke!

Meine Katze nervt mich - nicht.

Kann ich das loslassen? Na klar. Jetzt bin ich ganz entspannt.

Oh Gott, ich muss noch packen!

Schwupps. Mit einer Hand schiebe ich Zorro von meinem Bauch, mit der anderen den Rest des Apfels in den Mund und mit einem Ruck springe ich von der Couch auf und werfe den Eckhard Tolle auf den Boden.

Morgen im Flugzeug werde ich anfangen im 'Jetzt' zu leben. Heute geht's einfach nicht.

„Bär! Wo bist du?", rufe ich schon in der Aufwärtsbewegung.

„Ich bin hier, Puppe!", schallt's aus der Küche. Gleichzeitig nehme ich den herrlichen Duft wahr. Es riecht nach…..Kichererbsen. Ja genau: Nach Kichererbsen.

Der Bär übt sich neuerdings in der arabischen und asiatischen Küche. Schmeckt alles köstlich.

Unser Sohn Nick hat ihm zu Weihnachten ein wunderschön illustriertes arabisch-asiatisches Kochbuch geschenkt mit unzähligen veganen Rezepten. (Der Bär und ich sind seit Langem Vegetarier).

Fremdartige Gerüche, von den seltensten Gewürzen stammend, schwirren neuerdings durch unser gemütliches Haus.

Ich habe richtig geraten. Es gibt Kichererbsen mit Reis und scharf gewürztem Gemüse.

Mein Mann hat seine Küchen-Schürze umgebunden und pfeift fröhlich vor sich hin. Das tut er immer beim Kochen, der beste Küchenchef der Welt.

„Leg du dich erst mal hin und entspann dich.", hat der Bär zu mir gesagt, als ich von der Schule gekommen bin. „Du siehst müde aus."

Seit ich schwanger bin, stresst mich die Schule ein wenig, obwohl ich jeden einzelnen Tag gerne nach Nickelshausen fahre. Dort steht nämlich meine geliebte Grundschule. Sie soll im Sommer geschlossen werden.

Aber heute hat's ja Ferien gegeben und da war für mich als Schulleiterin noch einiges zu erledigen. Post öffnen, Telefonate führen und Rechnungen einordnen.

Danach haben wir noch im Lehrerzimmer zusammen gesessen. Mit Wehmut haben wir daran gedacht, dass es ja das letzte Mal Osterferien an der Nickelshausener Schule gibt.

Meine Kollegin Hermine hat sogar geweint. Sie hat zeitlebens in dieser Grundschule gearbeitet und kann sich gar nicht vorstellen, dass sie nach den Sommerferien woanders hinfahren soll.

Kollege Vogler sagt, wir sollten uns nicht so anstellen. Abwechslung wäre das halbe Leben.

Ich dagegen kann mich nicht so leicht damit abfinden, dass alles was ich in vier Jahren aufgebaut habe, irgendwie umsonst war.

Am Anfang haben mich die 'Nickels' (Nickelshausener) total abgelehnt. Sie haben mich ununterbrochen und in allen Dingen mit meiner Vorgängerin "Erzengel Bauer" (so nannte ich sie, bevor ich sie wirklich kennen gelernt habe) verglichen. Ich habe mehrmals versucht zu sagen, dass ich Berger und nicht Bauer heiße. Aber das hatte keinen Sinn.

Unermüdlich und ohne zurück zu schauen, habe ich meine Ideen durchgesetzt, zur Freude der Kinder, zum Leidwesen der Eltern.

Ich habe die Hausaufgaben abgeschafft. Dabei verstehe ich gar nicht, warum die Eltern darüber so sauer waren! Die haben doch jetzt zuhause viel weniger Arbeit mit ihren Kindern.

Jeden Morgen gibt es in allen Klassen den Morgenkreis. Die Kinder setzen sich zusammen und erzählen, was sie erlebt haben. Danach besprechen wir den Ablauf des Schultages. Das gibt den Kindern einen festen Rahmen, in dem sie sich selbständig bewegen können.

Erst nach etwa einem Jahr meiner Arbeit als Schulleiterin in Nickelshausen haben die Nickels begriffen, dass das, was ich so mache, gar nicht so schlecht ist. Die Kinder gehen gerne zur Schule und dadurch haben die Eltern auch weniger Stress mit ihnen.

Seit ich mich aber noch gegen die Schulschließungen engagiere, haben mich die Nickels in ihr Herz geschlossen. Jetzt sind plötzlich auch meine "neuen pädagogischen Ideen", wie sie das nennen, ganz in Ordnung. Und sogar die Gründung einer Reformpädagogischen Privatschule wird voll und ganz unterstützt. Kinder und Eltern sind jetzt sehr traurig, dass ihre Schule geschlossen wird und sie nichts mehr daran ändern können.

„Kannst du den Tisch decken?" Damit reißt mich der Bär aus meinen schwermütigen Gedanken.

Sofort setze ich mich in Bewegung und tue, was mein Mann mir aufgetragen hat: Wenn der Bär mich verlassen würde, wüsste ich nicht, wie ich ohne ihn weiterleben soll. Er unterstützt mich, wo er nur kann und das in seiner unauffälligen Art, ganz zu schweigen von seinen

Kochkünsten! Wir sind nun schon über 20 Jahre verheiratet und ich bekomme immer noch Herzklopfen, wenn ich meinen Mann nach ein paar Tagen Flug-Dienst wieder in meine Arme schließen kann.

„Und? Hast du dich ein wenig entspannen können?"

Wir sitzen am gedeckten Tisch und lassen es uns schmecken.

„Wie? Ach ja." Ich komme wieder in die Gegenwart zurück. Ich denke an Eckhard Tolle und daran, wie schwer es ist, in der Gegenwart zu leben. Am liebsten würde ich ja immer mehrere Dinge auf einmal tun. 'Multi tasking' nennt man das heutzutage. Zum Beispiel lesen, dabei Radio hören, vielleicht auch noch dazu Kaffee trinken und einen Apfel essen. Bisher habe ich das als völlig normal betrachtet.

Aber mein Opa, der sehr streng war, hat schon immer zu mir gesagt:

„Was du tust, das tue ganz!"

Damit hat er ja scheinbar Recht gehabt.

„Am Lachen erkennt man die Dummen."

Ist das etwa heute noch ein anerkanntes Sprichwort? Das hat er nämlich auch gesagt, wenn meine Tante Giesi und ich über alles Mögliche gekichert haben.

Wir sind fast gleichaltrig, die Giesi und ich. Bei Oma und Opa war es immer lustig, weil wir beide ziemlich viel Unsinn im Kopf hatten. Es war nie langweilig.

„Schmeckt's dir?", erkundigt sich jetzt der Bär.

„Wunderbar! Fantastisch!" Ich beuge mich zu meinem Mann rüber und küsse ihn auf den Stoppelbart. Uii, das kratzt! Wenn der Bär ein paar Tage frei hat, dann lässt er sich immer einen Dreitagebart wachsen. Er sieht damit wild und verwegen aus, aber es kratzt beim Küssen.

„An was denkst du? Du bist so still."

Stimmt. Ich bin ja am Denken.

„Ich denke an meine Gedanken."

Der Bär guckt mich erstaunt an.

„Wie kann man denn an Gedanken denken?"

Und jetzt erzähle ich meinem Mann, dass ich im Moment den Eckhard Tolle lese und dabei festgestellt habe, dass ich irgendwie gar keinen klaren Gedanken fassen kann. Viel zu viel schwirrt mir durch den Kopf: Es ist ja nicht das erste Mal, dass ich nach Amerika fliege. Nein beileibe nicht. Aber diesmal bin ich schwanger. Außerdem habe ich noch nicht alles gepackt und drittens denke ich daran, ob ich es schaffe, tatsächlich zusammen mit meinen Freunden eine Schule zu gründen. Das wird eine schwere Aufgabe. Zumal ich in meiner 'Babypause' ein Montessori-Diplom absolvieren will.

Die Schule, die wir gründen wollen, soll eine ganz besondere werden. Diese Art von Pädagogik erlaubt dem Kind nämlich, dass es seinen Lernweg selbst wählt. Eigenständig und selbstverantwortlich.

„Ja, das ist alles ganz schön viel, was du dir da vorgenommen hast, Puppe.", meint jetzt auch der Bär.

„Aber ich bin ja auch noch da." Wie schön das klingt! Der Bär hat nämlich die Gabe, mich immer wieder auf den Boden der Tatsachen herunter zu holen. Vor Allem aber kann er mich, egal wie aufgeregt ich bin, trösten und beruhigen. Und das ist unglaublich viel wert. Einen Mann wie meinen findest du nicht an jeder Ecke.

„Vielen Dank für das leckere Essen." Der Bär bekommt noch einen Kuss von mir.

„Jetzt muss ich aber den Koffer fertig packen." Ich stehe auf und bewege mich in Richtung Schlafzimmer.

Ich weiß nicht, wie mein Mann das immer so nebenbei schafft, seinen Koffer zu packen. Ist mir unbegreiflich!

„Puppe", sagte er einmal zu mir „Ich bin's doch gewohnt, meine Koffer zu packen." Stimmt. Er muss ja von Berufs wegen ständig Koffer packen.

„Und außerdem brauch ich nicht mal die Hälfte von dem, was **du** alles einpackst."

Ich reagierte beleidigt:

„Naja, du denkst ja auch nur daran, was **du** mitnehmen musst."

Ich dagegen transportiere in meinem Koffer stets die Geschenke für irgendwelche Leute, die wir besuchen wollen.

Das bringt mich auf eine Idee. Ich lege dem Bär die niedlichen Babysachen für die Zwillinge (unsere zukünftigen Enkel) aufs Bett. Die kann er dann in sein halbleeres Gepäcksstück dazu packen.

Für die nächsten zwei Stunden werde ich jetzt erst mal beschäftigt sein.

Wenn das reicht.

Kapitel 2
Wienerschnitzel

„Do you have anything to declare, Madam?"

Meine Schwiegermutter schaut mich fragend an.

„Hast du was zu verzollen?", übersetze ich.

„Nee.", sagt sie. „No."

Helen grinst den amerikanischen Zollbeamten freundlich an. Er glaubt ihr noch nicht ganz.

„Wienarrrschnitzel?", schiebt er nach.

„Nouu!", antwortet die beste aller Schwiegermütter, jetzt sichtlich empört.

Der Zollbeamte winkt sie ehrfürchtig durch.

Nun kommt meine Mutter dran.

„Wienarrrschnitzel?" Der Officer hat erkannt, dass die beiden älteren Damen zusammengehören. Meine Mutter schüttelt den frisch gefärbten Rotschopf. So still erlebt man sie selten.

Ich bin erstaunt, denn sie hat in den letzten beiden Monaten einen Crash-Kurs in Englisch absolviert.

„Mein 'Engelkind' wird staunen, wenn ich mich mit meinem 'Schwiegerengel' ganz 'fluently' in seiner Muttersprache unterhalten kann!", ließ sie uns wissen.

Zur Hochzeit meiner Tochter Barbara, genannt 'Engelkind', wollte meine Mutter alles verstehen können, was die neue Familie ihrer Enkeltochter so von sich gibt.

Ich habe sie nicht darüber aufgeklärt, dass Texanisch nichts mit Englisch zu tun hat. Diese Erfahrung muss sie einfach selbst machen. Und es ist ja auch nie zu spät, eine neue Sprache zu erlernen, oder?

Jedenfalls im Augenblick ist meine Mutter sprachlos und irgendwie blass im Gesicht. Als der Zollbeamte Mama gnädig entlässt, scheint sie erleichtert.

Papa und mein geliebter Ehemann Bertram haben die 'Immigration-Tortur' schon hinter sich und warten auf die beiden Damen, die völlig entnervt wirken.

„Das Land der begrenzten Unmöglichkeiten", wie Papa die USA nennt, hat sich uns schon bei der Ankunft nicht gerade von seiner Schokoladenseite gezeigt:

Du hast einen zwölfstündigen Flug hinter dir, bist völlig erschöpft und gleichzeitig aufgekratzt. Jetzt stehst du seit zwei Stunden in einer unendlichen Schlange, du möchtest dich am liebsten auf einem der nächstbesten Wartesitzreihen ausstrecken und einfach nur schlafen. Aber das geht nicht, denn die Schlange bewegt sich langsam und gemächlich immer weiter voran und du kannst dich garnicht hinlegen. Zuhause wäre es ja jetzt schon tiefe Nacht. So geht's mir jedenfalls im Augenblick durch den Kopf.

Endlich bin ich an der Reihe. Mein texanisches Englisch ist perfekt. Immerhin habe ich zwei Jahre in dieser Stadt gelebt, in der wir gerade angekommen sind. Ich stelle mich aber dumm. So, als wäre mir diese Sprache völlig unbekannt. Vielleicht lassen die mich dann in Ruhe und winken mich sofort durch.

Njettt! Ich muss meinen Koffer komplett ausräumen. Selbst meine nagelneue Unterwäsche wird genauestens begutachtet. Es könnten sich ja irgendwelche 'Drugs' darin verbergen. Ist das peinlich! Diese Unterwäsche ist nicht für die Augen der Allgemeinheit gedacht, sondern einzig und allein für die von Bertram. (Der Bär hat sie nämlich noch nicht gesehen.)

„Where will you spent your stay in Dallas?"

Aber die Adresse habe ich doch auf dem Immigration-Antrag einsetzen müssen! Mit dem Zeigefinger deute ich auf den Namen und die Adresse der zukünftigen Schwiegereltern meiner Tochter Barbara:

Robert & Linda Brownings
Austin Street 2
Dallas, Texas

„Are you sure?"

Und ob ich sicher bin! Der glaubt mir nicht.

„THE Brownings?"

„Yes.", sage ich und gleichzeitig geht mir durch den Kopf, dass die Brownings zwar reich sind, aber dass sie derart prominent sind, hätte ich nicht erwartet.

Der Zollbeamte greift zum Telefon. Jetzt reicht's!

„You don't have to call them. They are here to pick us up.", entfährt es mir.

Nun ist der Officer doch sichtlich erstaunt.

„Your English is perfekt, Lady. Do you have a Cellphone-Number of the Brownings?"

Der glaubt mir immer noch nicht. Ich gebe ihm Bob's Handy-Nummer.

Mein zukünftiger Schwiegersohn ist Allein-Erbe des Browing-Imperiums. Als ich das erste Mal von Bob und seiner Familie hörte, musste ich sofort an diese Fernseh-Serie denken, wo einer den anderen ständig austricksen wollte. Deshalb dachte ich anfangs auch, dass Bob mit Nachnamen 'Ewing' heißen würde und dass er zu einer dieser rücksichtslosen Familien gehören würde.

Na bitte! Bob meldet sich sofort. Nun geht alles ganz schnell. Der Officer wird jetzt ausgesprochen freundlich. Nun muss ich nur noch meinen obligatorischen Fingerabdruck machen und dann wünscht er mir einen „very nice stay in Dallas" und entlässt mich in die Freiheit.

Endlich endlich (!) kann ich meine geliebte Tochter in die Arme schließen! Gleich danach begutachten wir uns gegenseitig im Hinblick auf unsere Wölbungen im Bereich der Körpermitte.

Mittlerweile habe ich mich ja schon an den Gedanken gewöhnt, dass ich Großmutter und gleichzeitig selbst Mutter werde.

Weder bei Barbara, noch bei mir zeigt sich bis jetzt, dass wir im dritten Monat schwanger sind. Meine Tochter bekommt zuerst feuchte Augen und dann fangen wir beide an zu weinen. Das kann Papa nicht mit ansehen.

„Sagt das Fritzchen zu seiner Mutter: ‚Mama, ich will nicht nach Amerika'. Da sagt die Mama: …"

„Halt's Maul und schwimm weiter!'. Papa, den Witz kennt jeder!"

Und schon habe ich meine Fassung wiedererlangt. Barbara lacht jetzt auch erleichtert. Sie möchte sich ja freuen und nicht weinen. Ich persönlich habe sehr nah ans Wasser gebaut und bin in meiner Familie dafür bekannt.

„Wein du ruhig!", sagte meine Mama immer, als ich ein Kind war. „Dann ist's raus."

Das Weinerliche kommt aus meiner Familie mütterlicherseits. Mama meint, dass ihr Opa immer sehr zu Tränen gerührt war, wenn die Familie in die Pfalz kam, um ihn zu besuchen. Der Ur-Opa Georg hat diese Eigenschaft fast an die ganze Familie weitervererbt, sagt Mama.

Jetzt entdecke ich auch meinen Fast-Schwiegersohn, der immer noch sein 'Smart-Phone' in der Hand hält. Er breitet die Arme aus und gleichzeitig fällt das Phone aus seiner Hand. Mama und ich wollen gleichzeitig in seine Arme fliegen, Barbara bückt sich nach dem Handy und eine sogenannte Kettenreaktion nimmt ihren Lauf: Ich stolpere über Barbara's Hand, Mama stößt mit mir zusammen und zum Schluss liegen wir alle drei auf dem Boden. Mama stößt einen ihrer hysterischen Schreie aus, bei denen sich die ganze Familie immer fürchterlich erschrickt. So ist es auch jetzt. Barbara ist die Erste, die sich erholt hat. Sie fängt an, laut zu lachen. Mama stimmt ein und als ich sehe, dass niemand um mich herum verletzt ist, knuffe ich meine Mutter in die Seite und platze heraus mit dem Satz:

„Alter vor Schönheit!" Nun lachen alle, selbst die Gruppe von Amerikanern, die sich um uns herum geschart hat, obwohl die Leute kein Wort verstanden haben.

Der charmante Bob hat Mama aufgeholfen, Barbara und ich sind schon längst wieder auf den Beinen. Mama ist ganz vernarrt in Bob, obwohl ich finde, sie ist viel zu alt dazu. Ich selbst bin schließlich erst Neunundvierzig Jahre alt. Das geht doch noch, oder? Mein Schwiegersohn in Spe ist viel attraktiver als der Bobby Ewing, den ich von dieser Fernseh-Serie her kenne.

Jetzt setzt sich unsere kleine Gruppe endlich in Bewegung, nachdem Bob auch mich in seine Arme geschlossen hat.

„Mum, du weerst immer more beautiful!"

Das Gleiche hat er vorher zu meiner Mutter gesagt, dieser Charmeur! Beide haben wir es gerne gehört. Wenn man's so nimmt: Meine Mutter sieht mit ihren zweiundsiebzig Jahren auch noch akzeptabel aus, wie ich finde. Und solange meine Kinder aus der zweiten Klasse noch manchmal aus Versehen 'Mama' zu mir sagen, fühle ich mich selbst auch noch so jung, dass ich nochmal Mama werden kann.

Vor dem Terminal hält eine Limousine, wie man sie als Staatskarosse aus berühmten Filmen kennt. Ich denke noch: ‚Wie kann man bloß mit so einer Karre fahren‘, da bleibt Bob direkt neben dem Luxus-Schlitten stehen und spricht mit dem darin sitzenden, uniformierten Fahrer des Wagens. Dieser springt sogleich raus und verbeugt sich vor uns. Du lieber Gott, wie sollen wir denn da rein steigen? Der liegt ja noch tiefer als mein MX5!

Papa und Bär sind sofort in ein Gespräch mit dem freundlichen Fahrer verwickelt. Sie wollen wissen, wie viel Hubraum, PS usw. die Karre hat. Der uniformierte Fahrer gibt freudig Auskunft. Typisch Männer!

Bob ist mit Barbara und Helen schon in dem groß-zügigen Inneren verschwunden. Ich stehe noch hier und kann's echt nicht fassen: Unser Kind macht tatsächlich eine gute Partie, wie man so sagt. Im Wageninneren sitzt man sich gegenüber. Zwischen den Sitzbänken befindet sich eine Bar, aus der Bob gerade für jeden von uns ein kühles Getränk namens 'ice-tea' mit vielen Eis-würfeln zaubert. Unfassbar!

Zwischen dem Fahrer, der jetzt seinen Platz eingenommen hat und uns befindet sich ein Fernseher, der sogar eingeschaltet ist. Ein Golfspieler locht gerade ein, inmitten zahlreicher Zuschauer und unter großem Applaus.

Mama sagt zu Helen:

„Ein Glück, dass wir unseren Koffer nicht auspacken mussten."

Zu Barbara hingewandt meint Helen doch tatsächlich:

„Ja, Kind, dann hätten wir die ganzen Fleischwürste, die wir beide im Koffer für dich mitgebracht haben, bestimmt abgeben müssen."

Barbara und ich schauen uns entsetzt an:

„Und was habt ihr noch so alles in eurem Gepäck durch den Zoll geschwindelt??", fragt meine Tochter grinsend.

„Bestimmt keine Wienerschnitzel und so haben wir ja auch nicht gelogen.", meint meine Mutter in ihrer unschuldigen Weise mit bezaubernder Logik.

„Ich hab so getan, als könnte ich kein Wort Englisch."

Barbara ist erstaunt:

„Aber Omi, du kannst doch auch kein Englisch."

Jetzt strahlt meine Mutter über das ganze Gesicht.

„Oh doch! Ich habe einen Kurs absolviert, nur für Bob und seine Familie hab ich das getan."

Barbara grinst. Bestimmt denkt sie genau wie ich an den texanischen Slang, den wirklich kein Mensch verstehen kann.

„Super, Omi! Dann kannst du dich ja jetzt mit den Leuten hier unterhalten."

„Das will ich meinen", sagt meine Mutter mit geschwellter Brust."

Die Männer tun so als ob sie das Fahren in einem solchen Amischlitten schon oft erlebt hätten und unterhalten sich über den Trick, wie man Eis aus der 'Ice-Cubes-Machine' zaubert.

Ich selbst bin noch komplett sprachlos und merke gerade, dass ich wieder zurück in den USA bin. Sehr viel hat sich hier nicht verändert: Die verspiegelten Hochhäuser stehen noch immer, (Es sind sogar etliche mehr dazu gekommen.) und rundherum die ganzen Leuchtreklamen sind scheinbar auch noch nicht aus der Mode. Gerade eben passieren wir das ‚good old' Dallas Cowboys-Football-Stadion.

Der Bär (so nenne ich meinen Mann, weil ich Bertram in der Tram kennengelernt habe: Bär-Tram=Ber-tram), ist hier in Texas zum 'Fighter-Pilot' ausgebildet worden. Damals ist er mit unserem Sohn Nick mehrmals hier gewesen um die Dallas-Cowboys zu sehen.

Allmählich nähern wir uns dem Stadtrand von Dallas. Der Wagen biegt in eine Seitenstraße ein, wo sich uns eine breite Baumallee öffnet. Mama findet die Sprache wieder:

„Ich bin sprachlos!", murmelt sie, und: „Wo sind wir hier?", fragt sie tatsächlich zu meiner Schwiegermutter hin gewandt. Die zieht die Schultern hoch und guckt ziemlich dümmlich. „Das sieht aus, wie ein Wald."

„Kennt ihr den Witz, wo der Förster die Nonne mitten im Wald trifft und sagt…"

„Papa! Der ist echt nicht stubenrein!"

Ich kenne fast alle von Papa's Witzen. Dieser hier passt jetzt aber überhaupt nicht, zumal der Wagen gerade in eine große, von üppigen Bäumen gesäumte Einfahrt biegt. Vor uns steht eine atemberaubend schöne Villa im viktorianischen Stil, inmitten von riesigen Palmen und blühenden Büschen. Unvorstellbar!

„Das kann nicht wahr sein!" Mama ist überwältigt. Selbst Papa und Bertram sind jetzt stumm.

Bob unterbricht nun das Schweigen:

„Ladies and Gentlemen! We sind zurhause."

Er hat einen so süßen Akzent, der Junge! Ich könnte ihm stundenlang zuhören. Aber jetzt müssen wir alle aussteigen. Barbara flüstert mir zu:

„Mama, mach deinen Mund zu! Hier gibt's gefährliche Fliegen." Dieses freche Kind!

Kapitel 3
Körnchen und das neue Leben

Ich kann's net fasse, es sin schon Osterferien. Unser schön Schul gibt's nur noch drei Monate lang und dann is Finito. Mei Mizzi kommt ins dritte Schuljahr un muss dann nach Marieberch in die Schul mit'm Bus.

Es is unvorstellbar, dass ab August hier kei Schul mehr existiert. Awwer diese Schildbürger hawwe's geschafft: In Marieberch wird neu gebaut un unser schön Schul wird verrotte gelasse. Is das net e Schand, gell? Unser Kinner sin untröstlich. Sie liebe ihr Lehrerin, die Frau Berger. Die is jetzt schwanger un hat sich für zwei Jahr von de Schul abgemeldet. Awwer mir hawwe'n Super-Plan:

In die leer Schul soll unser Privatschul reinkomme un dann komme unser Kinner all wieder zurück. Des sache zumindest die Nickels.

Die Nickels, das sin die Leut aus Nickelshausen.

Mir wolle die Frau Berger all unnerstütze bei ihrem Vorhaben, e neu Schul zu gründe. Die Frau Berger hat sich zu 'nem Diplom angemeldet, wo sie so'ne besonnere Pädagogik studiert: Montessuri oder wie des heißt. Is jedenfalls für die Kinner was ganz Besonneres.

Mei Mann, der Ecki, sacht, dass die Motessuri-Pädagogik e Pädagogik is, die vom Kind ausgeht.

„Das wird für unseren 'Neuen' genau das Richtige sein.", sacht er.

'Der Neue', der is noch bisher garnet gebore un hat noch kei Name. Ich weiß ja überhaupt net, was es is. Im dritte Monat kann mer des noch net so richtig sehe. Der Ecki is awwer ganz verrückt mit dem Föti (so nenn ich ihn) un hält jede Tach des Ohr an mein Bauch und sacht:

„Hey Neuer! Wie geht's?" Dann sach ich selbst:

„Hey Papa, ich kann doch noch net spreche! Wart's doch ab, bis des so weit is!"

Der macht mich ganz kirre, mein Ecki. Erst vor drei Tache hawwe mir geheirat un jetzt heiß ich net mehr Frau Korny sondern Frau Herz. Trotzdem nennt mich mei verliebter Ecki immer noch 'Körnchen'. Des gefällt ihm besser als Anne, so heiß ich nämlich mit Vorname. Damit die Mizzi un der Mattis, mei eichene Kinner, sich net ausgeschlosse fühle, will der Ecki die zwei adoptiere. Des find ich ganz großartich, gell?! Mei Mann hat selbst zwei Kinner un die gehöre jetzt auch zu uns, wenn se net grad bei ihrer Mama sin, der Fritzi un die Anna.

Die Anna kommt ins erste Schuljahr un muss schon mit'm Bus in die Marieberher Schul fahre, awwer die Mizzi wird die dann schon unner die Fittiche nehme. Die braucht kei Angst zu hawwe, die Anna. Die hat ja jetzt e groß Schwester.

Wenn mer des so richtich durchzählt, dann sin des fünf Kinner. Also, des fünfte is ja noch unnerwegs, awwer des kommt! Mir zähle dann echt zu de kinnerreichste Familie im Dorf.

„Das ist der Hammer!", sacht die Mizzi „Jetzt hab ich auf einen Schlag drei Geschwister **mehr**."

Die zählt den Föti ach schon mit un der Mattis, mei Ältester, sacht zu der Mizzi:

„Jetzt wart doch erst mal ab, ob das klappt mit dem dritten! Ist doch gar nicht klar, ob das überhaupt was wird. Bis jetzt sieht man noch nichts davon."

Na, des klingt echt ermutichend. Der Mattis is grad mitte in der Pubertät un der versucht sei Schwester hinne un vorne zu ärchere. Gottseidank bin ich selbst net so empfindlich. Ich mach mir nix aus dem Mattis seine freche Kommentare. Er is ja sonst'n netter Kerl.

In der Schul läuft's jetzt ach wieder besser, seit ich den Ecki kenn. Des tut dem Mattis gut, dass er jetzt widder'n Mann in der Familich hat. Der Ecki hat sich von Anfang an ganz doll um den Mattis gekümmert un immer viel Verständnis für dem sei Pupertäts-Anfälle gehabt.

Als Doktor musst der Ecki auch Psychologie lerne, damit er bessere Diagnose stelle kann, sacht er.

Der Mattis hat's seinem eigene Papa nie verziehe, dass der uns so einfach hat sitze lasse. Ich musst mit dem Mattis sogar zum Seeleklemptner gehe, so schlimm war des. Des Kind wollt sei Baba mit de Wasserpistol erschieße. Dass des net geht, wusst der ja net, der Mattis.

Der Ecki, der hat jetzt ach widder mehr Zeit für uns, sei Familich. Er hat'n neuen Kompaniong.

Des is der Frau Berger ihr Mann, der is Arzt **un** Pilot. Die ganz Zeit is der geflode. Der is Rettungspilot un Doktor zugleich, gell? Des is für die Firma von dem Herrn Berger praktisch, weil die dann zwei Fliege mit einer Klapp schlage. Jetzt fliegt der Herr Berger awwer nur noch zwei Mal im Monat. Im nächste Jahr will er ganz uffhöre, hat er gesacht. Von einem Tach uff de annere ging des leider net, deshalb muss die Frau Berger noch durchhalte.

Die zwei sin mit der ganz Familich nach Dallas geflode wo die Tochter von der Frau Berger in de Osterferie heirat. Heilicher Bimbam, des muss die reichste Familich von Dallas sein, wo die Tochter einheirat.

So wie die von meiner Lieblings-Serie 'Dallas', die wo ich immer als Kind heimlich geguckt hab, wenn mei Eltern net da ware. Die hawwe gesacht, so'n Scheiß soll ich net gugge, des wär totaler Humbuch. Awwer ich hab jed Gelechenheit genutzt un hab's genosse, zu sehe wie die Schöne un Reiche sich die Köpp einschlage.

S'is wahr: Je reicher mer is, desdo mehr will mer hawwe, gell?

„Hoffentlich sin die Schwiecher-Eltern von der Braut net genauso! Des würd ich der Tochter von de Liz Berger net wünsche. Ich bin gespannt, was die erzähle wenn se widder heimkomme.", hab ich zum Ecki gesacht. „Des wird bestimmt e bombastisch Hochzeit!"

Der Sohn von der Liz (mir duze uns, seit unser Männer Kolleche sin), der konnt net mitfliege, weil der in der Uni 'n wichtich Arbeit schreibt.

Des war für die Liz net so schön. Sie hätt gern die komplett Familich dabei gehabt. Ihr Schwester, die is heut morche mit ihrem Mann nach Dallas gefloge. Die musst noch arbeite. Die hat ja'n eichene Lade, gell? Da kann mer net so einfach fortfliege, wie's einem gefällt. Awwer se komme noch grad ein Tach vor der Hochzeit an, dass se mitfeiern könne.

Du lieber Heiland, was e Familich! Die Liz hat erzählt, dass des e riesich Hochzeit wird, mit Hunnerte von Leut. Bin wirklich gespannt, was se so erzählt, wenn se heimkommt, die Liz.

Kapitel 4
Hochzeit auf Amerikanisch

„Mama, das Zeug, was du dir immer so ins Gesicht schmierst, ich meine, dieses Arganöl. Das scheint tatsächlich was zu nutzen."

Ich denke: Nanu, was kommt jetzt? Meine Tochter verspottet mich doch sonst immer wegen meiner wertvollen Naturkosmetik.

„Fragt mich doch tatsächlich Bob's bester Freund Fred: ‚What a pretty sister you have! How old is she?' Ich konnt's nicht glauben. Meine Mama wird für meine Schwester gehalten! Den hab ich gleich aufgeklärt."

„Vielen Dank, mein Schatz, dass du mir erspart hast, diesen Fred selbst aufklären zu müssen."

Trotzdem fühle ich mich ein wenig geschmeichelt. Ich drücke meine Barbara ganz fest. Sie sieht fantastisch aus in ihrem tollen Brautkleid.

„Heute bist **du** die Schönste. Aber nun müssen wir uns beeilen. Sie warten schon alle auf uns. Dein Vater ist ganz aufgeregt, denn er muss dich gleich zum Trau-Altar führen."

Und wir beide stolzieren mit erhobenem Kopf die breite Treppe im Hause der Brownings herunter, damit der Bär unsere Tochter hinaus zu ihrem Bräutigam führen kann, der bereits am sogenannten 'Wedding'-Altar im Garten der Brownings auf seine Braut wartet.

Meine Schwester Julia und ihr Mann Thomas sind gestern noch mit der letzten Maschine vor dem großen Lufthansa-Streik angekommen. Wir haben alle aufgeatmet als sie tatsächlich ankamen.

Barbara und ich sind mit der Staatskarosse plus Fahrer (diesmal ein anderer) zum Dallas-Airport kutschiert und ich durfte miterleben, wie meiner Schwester ebenfalls der Mund offenstand, als wir nach der Ankunft an unserem 'Taxi' ankamen.

„Du musst jetzt einsteigen!", sag ich zu ihr, „Sonst verpassen wir morgen die Vermählung." Und: „Mach den Mund zu, hier gibt's gefährliche Fliegen."

Das war gemein, ich weiß. Zumal dieser Spruch nicht von mir stammt. Das Lustige war: Thomas hat dem Fahrer dieselben Fragen gestellt über den Amischlitten, wie Papa und Bertram gestern.

Einen Ice-Tea wollten nur Thomas, Barbara und ich. Julia lehnt grundsätzlich Eis in ihrem Getränk ab.

Sie sagt, dass der Magen das Ganze dann auf 36°C Körper-Temperatur hoch heizen muss und der Körper damit zu viel Energie verschwendet.

Was die alles weiß, die Kleine! Sie führt bei uns im Ort einen Bio-Laden. Der läuft richtig gut. Julia hat sich auch im Hinblick auf die Ernährung tüchtig weitergebildet. Von ihr kann selbst ICH noch eine Menge lernen. Und das will was heißen, denn ich gelte in meiner Familie als Gesundheits-Apostel. Vor allem bei Papa.

„Du wirst noch 100 Jahre alt, meine Tochter. Ich werde an deinem Grab tüchtig weinen.", sagt er immer zu mir, wenn ich ihm einen Gesundheits-Tipp geben will.

Auf der Fahrt zu den Brownings erklärten Barbara und ich den beiden Neuankömmlingen, was sie von Dallas wissen müssen. Ich merkte gar nicht, dass Thomas eingeschlafen war. Der wurde erst wach, als Julia ihm ins Ohr brüllte:

„Hey Thoooomas! Wir sind daaa!" Von der Pracht des Hauses Browning und der Schönheit des Gartens waren die beiden genau so überwältigt wie wir alle.

Die gefährlichen Fliegen habe ich aber nicht mehr erwähnt.

Julia und Thomas wurden auch sogleich von Linda und den 'Bobs' Senior und Junior genau so herzlich in Empfang genommen wie wir zwei Tage zuvor.

Kapitel 5
Ein Sprung ins Wasser und seine Folgen

Also ich sach's doch immer widder, dass die Mizzi uffpasse soll, wenn se was macht, was se noch nie gemacht hat.

Alle Mann ware mer im Schwimmbad un hawwe echt Spaß gehabt. Bis die Mizzi sacht, se spring jetzt vom Drei-Meter-Brett. Ich sach noch:

„Mensch Kind, des haste doch noch nie gemacht! Pass bloß uff, des is net ungefährlich!"

Un was passiert? Se hat üwwerhaup net uffgepasst un hat'n echte Bauch-Platscher hingelecht un jetzt liecht se im Krankehaus mit zwei gebrochene Rippe un e Menge Prellunge. Un des in de Osterferie! Der Ecki hat se erstversorcht und dann de Krankewage gerufe. Se hat am Kopp ach noch'n Platzwund gehabt. Des hat geblut wie'n Schwein un ich hab geheult wie'n Schlosshund bis mei Mann mir an de Backe geschlage hat un gesacht hat, ich soll mich net so anstelle, des würd alles nur noch schlimmer mache.

Also gell! An de Backe! Des hat mich dann noch wütender gemacht. Wie ich awwer den Blick vom Ecki gesehe hab, bin ich ganz schnell ruhig geworde.

Ich musst ja mei Mizzi im Krankewage begleite un se beruhige. Des geht net, wenn mer so uffgeregt is, wie ich des war.

Im Krankehaus hawwe se dann gesacht, dass des Kind dort bleiwe müsst, bis se die Schmerze unner Kontroll hawwe.

Die Mizzi war noch nie im Krankehaus un wollt ach garnet bleibe. Awwer dann is der Ecki ins Krankehaus nachgekomme un hat ihr alles erklärt un gezeicht, was se mit ihr mache wolle dort, un dann war se beruhigt. Ich war ach beruhigt, weil ich jetzt wusst, dass mei Kind net lebensgefährlich verletzt is.

Inzwische hatte se die Mizzi nämlich geröncht un gesacht, dass zwei Rippe gebroche wäre un dass um die Rippe rum alles geprellt wär. Die Platzwund hawwe se versorcht gehabt. Jetzt hat des Kind net mehr so schlimm ausgesehe, wie im Schwimmbad. Wenn ich Blut seh, dann krich ich Panik un bin völlich unfähich, irgendwas zu unnernemme. Gottseidank war mei Mann debei, sonst wär die Mizzi verblut'. Ich hätt nix mache könne, gell!

Der Ecki sacht zu mir, dass ich mir als Sprechstunden-Hilfe des abgewöhne müsst. Ich würd in Zukunft öfter mit Blut konfrontiert werde. Was wär, wenn ich dann so durchdrehe würd, wie heut? Nä, ich bin mir sicher, dass wenn des niemand aus der Familich is, des kei Problem für mich wär.

Jetzt simmer daheim un ich vermiss des Kind schon! Hoffentlich musse net so lang bleibe! Mei Mann sacht, des kann schon drei vier Tach dauere, bis die die Mizzi entlasse. Der meint, dasse des schon aushalte würd, weil se so an allem interessiert is.

S'klingelt an der Haustür.

Der Till steht vor der Tür.

„Komm rein, Till!", sach ich un kämpf schon widder mit de Träne. Der Till fracht:

„Wo ist denn die Mizzi? Ich warte schon die ganze Zeit auf die. Wir wollten doch heute noch 'ne Fahrrad-Tour machen."

„Die liegt im Krankenhaus.", kommts von hinner mir aus dem Mund vom Mattis.

Dem Till bleibt de Mund offestehe. Un jetzt erklärt der Mattis ganz umfangreich, was der Mizzi heut passiert is un warum se im Krankehaus liecht. Des hätt ich dem Bub garnet zugetraut!

Uff jede Fall hat der des besser erklärt, wie ich's je gekonnt hätt. Wenn der Mattis des Abitur schafft, könnt der glatt Doktor werde!

Der Till, des is der Mizzi ihr bester Freund un Klassekamerad. Die zwei mache fast alles zusamme. Früher, da war die Mama vom Till mei best **Feindin**. Dann hawwe mir zwei'n richtige Streit gehabt, weil ich den Till zur Gemeinderats-Sitzung mitgenomme hab, obwohl ich net die offizielle Erlaubnis dazu gehabt hab. Der Till wollt unbedingt mit uns in die entscheidende Sitzung gehe, wo's um die Schließung von unserer Grundschul ging, weil sei Mama krank im Bett gelege hat. Des hat der awwer nur gedacht:

Wie mer aus'm Auto ausgestiege sin, steicht gleichzeitig die Magdalena aus, die Mama vom Till. Dann is die fast ausgeflippt, weil der Till auch da war. Se hat mich angebrüllt, se wusst ja net, dass ich versucht hab, se anzurufe un ihr zu sache, dass des Kind mit uns fährt. Awwer des hat der Till ihr dann an de Kopp geschmisse, dass se geloge hätt und dass se garnet krank wär.

Nach der Sitzung hat die Magdalena sich dann in aller Form bei mir entschuldigt un seither sinn mir Zwei Freundinne. Des Witziche is, dass die Magdalena ach schwanger is. Des hat sich später rausgestellt, awwer die is schon im Vierte.

„Dann fahr ich morgen mit ins Krankenhaus zur Mizzi.", stellt der Till jetzt fest, ohne zu frache, ob ich ihn ach mitnehme möcht. Un der Mattis sacht:

„Und ich mach jetzt gleich mit dir die Rad-Tour, einver-standen?"

Der Till strahlt üwwer's ganze Gesicht. Die Zwei sin grad abgezischt. Echt Klasse!

Mei Mattis! Der macht sich allmählich! Is zwar noch immer in der Pubertät awwer trotzdem net total un-empfindlich gege die Gefühle von Annere. Ich bin richtich stolz uff den Bub! Die Magdalena ruf ich jetzt an un sach der, was uns heut passiert is un dass der Mattis mit dem Till die Rad-Tour macht. Des muss se ja wisse, gell?"

Hab sowieso Zeit zum Telefoniere, weil der Ecki mit der Anna un dem Frizzi zu seiner Ex gefahre is, weil die die Kinner üwwer's Wochenend hawwe will. Sonst hat'se kei Zeit, weil se nächstens so viel Konzerte zu gewwe hat. Die is nämlich Pianistin un hat wenich Zeit für ihr Kinner. Deshalb sin der Ecki un sei Ex ach net ver-kracht, gell? Die hawwe sich arrangschiert. Ich hab mit meinem Ex üwwerhaupt kei Kontakt mehr, awwer der Mattis geht ab un zu seiner Oma un dann trifft der manchmal sein Papa.

Nachdem der Mattis beim Seele-Klemptner war, hat der sich ach beruhigt un will sei Erzeuger ach net mehr erschieße. Ab un zu spreche se zwei drei Sätz zusamme, des is awwer ach alles.

Der Frank hat jetzt widder geheirat. Die Kinner-gärtnerin von der Mizzi. Die Meggi hat net nur uff die Mizzi uffgepasst, se hat ach immer, wenn mei Ex sei Tochter vom Kinnergarte abgeholt hat ganz doll uff den Frank uffgepasst. Deshalb is der ja ach immer so spät heimgekomme, wenn der des Kind abgeholt hat.

Awwer des is jetzt Schnee von gestern, wie mer so schön sacht. Ich hab deshalb jetzt'n Ehemann, der mich uff Hände trägt.

Vielleicht hat des alles so komme müsse? Ich bin eichentlich net schadefroh, awwer dem Frank sei Meggi, die is ganz schön dick geworde seit die zwei geheirat hawwe. Nä, des soll mer net sein! Näää, ich bin üwwerhaupt net schadefroh, gell?!

Der Frank hat mich nie in de Arm genomme oder geküsst, als mir noch verheirat ware. Nur wenn er was Bestimmtes von mir wollt.

Des is mit dem Ecki jetzt echt ganz annerst. Der sacht mir jede Tach, dass er mich liebt un dass ich gut aussehe würd. Langsam glaub ich des selbst. Is ja ach net verkehrt, gell?

Kapitel 6
Feiern auf Amerikanisch

Das war die schönste Hochzeit, die ich je erlebt habe. Gerade wurden unsere beiden Kinder im Garten der Brownings vermählt. Ein katholischer Pastor ist gekommen, um die Trauung zu celebrieren. Meine Mama, die sehr katholisch ist, hat soeben vor Rührung laut geweint.

Ich hab sie angerempelt und gesagt:

„Mensch Mutti, heul doch nicht!", und dabei sind mir dann selbst die Tränen gekommen. Da knufft mich der Bär in die Flanke und sagt:

„Mensch Puppe, jetzt heul doch nicht! Schau mal, die Brownings sind doch auch alle noch trocken um die Augen. Und sogar deine eigene Schwester lächelt."

Aber da hat sich mein Bär jedoch gewaltig getäuscht. Ich **hab** hingeschaut und gesehen, wie die Tränchen bei der Linda nur so runterkullern.

„Du solltest mal deine Augen untersuchen lassen, Bär!"

„Oh hm, sorry! Heul ruhig weiter! Du fällst nicht auf.", hat mir der Bär ins Ohr geflüstert. Er hat es dann auch wahrgenommen:

Alle amerikanischen Familienmitglieder waren sogar laut am Schluchzen. Am schlimmsten war es bei der 'Granny'. Sie ist die dritte Frau von Grandpa John und sie heißt Marilyn. Ich glaube, sie ist jünger als Bob's Mama Linda.

„Oh my god! This is sooo beautiful!", hat sie laut geheult. „Such a wonderful bride!" und dann wieder: „Oh my god!"

Der arme Bob wird wohl neben Barbara überhaupt nicht so richtig wahrgenommen, obwohl er in seinem dunkelblauen Smoking und dem weißen Hemd auch nicht schlecht aussieht.

Ich wusste gar nicht, dass Barbara auch in den Augen der anderen so 'beautiful' ist, wie ich sie sehe, denn die eigenen Kinder sind immer die Schönsten.

Es ist ja erstaunlich, dass man bei Barbara noch nichts von einer Schwangerschaft sieht, obwohl sie Zwillinge erwartet.

Gleich zwei Nachkommen auf einmal! Darauf sind die Brownings mächtig stolz. Sie hoffen auf Jungs. Die können dann das Browning-Imperium weiterführen, meint Bobs Vater. Über diese Äußerung hat meiner Tochter sich übrigens fürchterlich aufgeregt.

„Ich bin doch keine Gebärmaschine!", hat sie sich beschwert. Gottseidank haben Bob-Senior und seine Frau Linda das Wort 'Gebärmaschine' nicht verstanden, denn sie nehmen an, dass Barbara genau so denkt wie sie.

„Die dachten, ich würde mich darüber aufregen, dass ich Zwillinge bekomme."

Viele Namen brauch ich mir in dieser Familie ja nicht zu merken, denn die Männer in der Familie heißen alle Bob, was auf Deutsch Robert heißt. So heißt auch mein Vater.

Ich bin so froh, dass meine Schwester es noch geschafft hat, mit ihrem Mann Thomas zu kommen. So ein Streik bei der Lufthansa kann nämlich Wochen dauern.

Bob's Eltern sind wirklich sehr nett und man merkt ihnen ihren Reichtum auf den ersten Blick nicht an. Wenn man sich die Leute jedoch genauer ansieht, dann kann man feststellen, dass die Kleider, die sie tragen vom Feinsten sind und dass Linda schon einmal geliftet worden ist, weiß ich von Barbara.

„Das ist hier so üblich bei den Amerikanerinnen", klärte meine Tochter mich auf, als ich sie nach dem Alter von Linda gefragt habe und erfahren habe, dass sie nur zwei Jahre jünger ist, wie ich.

Granny Marilyn's Gesicht ist bestimmt schon dreimal korrigiert worden. Es sieht beim Lachen so verzerrt aus.

„Du brauchst nicht neidisch zu sein.", sagte der Bär gestern zu mir, als ich diese Vermutung ihm gegenüber äußerte.

„Dasselbe haben mich Bob's Freund und seine Schwester Carla auch gefragt, aber auf dich bezogen."

„Vielleicht ist dieser Freund von Bob ja kurzsichtig?". Ist nur so'ne Vermutung von mir.

Die Freundschaft und Verwandschaft der Brownings ist ziemlich groß und alle machen mir Komplimente als sie erfahren, dass ich Barbara's Mutter bin. Typisch Amerikaner! Die entschuldigen sich sogar, wenn man sie anrempelt, so höflich sind sie.

Gerade ist die Hochzeits-Zeremonie beendet und Barbara und Bob dürfen sich endlich küssen. Die Hochzeitsgäste klatschen laut und ich muss mir von Mutti ein Taschentuch ausleihen, damit die Wimperntusche nicht schmiert. Die ist nämlich nicht wasserfest.

Die Erste, die gratulieren darf, bin ich. Ganz fest nehme ich mein Kind in meine Arme und flüstere ihr ins Ohr:

„Ich wünsche dir eine wunderbare Ehe mit Bob. Genau so eine, wie Papa und ich sie haben."

„Eine schwierige Aufgabe.", flüstert meine Tochter zurück.

Und zu Bob sage ich:

„Pass gut auf meine Barbara auf, mein lieber 'son in law'!" Mein Schwiegersohn nimmt mich in seine Arme:

„I'll do that, mum!"

Ich bin so ergriffen von dieser Geste, dass ich das Taschentuch von Mama wieder rauskramen muss.

Unser Kinder-Musical „Die Vogelhochzeit" kommt mir in den Sinn. Wir führten es vor den Osterferien im Kreise der Eltern und unseres Gemeinderates auf.

Brautmutter, von meiner Zweitklässlerin Kathie sehr überzeugend dargestellt, brach beim 'Abschied mit Geheule' so sehr in Tränen aus, dass wir alle feuchte Augen bekamen. Jetzt weiß ich erst, was diese begnadete Schauspielerin Kathie empfunden hat. Liz, pass auf deine Schminke auf!

Oh Gott, ich glaub, jetzt ist es um die Wimperntusche geschehen! Der Bär, meine -und Bob's Eltern sind die nächsten Gratulanten. Alle heulen, außer Papa. Der flüstert Bob wohl gerade etwas Lustiges ins Ohr. Das lockert die Situation ein wenig auf, denn Bob und Barbara lachen schallend.

Meine Schwester drückt Barbara einen Umschlag in die Hand. Thomas flüstert ihr etwas zu. Die sind aber früh dran mit Geschenken, denke ich.

Nachdem die Schlange der Gratulanten sich aufgelöst hat, nehmen wir an den langen, festlich gedeckten Tischen auf der riesigen Terrasse Platz. In der Mitte befindet sich der gigantische Pool der Brownings. Wie ein Juwel strahlt er in Türkisblau zwischen den Palmen hindurch, die unsere Tische vom Pool trennen. Ein Traum!

Die Sonne strahlt vom Himmel und die Temperaturen sind sehr angenehm. Geschätzte 25°C. Daher ist auch gottseidank kein Tornado-Warning für heute angesagt.

Wäre das der Fall gewesen, was im April sehr oft in Texas vorkommt, dann hätte die Zeremonie in der Reithalle der Brownings stattgefunden. Die ist ungefähr so groß wie zwei deutsche Fußball-Stadien und hat einen eigenen Eingang zum hauseigenen 'Tornado-Schutz-Keller'. „Everything is bigger in Texas!" Das stellt man hier sehr schnell fest.

'Brautmutter' entschuldiget sich und beweget sich hurtig in Richtung 'Bath-Room', um eine Runderneuerung im verheulten Gesicht vorzunehmen, denn gleich werden Fotos von einem eigens für die Hochzeit bestellten Fotografen gemacht.

Ojeh, ich bin nicht die Einzige! Vor dem Badezimmer hat sich eine riesige Schlange gebildet. Da kommt Linda und zerrt mich in ihr prächtiges Schlafzimmer, wo wir beide uns ungestört restaurieren können.

Linda ist bestens ausgerüstet und bietet mir sogar Wimpern zum Ankleben an. Darin hab ich aber keine Übung und ich bleibe bei der schonenden Reinigung der ausgelaufenen Wimperntusche.

Der Haus-Frisör hat mich heute Morgen frisiert und geschminkt, was zwei geschlagene Stunden gedauert hat. Ich denke, das reicht mal für einen Tag. Ein klein Wenig Make-Up unter die Augen getupft und ein Bisschen Rouge nachgelegt-fertig ist die Prozedur.

Linda braucht etwas länger, denn die Wimpern von ihrem linken Auge haben sich abgelöst. Ich bekomme den Auftrag, den Home-Frisör zu rufen, damit der ihr die Frisur wieder richten kann, die ihr beim Umarmen von so vielen Menschen etwas aus den Fugen geraten ist. Er befindet sich in Rufweite. Ich persönlich haste zurück zum Ort des Geschehens.

Dort warten jetzt alle nur noch auf Linda, damit der Schnappschuss von der Hochzeits-Gesellschaft abgefeuert werden kann.

Es dauert ungefähr eine halbe Stunde nach Linda's Ankunft bis mein 'Cheese-Mund' total festgefroren ist und der Fotograf endlich bereit ist, einige Fotos zu machen.

Gott sei Dank! Ich will mich schon in Richtung Terrasse bewegen, aber nein, wir sind noch nicht erlöst! Jetzt wollen einige noch, dass der liebe Foto-Fritze auch mit ihren Smart-Phones 'exact the same picture' fabriziert. Oh Gott, das dauert!

Nach gefühlten zwei Stunden ist endlich das letzte Smart-Foto in der Kiste. Erlöst! Wie war das Leben eigentlich früher ohne Handy? ‚Viel ruhiger', ist meine Antwort. Heutzutage ist man immer erreichbar und niemals entspannt. Seit man nun auch noch damit im Internet surfen kann und die Kameras der Smart-Phones recht brauchbar geworden sind, lässt einen dieses verflixte Ding einen überhaupt nicht mehr in Ruhe.

Als die ganze Mannschaft sich wieder in Richtung Festtafeln bewegt, fragt mich der Bär:

„Wo ist eigentlich meine Mutter? Hab sie schon 'ne Zeitlang nicht mehr gesehen."

Ja, wo ist eigentlich Helen???

Keiner hat sie in der letzten Stunde gesehen. Auf dem Handy von Julia sehen wir, dass Helen sich nicht auf dem gemeinsamen Foto befindet.

„Aber sie war doch vorhin bei der Trauungs-Zeremonie noch dabei, oder?", meint Barbara, aber sicher ist sie sich nicht. Auch nicht, ob sie ihr und Bob gratuliert hat.

„Na das müsstest du aber wissen!". Ich bin richtig wütend auf Barbara.

„Mama, mir haben fast 1000 Leute gratuliert. *Leicht übertrieben!* Wie soll ich mich da noch erinnern, ob Oma dabei war oder nicht?"

„Jetzt übertreibst du wieder, Kind! Das waren doch nur ungefähr 200 Menschen, oder?"

„Wer bietet mehr?", fragt der Bär gehässig. „Es nützt doch nichts, wir müssen sie suchen."

Da hat mein Mann mal wieder Recht, pragmatisch wie er nun mal veranlagt ist.

Wir teilen uns auf. Julia und Thomas suchen im Pferdestall. Vielleicht ist sie ja in Ohnmacht gefallen, was bei Helen gar nicht so weit hergeholt erscheint, da sie öfter mal unter Schwindel-Anfällen leidet.

Bob und Linda suchen im Park und ich gehe mit Barbara zu Helens Zimmer im Hauptgebäude. Beim Betreten der Veranda sehe ich noch, wie die Vorspeise gerade auf riesigen silbernen Tabletts in Richtung Terrasse transportiert wird. Jetzt merke ich erst, wie hungrig ich bin. Das Wasser läuft mir im Mund zusammen, nur bei dem Gedanken an das köstliche Mal.

Es nützt ja nix, wir müssen Helen finden.

„Helen!", rufe ich beim Eintritt in ihr Zimmer. Keine Antwort. Das riesige Doppelbett, in dem Helen schläft, liegt voller Kleidungsstücke. Jedoch: Keine Helen weit und breit! Auch das Badezimmer nebenan ist menschenleer.

„Sollten wir die Polizei benachrichtigen", spreche ich laut meine Gedanken aus.

„Ach Mama, das wäre doch wohl leicht übertrieben. Wir werden sie bestimmt finden.", meint meine Tochter.

Jetzt bewegen wir uns rufend wieder in Richtung Ausgang. Von Helen nirgendwo eine Spur. Vielleicht haben die anderen Familien-Mitglieder sie ja gefunden, ist unsere Hoffnung.

Es stellt sich heraus, dass die übrigen Familien-Mitglieder dasselbe gedacht haben. Ratlos stehen wir am Pool und wissen nicht, was wir jetzt tun sollen und wo wir nun noch suchen könnten.

Der Bär sagt:

„Nun setzt euch alle an den Tisch! Ich setze die Suche fort. Regt euch nicht auf! Ich werde sie schon finden."

Und weg ist er.

Unser Appetit hält sich in Grenzen. Die köstlichen Vorspeisen sind auf unserer Tafel so verteilt, dass jeder nur die Hand ausstrecken muss um sich zu bedienen. Meine Mutter sagt:

„Komisch, ich habe Helen doch vorhin noch im Gäste-Bad gesehen."

„Und dann?", erkundigt sich Julia.

„Nicht mehr." Meine Mutter macht eine ihrer typischen, wegfegenden Handbewegungen.

„Aber das war im Nebengebäude, weil hier keine Toilette mehr frei war."

„Aber Mama, warum hast du uns das denn nicht gleich gesagt?".

„Es hat mich ja keiner gefragt." Typisch Mama, das sagt sie immer, wenn sie nicht weiter weiß.

Ich stehe sofort auf und eile zum Nebengebäude. Da läuft Linda hinter mir her und ruft mir zu, dass sie das Gebäude abgeschlossen hat, weil es sich zu weit vom Hauptgebäude befindet.

„I'll get you the keys", ruft sie und verschwindet im Wohnhaus.

Da kommt der Bär mir entgegen.

„Hat jemand den Schlüssel zu diesem Wohntrakt?".

Er zeigt auf's Nebengebäude.

„Dort klopft jemand von innen an die Tür. Hört sich an wie Morse-Zeichen."

Linda eilt vor uns her und schließt die Tür zum Gästehaus auf. Niemand da.

Wir durchsuchen das ganze Haus, aber Helen ist nirgendwo zu finden.

Da sehen wir, dass eines der Badezimmer-Fenster sperrangelweit offen steht. Das Fliegengitter ist angelehnt. Den Rest können wir uns denken. Als wir aus dem Gebäude kommen, steht Helen vor uns.

„Sucht ihr jemanden?", fragt sie scheinheilig. Ihre Stimme ist ein wenig heiser.

Alle können jetzt befreit über Helens Scherz lachen und wir fallen uns gegenseitig in die Arme. Wir rekapitulieren, dass Helen von Linda eingeschlossen worden war. Dann ist Helen aus dem Badezimmer zur Eingangstür gelaufen und hat eine Zeitlang laut geschrien, sogar auf Englisch: „Help, help!", bis ihr zum Schluss die Stimme versagte und sie nur noch Klopfzeichen geben konnte, das waren die Morse-Zeichen, die der Bär gehört hat.

Als wir mit Helen auf der Terasse erscheinen, werden wir mit einem kräftigen Klatsch-Konzert begrüßt.

Unser Starfotograf nähert sich gerade der Szene und ich denke entsetzt:

Jetzt müssen wir doch hoffentlich nicht noch einmal alle für das Hochzeits-Foto posieren?!

Nein, keine Bange! Er fotografiert Helen einzeln und retuschiert sie nachher einfach in das Gesamtfoto hinein. Wie schlau ist **das** denn!

Nun kann der Hauptgang endlich serviert werden. Mein Hunger kommt zurück.

Kapitel 7
Wo ist Mizzi?

Endlich kann ich mei Kind widder sehn. Ich reiß die Tür zum Kranke-Zimmer uff un ruf:

„Hallo mein Schatz, wir haben dir was mitgebracht!" Un wie ich so zu dem Bett hingugge, seh ich, dass des Bett leer is.

„Die ist bestimmt schon unten und wartet dort auf uns.", meint der Till.

Der Till un ich sinn heut allein gefahre, weil der Ecki gesacht hat, dass die Mizzi bestimmt schon mit heim darf.

Ich sach zum Till, dass der im Zimmer bleibe soll un ich des Kind suche gehe würd. Uff'm Gang begegnet mir die Krankeschwester. Ich frach:

„Ach hallo Schwester, hawwe Sie die Mizzi gesehe, die is nämlich net uff ihrem Zimmer?"

Weil die mich so blöd anguckt, widderhol ich des Ganze nochmal in Hochdeutsch.

„Ja, hat man Sie denn noch nicht informiert?", fracht die mich un guckt noch verdutzter.

„Wie informiert?", jetzt versteh ich garnix mehr.

„Moment Frau Herz, ich hol den Stations-Arzt." Un weg isse.

Ich geh zum Till ins Zimmer un sach zu dem:

„Die hawwe die Mizzi glaub ich uff e annere Station verlegt. Der Doktor kommt gleich un sacht uns, wohin se verlegt worde is."

Ich hab noch net zu End geschwätzt, da rauscht der Stations-Arzt ins Zimmer. Die Leut hawwe's immer eilich, ich sach's ja. Der hier is ganz außer Atem.

„Guten Tag, Frau Herz." Der reicht mir völlich gehetzt die Hand. „Ja, hat man Sie denn gar nicht informiert?" Des wird ja immer schöner!

„Worüber denn?", frach ich un ich merk, wie mir allmählich der Krage platzt. Plötzlich geht hinner dem Stations-Arzt die Tür uff un der Ecki erscheint. Hää? Wo kommt DER denn jetzt her?

„Doch, man hat uns informiert, da war meine Frau aber schon unterwegs.", sacht mei Mann.

Misteriöser geht's jetzt garnet, gell?

„In was für'n Zimmer is die Mizzi dann verlegt worde? Sacht mir des endich einer!" Un: „Was machst eichentlich DU hier?"

Der Ecki drückt mich uff's Bett un sacht:

„Jetzt setz dich erst mal!" Ich sitz doch schon.

„Reg dich nicht auf, alles ist gut. Die Mizzi ist heute Morgen in die Uni-Klinik geflogen worden.

„Wie Uni-Klinik? Geflocha?? Was macht se dann dort?"

„Sie haben ein Aneurysma in der Herzgegend festgestellt."

„Ein Ano-was?" Mir sackt des Herz in die Hos.

„Ein Aneurysma. Das ist eine Art Zeitbombe, die, wenn sie explodiert, zum Tod führen kann."

Mir wird total schwindelich. Ich fang an zu heule.

„Des versteh ich net. Kannst du mir des net richtich erkläre!!", schrei ich den Ecki an. „Was hawwe die mit meinem Kind gemacht?!"

„Die haben sie not-operiert. Ich hab mein Okay gegeben. Du warst gerade wenige Minuten aus dem Haus."

Ich will den Ecki wegschubse un aus'm Zimmer renne, awwer der Ecki hält mich ganz fest un legt sei Arme um mich, so dass ich mich net bewege kann.

„Es war ein Glück, dass die Mizzi den Bauchplatscher gemacht hat, sonst wäre das Aneurysma vielleicht nie entdeckt worden."

„Un jetz??", heul ich. „Was mache mir dann jetz?"

„Wir drücken ganz fest die Daumen, dass die Operation gelingt. Da wir nicht, wie die Mizzi, mit dem Hubschrauber in die Klinik fliegen können, müssen wir wohl hinfahren."

„Wo is dann der Till eichentlich plötzlich abgebliebe?", fällt mir uff.

„Die Magdalena ist mit mir hierher gefahren und hat den Till wieder mit nachhause genommen. Und wir Beide machen uns jetzt auf den Weg zur Uni-Klinik."

Kapitel 8
Nichts ist schöner als Fliegen

Was die sich so alles ausgedacht haben! Ich hab davon nix mitbekommen.

Der Bär hat ein Flugzeug gechartert, heimlich! Die Kosten hat er unter Anderem mit Julia und Thomas geteilt. Die beiden haben das Geschenk auch schon sofort nach der Trauung abgegeben (aha!), damit das Brautpaar schon mal Bescheid weiß. (Jetzt weiß ich auch, was in dem Umschlag war, den meine Schwester so frühzeitig überreicht hat, aha aha!)

Wir, das sind Julia und Thomas, Bob und Barbara, der Bär als Pilot und ich, werden zusammen nach Padre Island fliegen. Das ist eine mit dem Festland verbundene Insel im Süden von Texas, gleich oberhalb der mexikanischen Grenze. Dort gibt es kein Hotel, sondern nur einen Camping-Platz, wo man auch Chalets mieten kann. Das sind kleine Bungalows mit Terrasse und Garten.

Der Bär hat uns zwei davon gemietet, eins fürs Brautpaar und das andere für den Rest der Fluggäste. Drei Tage werden wir auf dieser wunderbaren Insel verbringen, wo es nur Natur pur gibt und einen endlosen Strand.

Ich falle echt aus allen Wolken, als der Bär soeben die ganze Story bei seiner Tischrede als Brautvater bekannt gibt.

Die Eltern von Bob scheinen nicht sehr überrascht, obwohl sie bei der Reise nicht dabei sein werden.

Natürlich! Die haben alles gewusst! Sogar meine Eltern und meine Schwiegermutter waren im Bilde und haben mir nichts davon erzählt!

„Was glaubst du, wie wir sonst den ganzen Spaß hätten finanzieren können? Die haben sich alle beteiligt."

Aha. Klar! Nur **ich** habe nichts gewusst.

„Meine Frau und meine Tochter und natürlich der Bräutigam sollten mit diesem Geschenk überrascht werden und ich glaube, das ist uns gelungen."

„Mach den Mund zu, Liz! Hier gibt's gefährliche Fliegen."

Schon wieder dieser blöde Spruch! Hier scheint's ja eine Menge Fliegen zu geben. Meine Schwester Julia freut sich über ihren Rachefeldzug. Ich gebe zu, dass ich gerührt bin:

Erstens hat der Bär eine wunderbare Rede gehalten, in zwei Sprachen. Das mach ihm erst mal einer nach!

Und zweitens fühle ich mich geehrt, dass ich außer dem Brautpaar die Einzige bin, die mit diesem Geschenk ebenfalls überrascht wurde. Seit Jahren schwärme ich von diesem Fleckchen Erde, wo die Natur so viel zu bieten hat wie nirgendwo sonst und wo das Meer so warm ist, dass es keine Überwindung kostet, in die herrlichen Fluten zu rennen wie ein kleines Kind.

Apropos kleines Kind: Irgendwie habe ich nicht mehr daran geglaubt, dass ich nochmal nach Padre Island zurück käme.

Der Bär sagt:

„Du hast so viel Stress in letzter Zeit gehabt mit der Schulgründung, dem ganzen Ärger mit den Schulschließungen und nicht zuletzt dann auch noch schwanger zu sein bei den ganzen Belastungen, da dachten wir: Die zukünftige Mama braucht eine ordentliche Entspannungsphase."

Ich denke an all die Info-Abende für die neue Schule, an den ersten Informations-Abend für meinen Montessori-

Kurs und auch an meine Angespanntheit wegen der Protest-Märsche in der Landeshauptstadt.

„Lass uns die paar Tage in Padre Iland genießen und einfach mal an nichts Anderes denken als an Urlaub im Paradies, Puppe.", meint mein Ehemann.

Jetzt fordert er sich das Mikrofon noch einmal und spricht laut zu allen Beteiligten:

„Nun wünsche ich allen noch einen wunderschönen Abend und viel Spaß mit der Country-Band 'The Starfighters'. Und vielen Dank, lieber Bob und liebe Linda für die herzliche Gastfreundschaft."

Die letzten Worte gehen im rauschenden Applaus der Anwesenden völlig unter. Ich kenne sie und wiederhole sie im Stillen, wobei meine neu aufgelegte Schminke schon wieder in Gefahr ist:

„Und dir Barbara, mein Schatz, wünschen deine Mutter und ich ein gutes und erfülltes Leben an der Seite deines Mannes Bob."

Aber die Musik der Starfighters bringt mich sofort auf andere Gedanken. Schließlich müssen andere Mütter ja auch ihre Töchter irgendwann einmal hergeben.

„Lady in Red" von Chris de Burgh als Country-Walzer, das hört sich fantastisch an!

Mein Mann fordert unsere Tochter zu diesem ersten Tanz auf und wie man sehen kann, hat sich Barbara hervorragend vorbereitet:

Wie eine Elfe gleitet sie in den Armen vom Bär über die Tanzfläche. Die Gäste haben sich in einem großen Kreis aufgestellt, halten sich bei den Händen und wippen alle im Walzer-Takt hin und her. Und die Band singt nicht „Lady in Red", sondern „.. in White". Das passt doch wunderbar!

Beim nächsten Tanz klatscht der Bräutigam ab und erobert sich die Braut. Wie man sehen kann, ist auch Bob ein perfekter Tänzer. Dann kommt Bob Senior auf mich zu und fordert mich zum Tanz auf und mein Bär schnappt sich Linda, die ebenso wie wir alle, den Texas-Two-Step perfekt beherrscht. Dieser Tanz ist ein absolutes Muss für alle Texanischen Ehrenbürger, die wir ja einmal waren.

Jedenfalls ist die Musik heute Abend fantastisch und ich vergesse beim Tanzen alle meine kleinen Sorgen.

„Geliebte Puppe.", flüstert mein Bär mir leise ins Ohr. „Es ist ja richtig schwer, an dich ranzukommen."

Ich bin im siebenten Himmel. So viele Komplimente an einem einzigen Tag habe ich in meinem ganzen Leben noch nicht bekommen.

Mein Schwiegersohn teilt mir mit, dass er sehr stolz ist, dass seine Braut so eine attraktive Mutter hat, denn dann könne er davon ausgehen, dass Barbara im „advanced age!" ebenfalls noch so jung aussieht.

Wie charmant!

Stimmt ja eigentlich: Als werdende Mutter bin ich zu alt. Und trotzdem fühle ich mich gerade **wegen** der Schwangerschaft noch richtig jung.

Allmählich habe ich mich auch an den Gedanken gewöhnt, dass ich in 'solch fortgeschrittenem Alter' nochmal Mutter werde.

Als ich es von unserem Doktor Herz erfahren habe, war ich richtig sauer auf den. Außerdem hab ich ihm nicht geglaubt, bis ich den Schwangerschafts-Test gemacht hatte, den er mir wortlos in die Hand gedrückt hatte. Ich hab ihn sogar beleidigt und ihm irgendwelche Sachen an den Kopf geworfen, z.B., dass er als Allgemein-Mediziner keine Ahnung hätte und dass das gar nicht sein könnte usw. Aber der ist ganz gelassen geblieben und hat mich sogar getröstet, was aber gar nicht gewirkt hat, sondern im Gegenteil:

Wortlos und wütend bin ich aus der Praxis gerauscht und hab die Frau Korny, die gerade ankam, kaum beachtet. Aber die hatte eigene Sorgen, was ich später erfahren sollte. Da der Bär und Frau Kornys Ehegatte, Doktor Herz jetzt zusammen arbeiten, sind auch Anne (wie ich Frau Korny jetzt nenne) und ich uns näher gekommen. Sie ist ebenfalls schwanger. Von ihrem frisch gebackenen Ehemann. Und wie's aussieht, hat Anne es am selben Tag erfahren, wie ich. Vielleicht sind wir ja am selben Tag schwanger geworden? Das wäre echt lustig!

Die Mizzi, Tochter aus Annes erster Ehe, geht zu mir in die zweite Klasse. Daher kenne ich die Anne schon eine Zeitlang. Sie war anfangs, als ich Schulleiterin von Nickelshausen wurde, eine der Wenigen, die mich unterstützt haben, wenn's um pädagogische Veränderungen in der Nickelshausener Grundschule ging.

Und so habe ich die Anne Korny kennen und schätzen gelernt. Sie war immer auf meiner Seite, auch wenn sie in Unkenntnis meiner Vorhaben war.

Verteidigt hat sie mich vor Allem bei meinem schlimmsten Widersacher, dem alten Herrn Böck. Der ist Mathe-Lehrer an einem Gymnasium und außerdem der Meinung, dass sein Enkel Till bei mir nichts lernt. Der junge Herr Böck war zunächst derselben Meinung, bis er sich an einem 'Freiarbeits-Elternabend' hat überzeugen lassen, dass man auch in der Freiarbeit (nach Maria Montessori) etwas lernen kann. Sein Sohn Till ist ein sehr begabter Schüler, besonders in Mathematik.

„You are so beautiful!"

Bobs bester Freund hat mich zum Tanz aufgefordert und mich gerade in die Gegenwart zurückgeholt.

Ich könnte seine Mutter sein.

„I thougt you were Barbara's sister."

Das weiß ich schon. Barbara hat's mir ja persönlich in ihrer charmanten Art erzählt und dabei die Vermutung ausgesprochen, dass mein Argan-Öl als einziges Hautpflegemittel vielleicht doch verjüngend wirkt. (Das Kokos-Öl als Ganzkörper-Kosmetikum habe bis jetzt meiner Familie verschwiegen. Die verspotten mich immer.)

Bobs bester Freund Fred ist ebenfalls Sohn einer Öl-Familie. Erst als Bob und Fred Freunde wurden, haben sich die Familien Browning und Davis wieder ver**söhnt**, im wahrsten Sinne des Wortes, weil die beiden **Söhne** Freunde geworden waren.

Die Familien Browning und Davis hatten über Generationen hinweg den dicksten Streit. Da ging es um Grundstücke in der Nachbarschaft, von denen beide Parteien glaubten, sie wären der Besitzer und es entbrannte ein jahrzehntelanger Rechtsstreit über deren vermeintliches Eigentum. Schon wieder erinnert mich das Ganze an diese alte Soap-Opera, die 'Dallas' hieß. Die Ewings, so hießen die reichen Öl-Barone in dieser Serie, waren doch auch ständig mit irgendwelchen anderen Leuten zerstritten, oder? Schien in dieser Gesellschaft keine Seltenheit gewesen zu sein.

Nur fehlt in **unserer** Geschichte der Bösewicht, so wollen wir hoffen. Naja, ich kenne ja Fred's Vater noch nicht.

Ist ja ganz egal. Komplimente tun gut, Punkt. Ich nehme das Kompliment an und frage Fred ein wenig aus:

Zum Beispiel will ich wissen, was er studiert hat. Na, dasselbe wie Bobby. Ob er eine Freundin hat. Nein,

Bobby hat sie ihm vor der Nase weggeschnappt. Bei dem berühmten Uni-Ball hatten die beiden das Mädchen kennen gelernt.

Oups! Das war doch nicht etwa…..?

Doch. Aber Bob war schneller, hat sofort die Initiative ergriffen.

Ich äußere meine Bewunderung, dass die beiden trotzdem Freunde geblieben sind. Ja, diese Freundschaft kann so schnell nichts zerstören. Aber Fred hat noch keine neue Freundin gefunden. Er ist noch immer auf der Suche.

Ich wünsche ihm, dass er ganz schnell fündig wird, da sieht er meine Schwester Julia, die zehn Jahre jünger ist als ich.

„This is my sister Julia.", stelle ich meine Schwester vor. Fred ist hin und weg. Er macht eine respektvolle Verbeugung vor Julia und fordert sie zum Tanz auf.

Viel Vergnügen Julia, denke ich.

Nun bekommt mein Mann mich zu fassen. Wir tanzen zu zweit in den Himmel (nein in die Nacht) hinein, bis mein Bär zu mir sagt:

„Komm, lass uns unauffällig verschwinden. Morgen ist ein ereignisreicher Tag."

Stimmt. Ich folge ihm unauffällig. Die Nacht wird relativ kurz.

Kapitel 9
Schoko-Nuss

„Eigentlich können Sie froh sein, dass dieser Unfall passiert ist, sonst wäre das Aneurysma vielleicht nie entdeckt worden. Irgendwann wäre es dann geplatzt und das Kind wäre daran gestorben."

Ach noch froh sein, wenn sich des Kind verletzt hat, des wär ja wohl des Allerletzte! Awwer wenn ich's mir so richtich üwwerleg, was der Chefarzt uns grad gesacht hat, hat der Recht.

Der Ecki nickt un guckt mich an. Ich nick zurück, weil ich's jetzt verstanne hab. Ich halt mei Kind fest im Arm, seit der Ecki un ich des Krankezimmer betrete hawwe.

Die Mizzi is noch ziemlich schwach, awwer se wär außer Lebensgefahr un bald widder gesund, sacht der zuständiche Arzt vom Krankehaus.

Se is so anhänglich wie ich se sonst net kenn, mei Mizzi. Ihr Köpfche hat se an mei Schulter gelegt un ich glaub, se is schon widder eingeschlafe. Des arme Kind! Was muss des durchgemacht hawwe!

„Mama, der Hubschrauberflug hat voll Spaß gemacht.", murmelt die Mizzi jetz ganz verschlafe.

Ich hör wohl net recht!

„Und der Doktor hat mir unser Haus von oben gezeigt. Das war super!" Des Kind is widder voll wach.

„Wenn ich groß bin, dann will ich Pilot werden, wie der Frau Berger ihr Mann.", sacht se.

„Pilotin", stell ich klar.

„Ja Mama, aber der Mann von der Frau Berger ist ja keine Pilotin."

Dieses freche Kind!

„Übrichens hast du von der Frau Berger Post bekomme. Die is in Texas uff so'ner Insel. Ich bring dir die Kart morge mit, damit du se selbst lese kannst."

Die Mizzi strahlt:

„Ich freu mich schon, wenn die Schule wieder losgeht. Die Frau Berger will uns nämlich alles erzählen, was sie von Texas weiß. Wir sollen uns in den Ferien alle Fragen aufschreiben, die wir über Texas haben."

Der Ecki sacht:

„Das hab ich aber auch noch nicht gehört, dass sich jemand freut, wenn die Schule wieder losgeht. Irgendwie haben die Lehrer bei uns was falsch gemacht. Wir haben uns nämlich nie auf die Schule gefreut, sondern eher auf die Ferien."

„Ich hab richtig Heimweh nach der Frau Berger.", meint die Mizzi.

„Naja, seit ich eure Frau Berger kenne, kann ich das verstehen. Sie hat ja wirklich ein gutes Händchen mit euch Kindern."

„Des stimmt!", sach ich. „Des Blöde is nur, dass die Frau Berger ab Sommer…" Ich hör sofort uff zu sprech, weil der Ecki mich in die Seit knufft.

„Wollten wir der Mizzi nicht ein Eis besorgen, wenn sie wach wird?"

Der lenkt vom Thema ab. Jetzt versteh ich's! Nem Kind, das grad operiert worde is, muss mer wirklich net noch sache, dass sei Lehrerin im Sommer uffhört für zwei Jahr. Awwer die Mizzi sacht:

„Wir wissen das doch längst. Die Frau Berger hat's uns vor den Ferien erzählt. Auch dass sie schwanger ist, genau wie du, Mama. Ja, ein Eis würde ich gerne essen."

Dieses Kind is ne Wucht, find ich. Der Ecki is schon verschwunne um der Mizzi im Krankehaus-Lade'n Eis zu kaufe.

„Weißt du, was der Max die Frau Berger doch tatsächlich gefragt hat letztens?"

„Wie soll ich des wisse? Awwer du sachst mir des jetzt glaub ich. Is bestimmt erwähnenswert", wie der Mattis in letzter Zeit immer sacht.

„Kann des Baby im Bauch schon schreie?"

Die Mizzi lacht sich halb tot üwwer ihren eichene Witz.

„Du sollst jetzt awwer net so doll lache!", sach ich. „Du bist doch grad erst operiert worde."

Jetzt muss ich doch tatsächlich auch lache. Der arme Max! Der is bestimmt von alle Kinner ausgelacht worde, denk ich.

Un als ob die Mizzi Gedanke lese könnt, sacht se zu mir.

„Die Frau Berger hat aber sofort gesacht, dass das eine gute Frage wäre, dass aber die Lunge von dem Kind noch nicht ausgebildet wäre, das Baby könnte sich aber schon im Bauch bewegen."

Ich bin erleichtert. Jetz kommt ach schon der Ecki mit drei Bechern Schoko-Nuss-Eis. Des is nämlich der Mizzi un mei Lieblingseis. Un weil des uns so gut schmeckt, hat der Ecki sich uns angepasst.

„Dass du dir des so gut gemerkt hast, dafür bekommste jetz'n eiskalte Kuss, mei Schatz.", sach ich zum Ecki.

Die Mizzi strahlt üwwers ganze Gesicht.

„Morge kommt der Till mit ins Krankehaus, der langweilt sich ganz doll ohne dich."

Des Kind strahlt noch mehr.

„Die Magdalena kommt mit. Die freut sich auch, dich mal widder zu sehe, gell? Se hat gesacht, dass se 'ne Üwwerraschung für dich hätt."

Die Mizzi sacht:

„Ach Mama, jetzt spann mich doch nicht so auf die Folter! Was ist es denn?"

„Nä", sach ich „ich verrat's dir net. Punkt. Auserdem weiß ich's garnet." Des Kind lacht mich regelrecht aus:

„Aber Mama, wenn du's nicht weißt, dann kannst du mir das doch gar nicht verraten!"

„Na, Hauptsach, DU amüsierst dich, gell?"

Uff der Heimfahrt bin ich richtich häppi, weil die Mizzi schon widder so munter is, wo se doch grad erst opperiert worde is. Der Ecki sacht, des wär noch kei Sicherheit, dass alles ohne Komplikatione laufe würd, awwer dass er bei der Mizzi des Gefühl hätt, dass se bald widder fit is. Typisch Doktor! Immer hawwe se was zu bezweifele, die Herre Mediziner.

Naja, abwarte! Jedefalls bin ich mir ganz sicher, dass mei Kind ganz schnell widder gesund wird. Ich kenn doch mei Tochter!

„Vielleicht hättest du der Mizzi verraten sollen, welche Überraschung die Magdalena für sie hat?", fracht mich der Ecki.

„Nee, des wird se schon noch früh genug erfahre, dass dem Till seine Mama eine Bootsfahrt uff der Mosel mit den zwei Kinnern mache will. Vielleicht hat unser Kind jetzt Angst vorm Wasser?"

Der Ecki lacht ganz laut.

Kapitel 10
Träume im Jetzt

Auf dem Heimflug denke ich noch einmal an die schönen Tage in Dallas, an die tolle Hochzeit und vor Allem an unsere gemeinsame Hochzeitsreise nach Padre Island.
Das war ein voller Erfolg!
Als wir dort ankamen nach einem ziemlich aufregenden Flug, waren wir erst mal platt. Der beste Pilot der Welt hat uns sicher durch die sehr turbulenten Luftmassen manövriert, aber ich hab meine Schwangerschaft beim Fliegen doch bemerkt:
Mir ist das erste Mal in meinem Leben in der Luft schlecht geworden.
Gottseidank hörte das sofort nach der Landung auf. Auf dem Boden war der starke Wind eher angenehm. Bei 30°C kann man eine frische Brise gut aushalten.
Unsere Chalets waren eine Wucht. So luxuriös habe ich mir einen Campingplatz nicht vorgestellt. Aber da haben die Amerikaner echt was drauf:
Zwei riesig große Bäder mit Luxus-Badewanne und eine Traum-Küche, wo man sich das Frühstück selbst zubereiten kann. (Die Amerikaner gehen ins nächste Frühstücks-Restaurant.) Dazu ein Schlafzimmer mit einem King-Size-Bett. Alles in modernster Ausstattung. Schöner könnte ein Hotelzimmer gar nicht sein!
Aber das Schönste an diesen Chalets war, dass sie nur ungefähr zehn Schritte vom Meer entfernt waren. Der Golf von Mexiko ist ein warmer Golfstrom und wenn man ins Wasser geht, dann ist es dasselbe Gefühl, wie wenn man langsam in eine herrlich warme Badewanne reinrutscht. Einfach unglaublich angenehm!
Meine Schwester Julia sagte zu mir:
„Liebes Schwesterherz, du hast mir ja schon oft von diesem Fleckchen Erde vorgeschwärmt, aber so viel Schönheit kann man nicht erzählen, die muss man erleben."

Zuerst haben Thomas, Julia, der Bär und ich einen langen Strandspaziergang gemacht. Barbara und Bob zogen sich derweil in ihr Castle zurück um „ein Nickerchen" zu machen. Wir haben es ihnen von Herzen gegönnt. Das war das erste Mal, dass die beiden nach der Hochzeitsnacht allein waren.

„Mir ist während des Fluges ein wenig schlecht geworden.", meinte Barbara.

„Woran das wohl lag?", war der kluge Kommentar von Thomas. „Ich wette, das war der Wind, der Wind, das himmlische Kind."

„Ach, wenn wir dich nicht hätten! Wir wären nie darauf gekommen."

Julia war es ebenfalls schlecht geworden, aber nicht, weil sie schwanger ist. Sie ist das Fliegen im Klein-Flugzeug nicht gewöhnt. Bei diesen Turbulenzen ist es ihr eher vor Angst schlecht geworden.

Am Abend war davon bei uns allen nichts mehr zu merken, denn das Essen hat uns vorzüglich geschmeckt. Der Bär hatte das Menü beim nahegelegenen Caterer bestellt.

Der Rest der Tage war ein einziger Glücksrausch. Das Wetter war ein Traum. Selbst der Rückflug verlief ruhig, obwohl es meiner Tochter und mir wieder ein wenig schwindlig wurde.

„Na, bist du müde?", fragt mich gerade der Bär. Wir sind seit dreieinhalb Stunden in der Luft und ich bin natürlich **nicht** müde.

„Ich habe meine Uhr schon auf deutsche Zeit umgestellt. Dort ist es jetzt schon zwei Uhr nachts."

Es ist erstaunlich, wie mein Mann alles im Griff hat. Gerade höre ich den ersten tiefen Atemzug. Der Bär hatte sich nach dem Essen einen Rotwein bestellt und danach hat er seinen Sitz zurückgestellt und sich, Business-Class sei Dank, lang ausgestreckt.

Meine Gedanken wandern herum und ich kann nicht einschlafen. Bobs Eltern wollten mir eine Schlaftablette mitgeben, aber ich habe abgelehnt.

„Eine schwangere Frau nimmt keine Tabletten und trinkt keinen Alkohol. Leider.", war meine ablehnende Antwort.

„Baldrian!", entfährt es mir.

„Was, was ist los? Was für'n Jan?" Schlaftrunken wendet der Bär sich mir zu.

„Ich hab doch Baldrian in der Tasche. Das müsste helfen."

„Wogegen?"

„Wofür, solltest du fragen! Damit ich schlafen kann, du Dummerchen."

Der Abend ist gerettet. Meine Lider werden schwer und schwerer. Die Gedanken wandern umher. Meine Schulkinder erscheinen mir und rufen:

„Frau Berger! Wo sind Sie denn? Wir warten schon die ganze Zeit auf Sie."

Die Kinder stehen vor einem Gebäude, das ich überhaupt nicht kenne. Über dem Eingang steht mit großen Buchstaben 'Maria Montessori'. Die Kinder gehen jetzt in das fremde Gebäude hinein. Ich folge ihnen.

In der Schulklasse, die mit Regalen vollgestopft ist, setzen sich alle auf den Boden und fangen an zu arbeiten. Es ist mucksmäuschenstill.

Am Lehrerpult steht Herr Feltin, mein neuer Lehrer vom Montessori-Kurs.

„Kinder!", ruft er. „Ihr sollt doch laut sein! Eure Lehrerin ist wieder gekommen. Sie kann euch ja gar nicht hören."

Plötzlich rufen die Kinder wieder:

„Frau Berger, Frau Berger! Sie wollten uns doch von Amerika erzählen!"

Dann sagt Frau Wegener, meine alte Grundschullehrerin:

„Ihr wisst ja: Alles ist erlaubt. Du kannst jetzt nachhause gehen oder hierbleiben, wie du willst..."

Da kommen die Kinder alle auf mich zu und wollen mich umarmen.

„Puppe!"

„Wie bitte?"

„Wir sind da."

Um mich herum stehen Mama, Papa, Julia und Thomas. Alle haben schon ihr Handgepäck in Händen.

„Sie ist erwacht." Der Bär beugt sich über mich und küsst mich auf die Stirn.

„Du hast die Landung verpasst."

„Aber warum hast du mich nicht geweckt?"

„Du hast so süß geschlafen. Dann hast du auch noch im Schlaf gesprochen."

„Was habe ich denn gesagt?"

„Scheiß Montessori.", sagen alle wie aus einem Mund.

„Dann habe ich gesagt: `'Du kannst mit uns nachhause gehen oder hierbleiben, wie du willst, Puppe'."

Na dann woll'n wir mal.

Kapitel 11
Freundschaften

Endlich könne der Ecki un ich die Mizzi heut von der Uni-Klinik abhole!

Die lang Fahrt ins Krankehaus jede Tach hat mich zum Schluss echt genervt. Die hawwe des Kind einfach net entlasse, bis se sicher ware, dass kei Gefahr mehr besteht. Ich hätt die Mizzi schon am zweite Tach nach der OP widder mitgenomme, awwer des hawwe die net zugelasse. Ich kenn doch mei Tochter!

Un wie ich's vorausgesehe hab: Die wollt zum Schluss gar net mehr heim. Se hat drei Freundinne gehabt uff der Station, davon war die eine 'ne junge Ärztin, die annere 'ne Krankeschwester un die dritte war des Mädel, was mit ihr im Zimmer gelege hat, die Jana. Die is genau so alt wie mei Mizzi.

Die Kinner hawwe bis in die Nacht rein gegiggelt un Quatsch gemacht un sich dabei ganz fest angefreundet. Uff der Station hawwe die zwei sich nützlich gemacht un de annere Patiente des Esse gebracht. Des heißt, sie hawwe der Schwester Walburga geholfe, des Mittachesse auszuteile. Un die annere Patiente hawwe des unwahrscheinlich gut gefunne. Die Walburga hat die zwei ach zu so'nem Malkurs angemeldet. Die Kursleiterin hat gesacht, die Jana, die wär echt begabt. Ich hab zwei Bilder von dem Kind gesehe. Also die sinn richtich gelunge. Ich hab die Jana gefracht, wer des uff ihrem Bild wär un da hat se gesacht, dass des sie selbst wär. Awwer uff dem Bild war'n ganz großer wunnerschöner Schmetterling. Ich hab gesacht, dass ich mir ach manchmal wünsch, dass ich'n Vogel wär, der könnt doch schneller fliege, awwer des Gesicht von dem Schmetterling is super gelunge. Mer kann genau sehe, dass des die Jana is.

„Ihre Tochter ist eher mathematisch begabt.", sacht die Schwester Walburga. „Sie hat Mandalas entworfen. Das können nur Mathematiker."

„Ich will Medizin studieren und die Jana soll nach Nickelshausen ziehen.", sacht die Mizzi wie mir ins Auto steige.

„Die hat so'n blöde Lehrerin, Mama."

„Wieso?", frach ich. „Was hat'n die für'ne Lehrerin?"

Endlich simmer uff der Autobahn.

„Nee Mama! Die weiß überhaupt nicht, was Freiarbeit ist, die Jana."

„Des wusst ich awwer auch net, awwer trotzdem war mei Herr Fischer 'n guter Lehrer.", sach ich.

„Die schreit immer mit denen rum. Und wehe, es hat einer die Hausaufgaben vergessen. Dann gibt's 'nen Riesen-Zoff."

Uff der Fahrt nach Niggelshause erzählt die Mizzi die ganze Zeit über ihren Uffenthalt in der Uni-Klinik. Ich musst ihr versprechе, dass ich die Jana sofort einlade würd, sobald se aus dem Krankehaus entlasse is. Der Jana ihr Mutter hätt des schon erlaubt.

„Die hat mir nicht geglaubt, dass wir keine Hausaufgaben aufhaben."

„Hat sie dir denn geglaubt, dass du die Schule und die Frau Berger vermisst?", fracht der Ecki.

„Ja klar, das hat sie. Weil ich ihr erzählt hab, was wir in der Schule so alles machen."

„Wovon hast du ihr denn erzählt?"

Der Ecki is ganz schön neugierich. Ich glaub, der kennt des alles genau so wenig wie die Jana.

„Ich hab ihr gesagt, dass wir den Morgenkreis haben, wo wir Kinder mitentscheiden können, was wir an dem Tag lernen. Und dass wir jeden Tag eine Stunde Freiarbeit machen. Dann hab ich der Jana erklärt, dass wir uns in der Freiarbeit aussuchen können, an welchem Projekt wir arbeiten."

„Du solltest eher Lehrerin werden, anstatt Ärztin.", sacht der Ecki.

„Ich glaube, da könntest du der Menschheit einen noch besseren Dienst erweisen."

Des versteht mei Mizzi awwer jetzt noch net, was der Ecki mit ‚Dienst erweisen' meint. Se is ja ach erst 8 Jahr alt.

„Ich werd Ärztin. Da bringt mich keiner mehr von ab. Die Rabea, die hat mir gezeigt, wie man Spritzen setzt und was man auf der Station so alles als Ärztin machen muss. Der Rabea ihr Papa, der war Arzt in Syrien und da hat die Rabea auch schon als Kind gelernt, wie man Spritzen setzt. Bei sich selbst."

Huhu, mich gruselt's.

„Naja, ein wenig mehr musst du schon noch lernen, wenn du Ärztin werden willst!", sacht mein Mann.

„Deswegen will ich das ja auch studieren."

Wie des Kind so schlachfertich is!

„Wenn die Jana uns besucht, darf die dann mit mir in die Schule gehen, Mama? Die will unbedingt sofort nach den Ferien kommen, damit sie auch mal sehen kann, was der Erzählkreis ist und wie die Mathe-Materialien für die Freiarbeit aussehen."

„Zuerst müssen wir mal die Mama von der Jana fragen. Und zuvor muss die Jana ja auch mal aus dem Krankenhaus entlassen werden."

Wie schlau der Ecki doch is! Vielleicht reißt der Kontakt ja bis dorthin ab un die Mizzi vergisst, dass ie die Jana einlade wollt.

Die Mizzi sacht, dass die Jana in ihrem Bundesland eine Woche länger Ferien hat wie wir un dass se schon alles ausgemacht hawwe, ohne uns Erwachsene zu frache.

„Was hat denn deine neue Freundin eigentlich gehabt, dass sie in die Uni-Klinik gekommen ist?"

Mediziner sinn doch immer neugierich!

„Leukämie. Mama, was ist das eigentlich?"

Mir wird jetz ganz komisch.

„Des frachste besser den Ecki.", sach ich.

Kapitel 12
Irren ist menschlich

Alle Leute, die mit uns aus dem Flugzeug gegangen sind, drehen sich nach uns um. Der Bär schreit so laut ins Telefon, dass er gar keins gebraucht hätte.

„Hey, hab ich euch geweckt? Du, wir sind gut angekommen und die Mama ist wohlauf. Alles okay!"

„Ich bin doch nicht krank gewesen.", flüstere ich dem Bär ins Ohr.

„Ja, dann schlaft schön weiter!", brüllt mein Mann ins Telefon.

Die Leute schütteln den Kopf. Ich persönlich bin es gewöhnt, dass der Bär so laut telefoniert. Aber jetzt ist es mir doch ein wenig peinlich. Ich tue so, als würde ich gar nicht zu ihm gehören und geselle mich unauffällig zu Papa, der ein paar Schritte hinter uns her trödelt.

„Sag mal, Kind: Wie lange dauert das eigentlich mit den Koffern?", fragt Papa, die Ungeduld in Person!

„Normalerweise laufen die Koffer schon auf dem Fließband herum, wenn wir in der Koffer-Halle angekommen sind."

„Aha.", meint mein Vater. „Dann habe ich ja nicht mal Zeit, eine Pfeife zu rauchen."

„Nein Papa, hier auf dem Flugplatz ist das Rauchen überall verboten. Du musst dich schon noch ein wenig gedulden."

In Dallas hat Papa eine harte Zeit durchgemacht. Es gab nirgendwo Aschenbecher, weil kein Mensch in der Browning-Familie raucht. Deshalb musste sich unser Vater jedes Mal, wenn er sich eine Pfeife angezündet hat, nach draußen begeben. Und jedes Mal hat er sich darüber geärgert, dass ihm niemand freiwillig einen Aschenbecher gebracht hat.

Die Browings haben sich zwar nicht explizit beschwert, aber ich glaube, sie waren nicht sehr begeistert über Papas Rauchgewohnheiten.

Gottseidank war unser Aufenthalt in Texas ohne Störungen durch Tornado-Warnings verlaufen. Der April ist normalerweise der schlimmste Monat, da sich der Planet um diese

Zeit enorm aufheizt. Wir haben diesmal nur um die 25°C bis 30°C gehabt, so dass Papa immer draußen seine Pfeife rauchen konnte. Dort bekam er auch am zweitletzten Tag unseres Aufenthalts einen Blumentopf hingestellt, damit der super gepflegte Rasen nicht weiter beschmutzt wurde.

Wie wenn Papa gerade meine Gedanken lesen könnte, sagt er jetzt:

„Es war ja sehr schön bei deinen Leuten, aber ein bisschen toleranter gegenüber Rauchern könnten die schon sein."

„Papa, das sind nicht meine Leute, sondern Barbaras neue Familie. Und als Besucher sollte man auch tolerant gegenüber seinen Gastgebern sein, findest du nicht?"

Ein leises Gebrumme ist Papas Antwort.

Und tatsächlich, als wir in der Gepäckshalle ankommen, läuft unser Gepäck schon auf dem Band umher.

Es sind aber nur zwei unserer Koffer da, weil der Bär und ich in der Business-Class geflogen sind. Die restlichen Gepäckstücke kommen leider erst als allerallerletzte an, so dass Papas Raucher-Geduld schwer auf die Probe gestellt wird.

Noch schlimmer wird es, als Mamas Koffer von einem Zoll-Beamten gründlich durchsucht wird, weil irgend so ein Zollhund unaufhörlich an dem Koffer herum schnuppert.

„Wir waren uns sicher, dass Sie Fleischwaren in Ihrem Koffer versteckt haben, sonst hätte unser Zollhund nicht angeschlagen.", meinte der nicht ganz so freundliche Beamte.

„Tut uns Leid, dass wir Sie aufgehalten haben, aber wir müssen jedem Hinweis nachgehen."

Meine Schwester und ich konnten uns ein Grinsen nicht verkneifen. Normalerweise wäre meine Mutter jetzt an die Decke gegangen, aber diesmal ist sie eher kleinlaut:

„Kann ja jedem Hund mal passieren, dass er sich irrt, gell?", sagt sie. „Irren ist menschlich."

Und siehe da! Der Herr Zoll-Beamte wird jetzt auch noch ganz freundlich und schmunzelt:

„Sie können jetzt gehen."Jetzt grinst er breit. „Und denken Sie daran: Keine Fleischwaren im Koffer transportieren! Auch nicht IN die Staaten."

„Geht doch.", sagt meine Mutter, als wir außer Hörweite der Beamten sind. „Meinst du nicht, Helen?"

Meine Schwiegermutter antwortet:

„Gottseidank haben sie mein Gepäck nicht durchsucht! Ich hab mir nämlich ein paar leckere Donuts eingepackt, die haben mir immer so gut geschmeckt."

Der Bär und ich schauen uns gegenseitig an und prusten los.

„Also Mutter!", lacht der Bär. „Dich nehmen wir immer wieder mit. Das nächste Mal könntest du T-Bone-Steaks schmuggeln. Die esse ich nämlich gerne, ha ha!"

Endlich gehen wir durch die Schranke zur Empfangs-Halle, wo unser Sohn Nick sehnsüchtig auf uns wartet. Er ist gekommen, um uns mit seinem VW-Bulli abzuholen. Da passt nämlich die ganze Familie rein.

„Endlich! Ich dachte schon, ihr seid gar nicht mit dem geplanten Flug mitgekommen.", meint Nick. „Wo wart ihr denn so lange?"

„Frag doch mal deine liebe Omi!", sagt Papa. Er steckt sich gerade die lang ersehnte Pfeife an.

Wir laden schon mal das Gepäck in Nick's nagelneuen Bulli ein.

„Wo ist denn Bine?", wollen der Bär und ich gleichzeitig wissen.

„Sie lässt euch grüßen. Ihr ist es nicht so gut."

„Ist sie schwanger?", kommt es schon wieder wie aus einem Mund.

„Nein! Man muss nicht schwanger sein, nur weil man mal was Falsches gegessen hat."

Nick ist leicht sauer. „Sie wollte ja unbedingt Thailändisch essen gehen. Die Riesengarnelen, die sie sich bestellt hat, sahen schon so komisch aus."

Da wird mir allein bei dem Gedanken daran schon schlecht. Aber ich bin ja auch schwanger.

Endlich sind wir auf dem Heimweg. Es ist ziemlich still im Auto. Julia unterhält sich die ganze Zeit mit Nick und erzählt ihm so ziemlich alles, was er verpasst hat, weil er und Bine nicht mit uns kommen konnten. Sie scheint überhaupt die Einzige zu sein, die nicht zu müde zum Sprechen ist.

„Hey Leute!", ruft sie vom Beifahrer-Sitz aus nach hinten. „Jetzt müsst ihr durchhalten, sonst kommt ihr alle nicht so schnell aus dem Jet-Lag raus."

Als ob wir das nicht wüssten!

Meine Schwester meint mal wieder, sie hätte die Weisheit mit Löffeln gefressen. Wenn ICH das gesagt hätte, dann hätte die ganze Familie wie aus einem Mund geantwortet:

„Ja, Frau Lehrerin!"

Aber meine Schwester kann sich dahingehend alles erlauben. Sie hat ja kein Abitur gemacht, sondern eine solide kaufmännische Lehre absolviert. Deshalb ist sie ja auch in der Lage, einen Bio-Laden zu führen.

Der Bär und ich wissen jedoch aus langjähriger Erfahrung, dass mit einem Jet-Lag nicht zu spaßen ist:

Wenn wir es nicht schaffen, bis heute Abend mindestens 19 Uhr wachzubleiben, dann wird es in den folgenden Tagen äußerst schwierig, wieder in den alten Rhythmus zu kommen. Nachts um 12 stehst du dann senkrecht im Bett und am nächsten Tag kann man sich jegliche Aktivitäten abschminken, ganz zu schweigen davon, einer redlichen Beschäftigung nachzugehen.

Jetzt ist es total still im Innern unseres Volkswagens. Aber was ist denn mit meiner klugen Schwester los?

„Julia, kannst du mir mal das Wasser reichen?"

Ich bekomme keine Antwort. Unser Fahrer dreht sich kurz nach hinten und grinst übers ganze Gesicht.

„Pst! Sie ist gerade eingeschlafen. Ist bestimmt nur ein kurzes Nickerchen.", kichert unser Nick.

Er und Bine haben während unserer Abwesenheit in unserem Haus gewohnt, in erster Linie um Zorro zu versorgen. So brauchten wir den Kater nicht in einer Katzen-Pension abzugeben. Und so konnten sich auch Bine und Nick in aller Ruhe auf ihr Examen vorbereiten, das sie gleichzeitig absolvieren wollen. Nicht in denselben Fächern, sondern für zwei unterschiedliche Studiengänge.

Unser Sohn hat Mathematik und Betriebswirtschaft studiert. Gottseidank ist er nicht Pilot geworden, so wie er es als Kind angekündigt hat. Ich bin es nämlich leid, immer um irgendeinen Mann aus der Familie zu zittern.

Bine studiert Medizin. Das finde ich mal praktisch: Da kann sie doch später mit dem Bär und Eckhard zusammen arbeiten.

„Ach Mama, du machst immer schon Rührei, bevor das Huhn sein Ei gelegt hat."

Was für ein Vergleich! Hab ich noch nie gehört. Aber unser Nick hat schon immer gerne Einwände gebracht, wenn ich dabei bin, Zukunfts-Pläne zu schmieden.

„Mama, du kennst doch die Marienberger Spießbürger!", sagte er, als ich meiner Familie von meiner Zukunfts-Vision „Privatschule" erzählte.

„Die werden dir deine Pläne durchkreuzen, allein weil die Privatschule in Nickelshausen und nicht in Marienberg entstehen soll."

Er meinte, dann würden in die neu gebaute, ins Dorf gequetschte Grundschule zu wenig Kinder aus Nickelshausen kommen. Die würden dann alle in meine Privatschule gehen. Ein sehr realistischer Gedanke! Nick meinte:

„Mama, warum willst du dich denn in deinem Alter noch so ins Zeug legen? Dieses Montessori-Studium führt doch eh zu nix. Das sind alles Traumtänzer, diese Leute."

Natürlich: In MEINEM ALTER! Dass er die Montis als Traumtänzer bezeichnet, kann ich ja noch verstehen, aber dass er mich für zu alt hält um noch mal was Neues zu lernen! Das ist echt unverschämt!

„Ich bin überhaupt noch nicht zu alt, um etwas Neues anzufangen, hörst du?", hab ich protestiert.

„Ach Mama, so hab ich das ja auch nicht gemeint. Dass du auch immer so empfindlich mit deinem Alter bist!" *Stimmt überhaupt nicht! Bin ich gar nicht!*

Mittlerweile sind alle Insassen unseres Wagens eingeschlafen, außer mir und natürlich Nick. Ich schlafe am besten in einem stabilen Bett.

„Alles aussteigen!", rufe ich bei unserer Ankunft am Haus meiner Eltern.

Julia schreckt aus ihren tiefsten Träumen hoch.

„Wer ist tot?"

„Ja ja, Schwesterherz. Durchhalten!", kann ich mir nicht verkneifen.

„Wieso? Ich hab doch überhaupt nicht geschlafen.", behauptet Julia. „Bin nur ein bisschen eingenickt."

Meine Mutter muss meinen Vater regelrecht wachrütteln.

„Robert! Wir sind zuhause!", ruft sie. Als er immer noch nicht wach wird, hält sie ihm die Pfeife unter die Nase. Zack, da öffnen sich Papas Augen wie von selbst.

„Ach tatsächlich! Wir sind da."

„Wo sind wir?", fragt Helen.

Kapitel 13
Kein Fleisch

Endlich fängt morge die Schul widder an! Mei Mizzi kann's gar net mehr erwarte. Se hat schon ihr Ranze gepackt un der Ecki musst ihr heut alles üwwer Texas aus'm Internet ausdrucke.

Gleich morge kommt ach die Jana aus der Pfalz, weil die noch Ferie hat un net mehr im Krankehaus is. Der Ecki hat sofort an dem Tach wo mir die Mizzi aus der Uni-Klinik abgeholt hawwe, die Mama von der Jana angerufe un alles klar gemacht mit der.

Nur weil der Ecki'n Dok is, kann die Jana uns ach besuche, gell? Die schwebt nämlich ständich irchendwie in Lebensgefahr. Der Stationsarzt vom Krankehaus hat gemeint, dass die Jana in Gegewart von der Mizzi richtig uffgeblüht wär un dass die ruhig'n paar Tach mit ihrer Freundin in die Schul gehe darf, solang'n Doktor in der Näh is.

Mit der Liz hab ich schon am Telefon gesproche. Die is natürlich einverstanne, dass die Jana mit in die Klass von der Mizzi kommt.

Grad gestern erst is die Familich von de Bergers aus Texas zurück-gekomme. Die sin noch voll im Tschet-Leck, sacht die Liz. Muss gut gewese sein, dene ihr Uffenthalt in Dallas. Ich hab gefracht, ob se ach die Southfork-Ranch besucht hätte. Awwer die Liz hat erst gewusst, was ich meine, wie ich ihr gesacht hab, dass es sich um die Ewings handelt. Da hat'se gemeint, dass se mit den Brownings genuch zu tun gehabt hätt.

Na sowas! Un die Ewings, die wäre ihr Schnuppe. Des hätt ihr Schwester immer bis zur Vergasung geguckt.

Wird mir direkt sympathisch, die Schwester. Wenn ich's nächste Mal im Bio-Lade einkaufe geh, dann muss ich mich doch mal mit der Julia austausche üwwer die Ewings. Die hat sich bestimmt die Southfork-Ranch angeguckt. Ach Gott, was war des e Super-Sendung!

„Mama, hast du mein Sportzeug gewaschen?", fracht die Mizzi mich grad.

„Awwer Kind! Als hätt ich des jemals vergesse, gell?"

Des Kind hat nix mehr anneres im Kopp wie die Schul.

„Willste net noch zum Till spiele gehe?", frach ich.

„Der Till ist doch noch in Ferien bei seiner Oma. Der kommt erst heut Abend wieder zurück."

„Der wird sich freue, wenn du widder hier bist, gell?"

„Der hätte auch mal ein paar Tage früher wieder nach Hause kommen können.", mault mei Tochter.

„Ab morgen werde ich auch für **ihn** wenig Zeit haben, solange die Jana da ist."

Na, des kann ja heiter werde! Des gibt bestimmt Probleme, wenn der Till net hier auftauche kann, wann er will, denk ich.

„Hast du mit der Frau Berger gesprochen wegen der Jana, Mama?"

„Jaaa Kind, hab ich." Also ich bin wirklich froh, wenn morge der Wecker rappelt. Des hältste ja im Kopp net aus!

„Wie wär's, wenn du mich bei meinem Einkauf begleiten würdest?", fracht mich der Ecki. Der will morge, wenn die Jana kommt, unsern Grill anschmeiße un da braucht er noch Kartoffel un Grillgut.

„Wie wär's wenn du uns zu unserem Einkauf begleite würdst?", frach ich die Mizzi.

„Au ja!", ruft se un is ganz uffgereecht.

„Dann kann ich für die Jana ein vegetarisches Schnitzel einkaufen!", ruft'se.

„Die will nämlich kein Fleisch essen."

„Du lieber Gott!", sach ich. „Wie kammer dann ohne Fleisch auskomme?"

Des könnt ich net. Der Ecki sacht, dass im Fleisch so'n Vitamin drin is, was der Mensch braucht un dass mer net uff Fleisch verzichte soll.

„Die Frau Berger ist schon seit 20 Jahren Vegetarierin.", sacht die Mizzi.

„Awwer die sieht doch ziemlich gesund aus.", sach ich zum Ecki.

„Ich hab ihr vor Allem während der Schwangerschaft Vitamin B 12 und ein Eisenpräparat aufgeschrieben."

„Un wieso haste mir auch Eisen uffgeschriebe?"

„Weil jede schwangere Frau das braucht, auch wenn sie keine Vegetarierin ist."

Wie mer bloß so lang ohne Fleisch auskomme kann! Des kann ich net verstehe. Awwer die Liz, die wird schon wisse, warum se des macht. Die hat ja für alles gute Gründe, gell! Ich bin jedenfalls froh, dass mein Kind zu der in die Klass geht!

Mei Mizzi, die geht echt super-gern in die Schul. Un se lernt ganz viel! Die is vielleicht wissbegierig! Se sacht, dass die Schul richtig spannend is, weil se all mitbestimme könne, was gelernt wird. Die hawwe im zweite Schuljahr schon die Bruchrechnung gelernt. Des hawwe die in der Freiarbeit gemacht, die Mizzi un der Till.

Mittachs hab ich'se belauscht, wie se üwwer die Bruchrechnung gesproche hawwe. Se hawwe sich Kreise ausgeschnitte un da dran gelernt, was'n Halb, Viertel, Achtel un so weiter is. Jeden Kreis hawwe se entsprechend gefaltet un ausgeschnitte. Ich sach's ja! Im zweite Schuljahr! Des wär uns im Traum net eingefalle.

Awwer so is die Frau Berger. Die passt immer de richtige Zeitpunkt ab, um sowas de Kinner beizubringe.

„Zu der würd ich auch nochmal in die Schule gehen.", sacht der Ecki.

Die Mizzi hat dem letztens ganz viel erzählt üwwer die Freiarbeit un so weiter. Das hat den richtig interessiert, den Ecki.

Mir hawwe ja so'ne Initiative gegründet für die Privatschul. Wenn die Liz des Montessuri-Studium fertich hat, dann will se in die zugemachte Schul in Nickelshause die Privatschul mache.

Die Britta, der Hermann, der Ecki un ich hawwe die Initiative zusamme mit der Liz un dem Bertram gegründet. Jetzt sinn schon zirka 80 Leut aus'm Dorf Mitglieder geworde. Der Bürchermeister hat uns den alte Kinnergarte zur Verfüchung gestellt, damit mer uns treffe könne. Der unnerstützt unser

Initiative wenichstens. Die annere aus dem Gemeinderat hawwe sich ja vom XXL üwwerzeuche lasse, dass in Marieberch e neu Schul gebaut werde muss.

Der XXL braucht sich in Nickelshause net mehr blicke zu lasse. Wenn's noch'n Lünchjustiz gäb, dann wär der längst wech vom Fenster.

„Ich mach euch euer Schul da oben zu.", hat der gesacht un hat's wahrgemacht! Wenn der net die zwei Fraue aus Nickelshause gezwung hätt, sich zu enthalte, dann hätte die net genug Stimme im Gemeinderat gehabt. Un dann würd die neu Schul ach net in die Ortsmitte von Marieberch reingequetscht werde.

Awwer wemmer, wie der XXL, 'nen Freund hat, der Architekt is un in Marieberch die ganze Häuser für die Gemeinde baut, is des ganz klar! Des kost die Gemeinde mindestens zwei Millione! Die Schul in Nickelshause hätt mer nur renoviere müsse, dann hätt die Gemeinde mengeweis Geld gespart. So sieht des ach unser Bürchermeister.

Unser Ortsvorsteher hat so gekämpft! Die sinn doch in derselbe Partei, der Franz Becker un der XXL. Die gucke sich awwer net mehr von der Seit an, die zwei. Der Franz hat sich, wie sich's gehört, für sei Dorf eingesetzt. Un obwohl unser Bürchermeister un der Franz in verschiedene Parteie sinn, hawwe die die gleiche Meinung üwwer die Schul in Nickelshause.

Awwer was red ich! S'is ja alles bereits entschiede. Die Schul in Marieberch wird gebaut un unser Kinner müsse aus ihrem Paradies raus, so hat's der Gemeinderat entschiede.

„Das ist Demokratie.", sacht der XXL. Awwer keiner im Dorf glaubt dem. Die sinn all stinksauer, die Leut.

Kapitel 14
Hilft mir mal einer auf die Sprünge?

Jetzt bin ich doch froh, wieder zuhause zu sein. Verreisen ist ja gut und schön, aber nachhause kommen ist fast noch schöner.

Ich schließe die Tür auf und wer kommt mir entgegen und streicht mir freudig um die Beine? Unser Zorro. Der Kater ist normalerweise beleidigt, wenn ich ein paar Tage aus dem Haus gehe, aber heute ist er richtig nett zu uns.

„Wir haben ihn hungern lassen.", meint Bine, die mit Zorros Fressnapf und einer Dose Sheba um die Ecke kommt.

„Jetzt wird mir einiges klar." Ich bin Bine unendlich dankbar, dass ich mich gleich wieder bei Zorro beliebt machen kann.

„Keine Angst, er hungert erst seit heute Morgen.", beruhigt Bine uns.

Der Bär und ich umarmen unsere Schwiegertochter in Spe ganz herzlich, bevor Zorros Hunger gestillt werden kann.

Im Esszimmer ist der Frühstückstisch so reichlich gedeckt, dass er fast unter seiner Last zusammenbricht. Damit haben der Bär und ich überhaupt nicht gerechnet. Bine hat sogar Rührei gemacht. Extra wegen mir ohne Speck.

„Das ist superlieb von dir.", sage ich zu Bine und bin sehr gerührt. Ich sehe, dass alles im Haus in bester Ordnung ist: Meine Blumen strotzen vor Gesundheit und der Fußboden glänzt wie ein Spiegel. Toll!

„Also Bine, das war doch echt nicht nötig!" Bine folgt meinem Blick rund ums Wohnzimmer.

„Ach das?", meint sie. „Das war ich gar nicht."
Sie zeigt auf Nick, der ganz harmlos aussieht.
„Das war Rosalinde."
Rosalinde ist unser Putz-Engel.

„Aber das war doch auch nicht nötig. Ihr hättet Rosalinde nicht bemühen müssen. Soo schmutzig wird eine Wohnung doch gar nicht, wenn sie nur von zwei jungen Leuten bewohnt wird.

„Ja, aber ihr hättet mal sehen sollen, wie's nach der Party hier ausgesehen hat.", meint Bine.

„Oh.", entfährt es mir. „Was für eine Party?"

„Also Mama, du warst doch selbst dabei, als ich geboren wurde!" Mein Sohn macht ein beleidigtes Gesicht.

„Ja natürlich war ich bei deiner Geburt dabei. Was hat das denn mit einer Party zu tun, die hier offensichtlich recht wild gefeiert wurde?"

„Dann denk mal nach!" Ich kapiere es immer noch nicht.

„Worüber soll ich denn nachdenken?"

„Puppe! Der wievielte war es denn gestern?"

Mein Mann streichelt mir über den Rücken, so als ob ich debil wäre.

Jetzt bin ich echt beleidigt.

„Hilft mir mal einer hier auf die Sprünge?!"

„Wo hätte ich denn sonst meinen Geburtstag feiern sollen?", ist die Hilfe meines Sohnes, damit ich auf die Sprünge komme.

„Schließlich musste ich doch auf dieses Haus aufpassen, Mama!" Nick macht eine umfassende Geste um sich herum.

Oh Gott! Wie kann man nur **so** auf dem Schlauch stehen?

Ich nehme meinen Sohn in die Arme und drücke ihn ganz fest.

„Liebes Kind, verzeih mir! Das liegt bestimmt an meiner Schwangerschaft, dass ich so schwer von Begriff bin."

„Nicht unbedingt.", meint mein unverschämter Ehepartner.

Bevor ich so tun kann als ob ich nix gehört hätte, fangen die drei an zu lachen. Mir bleibt nichts anderes übrig als mit zu lachen.

„Dann haben wir ja heute etwas nachzufeiern." Der Bär lässt sich auf einen Stuhl fallen. „Gott, bin ich müde!"

Da klingelt das Telefon.

„Hallo Lissi." Das ist Helmut, unser neuer Schulrat, der gleichzeitig ein alter Freund von mir ist.

„Seid ihr wieder da?"

Ich erzähle ihm, dass wir erst seit wenigen Minuten das Haus betreten haben und dass ich ihn nach dem Frühstück zurück rufen würde. Er ist einverstanden.

Helmut Drexler war ein Studienfreund von mir aus meiner Bonner Zeit. Damals war er der Schwarm aller angehenden Lehrerinnen. Ein bisschen war auch ich in Helmut verknallt. Ich hab aber nicht gemerkt, dass Helmut ebenso an mir interessiert war. Erst als meine Freundin Siegrid beleidigt war, weil ich mit Helmut in die Schweiz gefahren bin um dort mit ihm zusammen eine Reformschule zu besuchen, habe ich gemerkt, dass Siegrid es auch auf Helmut abgesehen hatte. Das war kurz nachdem ich Bertram kennengelernt hatte.

Keiner auf der ganzen Welt hätte dann noch eine Chance bei mir gehabt. Selbst Helmut nicht. Der Bär war und bleibt die Liebe meines Lebens.

Meine Freundin Siegrid habe ich nach dem Examen aus den Augen verloren und als der neue Schulrat zu mir in die Schule kam um sich bei mir vorzustellen, da war ich ganz schön überrascht, dass das Helmut war.

Der brachte mir die Hiobs-Botschaft, nämlich dass es zu diesem Zeitpunkt schon beschlossene Sache war, dass unsere Schule in Nickelshausen nur noch bis zum Ende des Schuljahres geöffnet bleibt.

Eine freudige Nachricht hat mir der Helmut aber auch überbracht:

Er hat Siegrid in Berlin wieder getroffen und dort haben sie dann geheiratet und eine Familie gegründet. Vor kurzem sind die beiden ganz in unsere Nähe gezogen, weil Helmut ja nun unser Schulrat ist. Darüber habe ich mich riesig gefreut. Siegrid und ich sind wieder Freundinnen, so als ob wir uns nie aus den Augen verloren hätten.

Da klingelt klingelt mein Handy. Ich spreche bewusst mit vollem Mund:

„Ich hab doch gesagt, dass ich dich gleich zurückrufe.", kaue ich in den Hörer hinein. „Lass mich bitte zu Ende frühstücken, Helmut!"

Aufgelegt. Seltsam. Das sieht Helmut gar nicht ähnlich. Ich drücke auf die Wiederwahl-Taste.

„Ja hallo?" Das ist eine ziemlich hohe Stimme. Sie gehört nicht zu Siegrid, das merke ich sofort und kaue schnell zu Ende.

„Sie haben eben bei uns angerufen." Die Leitung ist tot. Okay. Hätte sich auch entschuldigen können, die dumme Kuh.

Nach dem Frühstück rufe ich Helmut zurück. Siegrid hebt ab.

„Hallo meine Liebe. Ich bin's, Liz."

Meine Freundin freut sich, meine Stimme zu hören. Sie hat eine ganz schöne Nachricht für mich:

„Gestern habe ich mich, mit einer Woche Verspätung, noch für den Montessori-Diplomkurs angemeldet.", verkündet sie stolz.

Schon während des Studiums hatten Siegrid und ich, gemeinsam mit Helmut ein Montessori-Seminar belegt.

Siegrid hat das damals zwar mehr wegen Helmut mitgemacht, aber nachher fand sie die Reform-Pädagogik auch ganz ansprechend.

Nachdem Helmut und sie geheiratet hatten, ist Siegrid jedoch zuhause geblieben und hat ihre beiden Kinder großgezogen. Ihren Beruf als Lehrerin hat sie nur insgesamt zwei Jahre lang ausgeübt. Sie erzählt mir, dass sie sich an einer Ganztagsschule mit Montessori-Konzept beworben hat.

„Die suchen dringend Leute wie dich, Lissi. Willst du dich nicht auch bewerben?", fragt Siegrid allen Ernstes.

„Liebe Freundin, du kennst doch meine Pläne! Davon bin ich auch nicht mehr abzubringen. Mir würde es aber gut gefallen, wenn du bei uns als Lehrerin arbeiten würdest."

„Findest du das Ganze nicht etwas gewagt?"

Das sieht Siegrid mal wieder ähnlich. Ausgesprochen mutig war sie noch nie. Sonst hätte sie Helmut doch Avancen machen können, als sie gemerkt hat, dass der sich eher für meine Person erwärmt hat. Hätte sie nur ein Wort mir gegenüber erwähnt, wäre vielleicht alles anders gekommen und die beiden wären sich viel eher nahe gekommen. Aber vielleicht hat es ja auch so kommen müssen, wie es geschehen ist, wer weiß?

„Nein, ich finde es überhaupt nicht gewagt. Und ich hoffe, dass meine Freunde mich unterstützen, wo sie nur können."

„Ja, darüber wollte Helmut gerade mit dir sprechen."

Bevor ich Siegrid antworten konnte, war Helmut schon am Telefon.

„Kann ich dich morgen sprechen, Lissi? Ich hab eine wichtige Info für dich."

„Wie wäre es, wenn du während der Pause vorbei kommst?" Jetzt will ich aber doch wissen, worum es eigentlich geht.

„Nicht am Telefon."

„Du machst mich neugierig. Wie wichtig ist es denn?"

„Sehr wichtig."

Ich will wenigstens wissen worum es geht. Helmut eröffnet mir:

„Es geht um deine Privatschule."

„Aha." Das ist ja sehr aufschlussreich. „Jetzt kann ich natürlich super schlafen heute Nacht."

„Das ist bei einem Jet-Lag viel wert." Dieser freche Kerl! Ist dem schon mal aufgefallen, dass er als Schulrat ein bisschen respektvoller mit mir umgehen könnte? Und wie wenn Helmut meine Gedanken laut gehört hätte, sagt er jetzt:

„So schlimm ist es ja nicht, Lissi. Es ist nur eine vertrauliche Info, die dir vielleicht weiterhilft bei deinen Plänen bezüglich der Privatschule, sonst nichts."

Okay. Das beruhigt mich wirklich. Ich erzähle Helmut von unserer texanischen Hochzeit und danach kommt Siegrid wieder ans Telefon.

„Was hattest du an? Wie hat Barbara ausgesehen? Wie sind die Schwiegereltern?"

Ich beantworte geduldig alle ihre Fragen und erzähle ihr auch von den 'Wienerschnitzeln' bei der Zollkontrolle in Dallas und dem Nachspiel in Frankfurt. Siegrid findet es 'echt gewagt' von unseren Müttern, dass sie die Lyoner-Wurst über die amerikanische Grenze geschmuggelt haben. Typisch Siegrid! Konnte nicht mal über diese drollige Geschichte lachen! Sie

ist einfach zu ängstlich. Gut, dass sie so einen starken Be-
schützer an ihrer Seite hat, der ihr scheinbar die Angst nehmen kann, wenn sie selbst vor einer schwierigen Entscheidung steht.

Ich nehme mir vor, morgen mit Helmut über mein Vorhaben
zu sprechen. Ich möchte Siegrid in meiner Privatschule als
Lehrerin anstellen. Jetzt wo sie sich für den Kurs angemeldet
hat ist das doch sehr naheliegend!

Kapitel 15
Endlich!

Der erste Schultach ist da! Endlich! Die Mizzi is heut morge aus dem Haus gelaufe, als gäb's was umsonst.

Den Mattis musst ich erst mal aus'm Bett scheuche und danach aus'm Haus. Der hat net mal gefrühstückt.

„Du musst doch was esse!", sach ich zu ihm.

„Hab Geld dabei.", ruft der, wie er rausrennt. Der is nämlich, wie immer, zu spät dran für uff de Bus. Des muss sich ännern, denk ich. Ich muss mit dem Kerl mal'n ernstes Wort rede.

„Mama, ich hab mir mein Pausenbrot eingesteckt!", ruft die Mizzi im Weglaufe.

„Mach langsam, Kind!", ruf ich. „Du bist noch net so ganz fit, des weißt du!"

Keine Spur von Gehorsam zeicht des Kind! Se rennt, als ob die Monster hinner ihr her wäre. Ich schick'n kurzes Stoßgebet zum Himmel.

„Lieber Gott, mach dass des Kind net hinfällt."

„Vielleicht bist du jetzt ein wenig überängstlich." Der Ecki is hinner mich getrete un lecht den Arm um mich.

„Aber das legt sich wieder mit der Zeit, Körnchen.", sacht mein Schatz. Des beruhigt mich sofort. Ich hab auch die Liz genau uffgeklärt, was mit der Mizzi in de Ferie passiert is, damit die se ach schont. Die war vielleicht geschockt!

„Du lieber Gott, garnicht vorzustellen, was passiert wäre, wenn sie das Anneurhisma nicht festgestellt hätten!", hat se gesacht. Die hat gar net gefracht, was'n Anneurishma is!

Der Ecki is schon fertich zur Abfahrt nach Bad-Kreuznach um die Jana abzuhole. Die hat nämlich noch eine Woche Ferien un is grad aus'm Krankehaus rausgekomme. Der Ecki hat mit der Mama von der Jana alles geklärt.

Des Kind darf zwei bis drei Tache hierbleibe, je nachdem wie's ihr geht. Un in die Schul darf se ach mitgehe. Der Ecki hat sich zwei Tach Urlaub genomme damit er bei der Jana in der Näh is, wenn was is.

Heut morge is dann der Bertram dran un macht Dienst in der Praxis. Ich geh gleich rüwwer un üwwernehm die Sprechstunne-Hilfe. Gleich sinn se all aus'm Haus un dann spring ich noch schnell unner die Dusch.

„Guck, dass des Kind sich was zum Trinke mitnimmt!", schrei ich dem Ecki noch hinnerher, awwer der hört des net mehr. Gottseidank! Jetzt fällt mir ein, dass des der Ecki als Doktor ja sowieso weiß.

Wie die Mizzi vor'n paar Monate in Ohnmacht gefalle war, da hat der Ecki festgestellt, dass se nix getrunke hatte, was die Hauptursach für ihr Zusammebruch war.

Jetzt bin ich ganz sicher, dass der Ecki an sowas denkt. Ojeh, manchmal bin ich echt der Üwwer-Helikopter, wie mei Sohn mich so schön bezeichnet.

Ich sach einfach:

Lieber zu viel achtgewwe, wie zu wenich.

Wenn ich dem Mattis net ab un zu uff die Finger gugge würd, wenn der sacht, er würd Hausuffgabe mache, dann wär bestimmt die Bemerkung widder uff'm Zeuchnis gewese:

'Mattis hat nur sporadisch Hausaufgaben angefertigt.'

Awwer dann hab ich dem sporadisch uff die Finger geguggt un siehe da:

S'war kei Bemerkung mehr uff'm Zeuchnis. Seitdem bin ich zwar de 'Üwwer-Helikopter' awwer des stört mich net.

Wenn mei Föti auch'n Bub wird, dann pass ich noch früher uff, ob der Hausuffgabe macht. Ich will garnet wisse was es wird, dann wird's ach kei Üwwerraschung wenn's net stimmt, was der Frauearzt sacht. Is schon alles passiert, gell?! Da hawwe die Leut alles in rosa gekauft un dann musste se die Sache widder umtausche, weil der Dirmel von Doktor des falsch uff dem Ultraschall gesehe hat.

Genau wie die Liz, lass ich mir nur insgesamt drei Ultraschall-Uffnahme mache. Die Liz meint, des is net gesund, wenn mer so viel den Bauch fotografiert. Des Kind könnt Schade nehme. Der Ecki sacht zwar, dass die Liz üwwervorsichtig is, awwer in dem Fall hör ich uff mei Bauchgefühl. Außerdem hat die Liz mehr Ahnung von Gesundheit, wie mancher Doktor.

Die kennt sich mit Ernährung bestens aus. Se hat mir gesacht, dass ich in der Schwangerschaft viel Gemüs un Obst esse soll. Des stärkt die Abwehrkräfte, hat se gemeint un dass die Mineralien-Depots dann besser uffgefüllt würde.

Wie der Ecki gesacht hat, dass er ihr Mineralie verschreiwe würd, da hat se gesacht, dass se Schüssler-Salze nimmt.

Ich hab se gleich gefracht, was des is un da hat se mir so'n Buch in die Hand gedrückt, wo alles üwwer Schüssler-Salze drinsteht.

Ich hab's gelese. Anschließend hab ich den Ecki gezwunge, des ewefalls zu lese. Zuerst wollt der net. Der wollt sich doch echt drücke! Awwer ich hab net locker gelasse, bis er's doch gelese hat.

„Aber nur weil ich dich liebe, Körnchen.", hat er gesacht.

Des is mir runnergegange wie Öl, gell? Ich hab mich dann gewunnert, dass der des in ganz kurzer Zeit gelese hat. Was soll ich sache:

Der war begeistert un seitdem verschreibt der de Leut ach **die** Sort von Mineralie. Un was des Dollste is:

Der klärt die Patiente ach noch fachmännisch uff, weshalb die Schüssler-Salze so gut wirke. Des könnt ich net so gut erkläre wie der. Awwer da frach ich mich doch:

Wieso lerne die des net im Studium? Un weshalb wisse die Ärzte garnix üwwer Ernährung? Un warum wolle die des üwwerhaupt ach net wisse?

„Lass die Nahrung deine Medizin sein und Medizin deine Nahrung!"

Die Liz sacht, des hätt der Hippokrates schon 400 Jahr vor Christus gesacht. Der Hippokrates, des war'n ganz berühmter Arzt un Philosoph, glaub ich, un den kennt mer heut noch!

Der Bertram, der hat schon ganz viel von der Liz üwwernomme un der weiß ach, wie wichtich die Ernährung is. Awwer seine Patiente sacht der davon üwwerhaupt nix.

„Da würde ich doch in Teufels Küche kommen, wenn ich zu

einer Krebspatientin sagen würde, sie soll Brokkoli und Himbeeren essen!"

Die Liz hat nämlich zu dem Bertram gesacht, se hätt des Buch gelese, wo drin steht, dass Krebszellen keine Himbeeren mögen. In dem Buch steht ach drin, dass Wein gesund is.

Des hat dem Bertram dann schon besser gefalle, awwer seine Patiente erzählt der eher, dass se mit dem Alkohol uffhöre solle. Für sich selbscht wählt der dann lieber die 'natürliche Medizin.'

„So ein Weinchen kann doch niemanden schaden.", meint der Bertram immer, wenn ich'n frach, was er trinke will.

Es soll ach sogar so'n Buch existiere, wo drinsteht, dass **Bier** gesund is. Der Ecki hat gemeint, des wär garnet so verkehrt. Vor Allem wemmer Mageproblem hat. Des Bier würd sich sehr positiv uff de Mage auswirke.

Jetzt weiß ich ach, warum der Ecki nie mit dem Mage zu tun hat. Ich sach immer:

„Trink net so viel Bier, sonst kriegste noch so'n Bierbauch, wie mein Opa, Gott hab ihn selisch. Un wie's sich rausgestellt hat, war des viele Biertrinke ach net so schrecklich gesund. Der Ecki hat kei Bierbauch, der macht ach ganz viel Sport un hat'n echt Waschbrett-Bauch. Da kann mer üwwerhaupt net reinzwicke, da kriegt mer nix zu fasse. Des mit dem Bierbauch war ja ach nur'n Scherz.

„Alles in Maßen genossen, das kann nicht schaden.", sacht der Ecki immer.

Awwer dann könnt ich doch in Maßen Heroin einnehme, des könnt doch net schade, odder?

Ja ja, die Weißkittel! Die meine, se hätte die Weisheit gepachtet. Awwer lieb sin se doch! Zumindescht die zwei, die ich kenne.

Ich freu mich so richtich, dass ich die Liz morge Abend widder treff. Mir sin bei der Britta zum Abendesse eingelade. Bin gespannt, was die Liz und der Bertram so alles üwwer ihr Texas-Fahrt zu erzähle hawwe. Die sin noch halb im Jet-Leck, oder wie des heißt, die zwei. Awwer bis morge hawwe se's Schlimmste üwwerstanne, sache se.

Jetz muss ich awwer schnell unner die Dusch, sonst komm ich noch zu spät in die Praxis!

Kapitel 16
Eine Lapalie

„Hallo hier ist die Daniela Schmidt. Die Mama vom Tim."

„Ach Daniela, was kann ich für dich tun?"

Ich kenne die Daniela schon von Kindesbeinen an. Ihr Sohn Tim geht zurzeit zu Herrchen in die erste Klasse.

„Ähem", Daniela räuspert sich. „Jetzt nicht erschrecken, Liz! Es ist nichts Schlimmes passiert: Dein Papa ist bei uns. Der ist vor unserer Praxis auf dem Zebrastreifen angefahren worden."

Ich merke, wie mir das Herz in die Hose rutscht. Daniela arbeitet beim Doktor Klein in Marienberg als Sprechstundenhilfe.

„Um Himmelswillen! Was ist passiert? Ist er verletzt?" Meine Knie zittern.

„Ja schon, aber nicht so schlimm. Er ist am Bein verletzt und kann nicht mehr richtig gehen."

Ich lasse mich auf meinen Schreibtischstuhl sinken. Mein Herz klopft mir bis zum Hals. In solchen Situationen bin ich meistens unfähig zu handeln.

„Und am Kopf? Ist da alles in Ordnung? Ist er am Kopf verletzt?!", jetzt schreie ich schon.

„Das Problem ist:" sagt Daniela (Sie bleibt ganz ruhig.) „Er lässt sich nicht ins Krankenhaus fahren und lässt auch sonst nichts an sich machen."

Das kenn ich. Mein Vater ist davon überzeugt, dass alle Ärzte 'Quacksalber' sind.

„Oh Gott, wie peinlich!", entfährt es mir. „Ich komme ihn sofort abholen."

„Das wäre nett.", meint Daniela und legt auf. Ich schnappe meinen Mantel und eile ins Lehrerzimmer.

„Mein Vater hat einen Unfall gehabt. Er ist beim Doktor in Marienberg. Ich geh ihn holen und fahre ihn zu meinem Mann in die Praxis. Bin in 10 Minuten hoffentlich wieder hier."

Meine Kollegen bekommen keine Gelegenheit, mir zu antworten.

„Ich hab Freistunde!", ruft Herrchen mir hinterher. „Ich geh dann in deine Klasse, falls du es nicht schaffst."

„Danke!", rufe ich beim Einsteigen ins Auto zurück. Meine Kollegin Hermine ist in solchen Situationen Gold wert. Das gibt mir ein wenig Spielraum, damit ich nicht hetzen muss.

„Na, dem werd ich was erzählen!", murmele ich vor mich hin, als ich in die Zufahrt von Doktor Kleins Parkplatz einbiege. Ich bin richtig wütend auf Papa.

„Sei froh, dass nicht mehr passiert ist!", höre ich die Stimme meiner Mutter.

Stimmt eigentlich, Mama! Apropos Mama. Ob die noch gar nichts weiß von Papa's Unfall? Ojeh, die wird doch gleich immer so panisch, wenn's um Papa geht! Ich reiße die Tür zur Praxis auf.

Sie sitzt neben ihm.

„Kind, wo bleibst du denn?", ruft sie mir entgegen, als ich in die Praxis eile.

„Aber Mama! Ich bin doch sofort gekommen, nachdem Daniela mich angerufen hat."

Und zu Papa sage ich:

„Also Papa, was machst du denn für Sachen!"

„Ist doch nichts passiert.", schnappt er.

Gleichzeitig will mein Vater aufstehen, fällt aber sofort wieder auf seinen Stuhl zurück.

„Scheiße!", knurrt er. „Kann mir mal einer in die Gänge helfen?". Mama schaut betroffen zu mir hin.

Ich blicke zu Daniela rüber, die hinter ihrem Empfangs-Pult gerade einen Computer bedient.

Sie lächelt mir süßsauer zu.

„Ich hab ihm angeboten, einen Krankenwagen zu rufen, aber er hat es abgelehnt." Danielas Stimme klingt etwas genervt.

Sie kommt aber sogleich mit zwei Krücken auf uns zu.

„Hier, die hat ein Patient gestern bei uns vergessen, nachdem er sie nicht mehr gebraucht hat. Wenn ihr sie wieder zurück bringt, könnt ihr sie mitnehmen."

Mein Vater nimmt bereitwillig die Krücken von Daniela entgegen und jetzt kommt etwas, das ich bei Papa noch selten erlebt habe:

Er entschuldigt sich sogar! (Ich glaube, er ist wirklich verletzt.)

Danach macht er erneut den Versuch, auf die Beine zu kommen. Es klappt. Gottseidank, der nächste Fluch bleibt uns erspart!

Meine Mutter ist ebenfalls aufgestanden und wir beide helfen Papa zum Auto. Mit Mühe und Not bekommen wir ihn ins Wageninnere bugsiert.

„Die sind unfähig!", knurrt er. „Die wollten mich wegen diesem Kiki-Kram ins Krankenhaus bringen lassen."

„Also Papa, das weißt du doch gar nicht, ob das ein Kiki-Kram ist, was du am Bein hast! Das muss auf jeden Fall geröntgt werden. Ich bring euch jetzt zum Bär und der entscheidet, was zu tun ist. Doktor Klein hat nur seine Pflicht getan, Papa. Und du, du hast dich unmöglich benommen!", rüge ich ihn beim Aussteigen. „Man muss sich echt schämen!"

„Dafür brauchst **du** dich schon gar nicht zu schämen!",bellt er zurück. Gegen Papa komme ich einfach nicht an.

„Schließlich bin ich dein Vater und wenn **ich** mich für **dich** schäme, ist das was völlig anderes!"

Ich lasse es. Eine weitere Diskussion hätte sowieso keinen Sinn. Zum Schluss hat Papa immer das letzte Wort:

„Musst du immer das letzte Wort haben?!", sind bei jedem Streit Papas letzte Worte.

Auf dem Weg nach Nickelshausen hat meine Mutter mir erzählt, wie alles passiert ist:

Als Papa den Zebrastreifen vor der Gärtnerei, gegenüber von der Praxis Dr. Klein überqueren wollte, bog ein PKW um die Ecke. Der Fahrer hat Papa zu spät gesehen, weil ein LKW vor der Gärtnerei gerade am Ausladen war. Papa ist vorn über gefallen als der Wagen ihn streifte und hat sogar noch gelacht, weil er so seltsam quer gefallen ist. (Das haben Zeugen des Unfalls erzählt.)

Der Fahrer des Wagens, Herr Müller, ist sofort aus dem Auto gesprungen und hat Papa auf die Beine geholfen. Er war völlig bestürzt und hat meinen Vater gefragt, ob er verletzt wäre.

„Ach, ich hab überhaupt nix. Fahr du ruhig weiter!", hat er doch tatsächlich zu dem jungen Mann gesagt.

Herr Müller und Papa kennen sich durch die Arbeiterwohlfahrt, genannt AWO, ein Verein in dem mein Vater sich schon seit einigen Jahren fleißig engagiert. Er kümmert sich im ortsansässigen Altenheim um die "alten Leutchen".

Gottseidank ist Papa ja noch unter 80.

Herrn Müller kennt er, weil er der Besitzer eines privaten Altenheims in Dermingen ist und deshalb ab und zu mit Papa zu tun hat.

Der erleichterte Herr Müller hat Papa sofort zum Arzt gebracht.

„Zur Sicherheit.", hat er gesagt. Dort ist er bei meinem Vater geblieben bis Mama eingetroffen ist. Er hat ihr versprochen, sich sobald wie möglich wieder zu melden.

„Ist ja nochmal gutgegangen.", meint meine Mutter zu mir, während Papa neben uns zur Praxis von Dr. Herz humpelt.

Derselbe kommt gerade vorgefahren und steigt eilig aus, als er uns sieht.

„Was ist denn hier passiert?", fragt er bei Papas armseligen Anblick.

„Ach, die übertreiben alle! Überhaupt nix ist passiert. Mach du mal lieber die Kindersicherung auf, damit die Kleine aussteigen kann!", herrscht er den Eckhard an.

Der befreit ein kleines Mädchen aus dem Wagen und stellt mir das Kind sogleich als Mizzis Freundin Jana vor.

„Und das ist die Lehrerin von der Mizzi, von der du schon so viel gehört hast."

„Aber solltest du nicht in der Schule sein?", fragt Jana und schaut mich ungläubig an.

Jetzt dämmert's mir! Das ist Mizzis Freundin aus dem Krankenhaus! Anne hat mir erzählt, dass die Mizzi ihre neue Freundin unbedingt mit zu uns in die Schule bringen will. Ich habe Anne gesagt, dass das eine heikle Sache ist. Als sie mir dann erzählt hat, dass der Eckhard immer auf dem Sprung sein würde, um die Jana jederzeit abholen zu können, habe ich eingewilligt.

„Ja, das müsste ich eigentlich."

Ich entschuldige mich fast bei Jana.

„Aber das ist eine längere Geschichte. Du bist jedenfalls herzlich willkommen."

Das Kind strahlt.

Meine Eltern sind schon in der Praxis verschwunden, da Papa nicht mehr stehen konnte. Jana will sofort mit in die Schule kommen. Nein, sie ist überhaupt nicht erschöpft, antwortet sie auf unsere diesbezügliche Frage.

„Na gut.", meint der Eckhard. „Dann fahr ich dich persönlich nachher in die Schule, wenn wir etwas gegessen und getrunken haben. Die Mama von der Mizzi wartet schon mit dem zweiten Frühstück auf uns."

Wir verabschieden uns, nachdem ich Eckhard eine Zusammenfassung der Geschehnisse geliefert habe. Dann laufe ich noch schnell in die Praxis um Bescheid zu sagen, dass ich jetzt in die Schule zurück fahre.

Als ich drinnen höre, wie der Bär am Telefon gerade den Notdienst anruft, bekomme ich wieder Pudding in die Beine.

„Er hat Papa überzeugt, dass er das Bein sofort röntgen lassen muss.", beruhigt mich Mutti.

Papa knurrt:

„Überzeugt ist gut! Gezwungen hat er mich."

Ich winke kurz Anne zu, die ebenfalls ein Telefongespräch führt und werfe meinem Bär eine Kusshand zu.

Anne winkt heftig zurück. So, als ob sie was von mir wollte.

Schnell verschwinde ich aus dem Gebäude, bevor mich noch jemand zurückhalten kann.

Als ich meine Klassenraum betrete, finde ich nicht meine Kollegin Hermine vor, sondern den Herrn Schulrat höchstpersönlich! Er malt eifrig Bienenwaben an die Tafel.

Oh Gott, den habe ich ganz vergessen! Ich war ja mit ihm in der Pause verabredet. Er wollte was Wichtiges mit mir besprechen.

Mitten unter den Kindern sitzt Herrchen und malt völlig vertieft, genau wie alle anderen Anwesenden, Bienenwaben auf ein Blatt.

„Gar nicht so einfach, nicht wahr Frau Kollegin!", sagt Helmut „Aber es entspannt.", und streckt mir die Hand hin. Scheint ihm Spaß zu machen, mal wieder Unterricht zu halten.

„Dich hab ich ganz vergessen!", entschuldige ich mich bei meinem alten Freund. „Bist du.."

„Die Frau Kollegin hat mir alles erzählt.", unterbricht mich der Helmut und zeigt auf Hermine, die mich verdutzt anblickt, weil sie mich eben erst wahrgenommen hat.

„Wie geht es deinem Vater?"

Ich bin erleichtert, denn ich befürchtete, dass Helmut die Klasse vielleicht ohne Lehrperson vorgefunden hat und mir jetzt vor den Kindern eventuell eine Standpauke halten würde. Das würde ihm ähnlich sehen.

„Er wird gerade von der Ambulanz abgeholt und zum Röntgen nach Bad Wendelshofen ins Krankenhaus gebracht. Papa ist ein schwieriger Patient."

Darauf geht Helmut nicht weiter ein. Wie ich von meiner Freundin Siegrid weiß, ist Helmut auch kein einfacher Kranker.

„Na dann wollen wir hoffen, dass er sich nicht ernsthaft verletzt hat. Du hast Glück. Es haben sich gleich zwei Lehrpersonen um diese fantastischen Kinder gekümmert."

Da geht die Tür auf und Jana kommt mit Eckhard hereinspaziert. Mizzi springt sofort von ihrem Platz auf und rennt auf Jana zu um sie zu begrüßen.

„Was machst du denn hier?", fragt der Helmut den Eckard und betrachtet interessiert die Begrüßungsszene der beiden Kinder.

„Genau das könnte ich dich ja auch fragen.", ist die schlagfertige Antwort von Eckhard.

Die beiden kennen sich schon seit einiger Zeit durch unsere gemeinsamen Freundes-Abende. Jetzt sind auch die Kinder an unserem Gespräch interessiert.

„Wir können doch einen Stuhlkreis machen und uns über das Thema austauschen, Papa.", schlägt die Mizzi ihrem Stiefvater vor.

Der Max bringt sich ebenfalls in den Dialog ein:

„Ja, und vielleicht kannst du uns dann deine Freundin mal vorstellen, Mizzi?"

Nun wollen auch die übrigen Kinder Mizzis neue Freundin aus dem Krankenhaus kennenlernen.

Ich schicke Helmut und Eckhard aus der Klasse, damit die beiden sich im Lehrerzimmer unterhalten können und befreie Herrchen von ihrem Vertretungs-Unterricht.

Dann bitte ich die Kinder in den Stuhlkreis.

Zuerst wollen alle wissen, was meinem Vater passiert ist. Das führt dazu, dass jeder etwas von einem eigenen Unfall erzählen will.

„Ich bin auch mal auf den Kopf gefallen.", gibt die Kathi zum Besten.

„Ja, das merkt man heute noch.", unterbricht sie der Max. Die beiden streiten gerne miteinander.

„Und dir gehört der Kopf mal öfter gewaschen.", ist Kathis schlagfertige Antwort.

„Ich dachte, dass ihr die Jana kennenlernen wolltet.", lenkt die Mizzi vom Thema ab.

Schon sind alle neugierig geworden und stellen Fragen an die beiden Mädchen. Die Kappelei zwischen Kathi und Max ist bereits vergessen.

Kapitel 17
Jana

Was war des'n aufregender Morge!
Erst bin ich zu spät gekomme, weil die Mama von der Jana noch angerufe hat, wie ich aus der Dusch rausgekomme bin. Die hat awwer nur wisse wolle, ob des mit der Schul klappe würd. Ich hab se beruhigt un gesacht, dass ich der Lehrerin alles erzählt hab üwwer die Jana un dass der Ecki jederzeit uff'm Sprung wär für des Kind ärztlich zu versorge.
Die Frau Zorn, so heißt die Mama von der Jana, hat scheinbar doch Schiss gekriegt, dass dem Kind was passiere könnt, gell? Se hat mir erzählt, dass die Jana wie umgewandelt is un dass die Ärzte gesacht hawwe, die Werte von der Jana wäre viel besser geworde, seit se die Mizzi kennt. Ich sach's ja! Was so'n Freundschaft ausmache kann!
Ich glaub, die Frau Zorn hätt gern noch länger mit mir gequatscht, awwer ich hab zufällig uff mein Küchenuhr geguggt. Ach du lieber Gott, des is höchste Zeit für in die Praxis!
Ich hab mich dann entschuldicht un gesacht, dass ich arbeite muss un dass es schon ganz schön spät wär. Des hat die Frau Zorn dann ach sofort verstanne.
Wie ich in die Praxis komm, seh ich, dass des Wartezimmer total voll is.
‚Ja, sin dann heut all Leut krank!', denk ich. Die Tür geht uff un der Bertram guckt mich vorwurfsvoll an.
„Kannst du mir bitte mal die Karte von der Frau Belling raussuchen, Anne?"
Ich mach mich sofort an die Arbeit. Gottseidank sin kei schwieriche Fäll dabei un der Bertram hat se schon fast all abgearbeit.
Jetzt geht Eingangstür von de Praxis uff un der Liz ihr beide Eltern komme reinspaziert. Falsch: Net spaziert. Der eine hinkt un die annere stützt. Gott, der sieht awwer aus, als ob der net mehr gehe könnt, der Liz ihr Papa!
„Ach du lieber Himmel, was is'n da passiert?", frach ich.

Der Bertram kommt mit 'ner Patientin raus un sieht die Bescherung.

„Ach Gott, was ist denn da passiert?", fracht der Bertram. Wie er hört, dass sei Schwiegervater angefahre worde is, holt er die zwei sofort in sei Behandlungszimmer un greift zum Hörer.

Dann geht's Telefon uff meinem Schreibtisch. Die Hermine von der Grundschul is dran un flüstert ins Telefon:

„Der Schulrat is da. Falls die Liz zu euch in die Praxis kommt, warn se vor!" un lecht uff.

In derselbe Zeit rauscht die Liz ins Wartezimmer un wirft dem Bertram un ihre Eltern 'n Kusshand zu un verschwinnt sofort widder.

Mir winkt se ach kurz zu awwer ich krieg kei Gelechenheit, für se zu warne. Dann kommt der Ecki rein un fracht mich, ob ich was zu esse gemacht hätt für die Jana.

Natürlich net! Der Ecki schiebt die Jana zu mir rein un ich drück se ganz fest un freu mich, dass se so gut aussieht. Wie der Bertram erfährt, dass die Jana noch nix gegesse hat, schickt der mich heim un der Ecki muss so lang Arzthelfer mache. Ich hab ihm mei Häubche angebote, awwer des wollt der net, ha ha.

Ich entschuldich mich bei dene Eltern von der Liz un mach mich mit der Jana vom Acker.

„Wie war die Fahrt, Jana?", frach ich.

„Ganz gut", sacht se. „Aber ich hab Durst. Kannst du mir was zu trinken geben?"

Awwer gell, so schnell hab ich schon lang net mehr gehandelt. Wie's Gewitter hab ich der Jana 'n Glas Wasser geholt. Des hat se im Nu runnergetrunke. Also was sach ich'n da! Mein allwissender Dok! Hat doch der Ecki tatsächlich vergesse, was zum Trinke mitzunemme! Des werd ich dem irchendwann uff's Butterbrot schmiere, glaub's mir!

Die Mama von der Jana hat's mir extra noch ans Herz gelecht, dass des ganz wichtig is, dass die Jana immer was zu trinke hat. Awwer s'is ja nochmal gut gegange, gell?

Die Jana sacht, dass se die Liz schon kenne gelernt hat un dass se gleich zur Mizzi in die Schul will.

„Zuerst essen wir zwei aber was.", sach ich. Ich sprech Hochdeutsch, weil des Platt versteht die Jana net so gut.

„Okay.", sacht se. „Dann aber schnell bitte! Die Frau Berger wartet schon auf mich." Die weiß, was se will.

„Oh! Ja dann. Ich mach uns ganz hurtig was zu essen." Jetzt beeil ich mich damit des Kind net enttäuscht is.

Un direkt nach'm Essen klingelt's an der Tür. Der Ecki is schon widder am Auto wie ich uffmach un die Jana läuft flink zum Wage hin.

Ich renn noch flinker hinnerher. In der Hand hab ich'n Flasch Wasser.

„Jana, deine Trinkflasche!", ruf ich. „Magst du auch noch was zu essen mitnehmen?" frach ich se.

„Nein danke. Ich hab ja gerade was gegessen." Stimmt.

Mir is ganz mulmig bei dem Gedanke, dass des Kind bei uns verdurste oder verhungere könnt.

Der Ecki winkt mir kurz zu un wech sin se.

Ich renn sofort üwwer die Straß zurück zur Praxis. Hoffentlich geht des net so weiter heut Morge! Mir reicht's allmählich.

Der Papa von der Liz is schon abgeholt worde, wie ich in die Praxis komm.

„Kannst du meine Schwiegermutter schnell nach Marienberg fahren? Der Notarzt vermutet, dass mein Schwiegervater einen Schienbein-Bruch hat. Er muss wahrscheinlich ein paar Tage im Krankenhaus verbringen.", Der Bertram steht an meinem Desk un sucht die Karteikart vom nächste Patient raus.

Klar kann ich.

„Die Barbara muss ein paar Sachen für ihn packen und fährt dann selbst ins Krankenhaus. Ihr Wagen steht noch beim Doktor in Marienberg."

Des Wartezimmer is fast leer. Ich such noch schnell die restliche Karteikarte raus damit der Bertram net so viel Arbeit hat ohne mich.

Im Auto erzählt mir die Barbara die ganz Geschicht von dem Unfall. Ach Gott, der hätt tot sein könne, denk ich.

„Das is ja noch mal gut gegange!", sach ich.

„Das ist wirklich wahr." Die Mama von der Liz schnauft ganz laut.

„Aber mein Mann wollte partout nicht ins Krankenhaus."

„Awwer wieso dann net?", frach ich.

„Dann kann er doch sicher sein, dass nix is, wenn die den durchgecheckt hawwe."

„Ich weiß auch nicht, was der für eine Ärzte-Phobie entwickelt hat. Er hat mich bis auf die Knochen blamiert, als wir bei dem Doktor in Marienberg den Aufnahmeschein unterschreiben sollten. ‚Ich kenn Sie doch gar nicht.', sagt der zum Doktor Klein. ‚Ich vertraue nicht mal meinem Schwiegersohn. Und den kann ich gut leiden.' ‚Wer ist denn Ihr Schwiegersohn?', hat da der Doktor gefragt. ‚Also wissen se', hat mein Mann gesagt ‚wenigstens ihr Ärzte müsstet euch doch untereinander kennen!' Darauf ist der Herr Dr. Klein gar nicht eingegangen. Der war ziemlich sauer."

Ich staun nur so. Des hat der sich getraut zu sache! Der Doktor Klein is ja net so beliebt bei dene Marienbercher. Wie ich gehört hab, verschreibt der viel, stellt awwer angeblich kei gute Diagnose. Ich war noch net bei dem, deswche kann ich des net beurteile. Awwer sympathisch is der mir ach net, gell?

„Mein Mann hat's dann strikt abgelehnt und sich nicht weiter untersuchen lassen. Dann hat die Daniela meine Tochter angerufen, damit die uns abholen kommt."

„Jetz is ach noch der Schulrat in de Schul.", sach ich. „Die hawwe mich angerufe damit ich die Liz vorwarne soll. Awwer die war so schnell wech, die konnt ich gar net warne."

„Da machen Sie sich mal keine Gedanken. Die Liz kennt den Helmut schon seit ihrer Studienzeit. Der war sogar mal verliebt in sie. Das hat mir meine Tochter erzählt. Die hatte diesbezüglich keine Geheimnisse vor mir, wissen Sie?"

Ich weiß. Der Frau Bonner sach ich, dass die Liz mir schon erzählt hat, dass ihr Mama ach ihr best Freundin is. Außerdem hat se noch die Mary un die Siegrid un jetzt ach mich. Un die Siegrid is doch die Frau vom Helmut, die war ach immer verliebt in den Helmut.

„Die Liz hat mir erzählt, dass se den Helmut immer Barbarosssa genannt hawwe, weil der so'n roten Bart un rote Haar hat."

„Naja, mittlerweile ist fast alles grau geworden und das Grau steht ihm ganz gut, sagt meine Tochter."

Ich erzähl der Frau Bonner, dass der Ecki un ich den Helmut sogar kenne, weil mir oft zusamme mit dem Ehepaar Drexler bei der Liz eingelade werde.

„Halt! Da steht mein Wagen.", ruft die Barbara.

Ich wollt grad dran vorbei fahre un muss 'ne Vollbremsung mache. Gottseidank war die Barbara noch net abgeschnallt, sonst wär se mit'm Kopp in die Scheib. Dann hätt'se sich direkt nebe ihre Mann ins Krankehaus leche könne, ha ha.

Mein Gott, was hast du für Gedanke, denk ich.

„Auf Wiedersehn Frau Korny und vielen Dank fürs Bringen!"

„Frau Herz!", ruf ich. Awwer des hat'se net gehört. Die Leut sache all immer noch 'Frau Korny' zu mir.

Ich wink ihr grad hinnerher un was seh ich dann dort? Des is doch mei Mattis!

Ei was macht der dann dort!

Mei Sohn spaziert gemütlich mit 'ner annere Person im Arm, ich kann noch net erkenne wer's is, üwwer den Zebrastreife.

Ich fahr noch'n klein wenich näher ran, damit ich die Person erkenne kann.

Unglaublich!

Des is **ein Mädchen**! Ich fass es net. Der Mattis kann doch gar net hier in Marieberch sein! Der sollt doch normalerweis jetz in der Schul in Bad Wendelshofe an seiner Schulbank sitze un lerne.

Ich schnapp nach Luft. Des Schlimmste hab ich noch gar net gesehe. In der anner Hand hat der 'n brennende Zigarrett!

Nee, jetzt isses Maß voll. Ich steich aus, direkt vorm Zebrastreife.

„Mattis!", ruf ich. Awwer der dreht sich net um un reagiert gar net uff mei Gerufe.

Hinner mir hupt's gewaltich.

„Steigen Sie doch wieder in ihr Auto, Sie blöde Kuh! Sie halten ja den ganzen Verkehr auf!", schreit der im Auto hinner mir.

„Jetz beruhige Sie sich mal! Ich bin ja schon widder drin."

Ich streck dem die Zung raus un zeich de Stinkefinger. Der Mann, der grad üwwer den Zebrastreife geht, schüttelt sei Kopp, awwer der im Auto hinner mir hat den Kopp weggedreht un hat's gar net gesehe was ich ihm gezeicht hab.

Gottseidank, denk ich. Heutzutach haste wie's Gewitter ach noch'n Prozess am Hals.

Wech is mei Mattis. Dem wird ich's gewwe, wenn der heimkommt, gell! Der is doch grad erst 13 un wird erst in drei Woche 14!

Wie ich heimfahr, denk ich an nix Anneres. Ich geh sofort an die Praxis un wie ich rein will, isse zu. Vor meiner Haustür stehn die Mizzi un die Jana un warte uff mich.

„Du lieber Himmel, wo kommt ihr dann schon her?", ruf ich.

„Mama, es ist halb eins.", sacht die Mizzi und zeicht uff ihr Armbanduhr.

„Wo is dann der Ecki?", frach ich. „Der sollt doch im Moment hier sein. Der weiß doch wo ich war!" Irchendwie fühl ich mich grad gestresst.

„Der ist zu einem Notfall gerufen worden und hat zu uns gesagt, wir sollen hier auf dich warten."

„Aha, und der Bertram?" Der sollt doch zumindest in der Praxis sein.

„Mama nochmal: Es ist halb eins. Nein drei nach halb." Dieses pragmatische Kind! Ich komm mir richtich doof vor.

„Du hast ja Recht, mei Kind. Komm, lass uns ins Haus gehn!"

Ich hab für heut Mittag Pizza vorbereit. Des hab ich schon gestern Abend zusamme mit der Mizzi gemacht.

Handgemacht! Un mit Pilze un Salami, extra für die Jana, weil die des so gern isst.

In dem Moment, wo die Kinner un ich ins Haus wolle, seh ich an der Eck den Till durch die Hecke blinzele.

„Hallo Till!", ruf ich. „Willste auch mit Pizza esse?"

Die Mizzi un ich hawwe ja genuch gemacht.

Awwer der Till antwort' gar net. Der is schon widder hinner der Heck verschwunne.

„Und?" fracht die Mizzi die Jana. „Wie hat's dir bei uns in der Schule gefallen?" Die sacht gar nix zum Till!

Da fängt doch die Jana an zu weine:

„Warum hab ich nicht so eine Schule und so eine Lehrerin! Unsere Frau Fischer lässt uns den ganzen Morgen abschreiben und die Turnstunden lässt sie auch immer ausfallen."

Die Mizzi nimmt ihr Freundin in'n Arm un tröstet se:

„Dann bleibst du einfach bei uns hier. Du brauchst gar nicht mehr nach Hause zu gehen. Wir haben genug Platz hier."

Ich sach gar nix. Mir hawwe nämlich üwwerhaupt kei Platz.

„Kann meine Mama und mein Papa auch hier her ziehen?"

Die Frach hab ich erwartet.

„Klar! Gell Mama?"

„Lasst uns doch jetzt erst mal die leckere Pizza essen, die meine zwei Lieblingsköchinnen gestern Abend für uns kreiert haben!"

Der Ecki is unbemerkt reingekomme. Jetzt bin ich echt erleichtert. Die Situaltion is entspannt. Ich schieb schnell des Pizzablech in de Backofe un die Kinner sin grad dabei, den Tisch zu decke.

Die Jana hat sich widder beruhigt un den Umzug von der ganz Familie Zorn im Augeblick widder vergesse.

Gottseidank!

Kapitel 18
Der geheime Spion

„Ich will euch ja nicht in euer Vorhaben reinreden, ist ja auch alles gut und schön, aber ich rate allen Ernstes davon ab."

Ich starre Helmut an und verstehe gar nichts.

„Ich weiß wovon ich rede.", meint er hinter vorgehaltener Hand, so als ob jemand hinter meinem Aktenschrank stehen und heimlich zuhören würde.

„Dann schieß los!" sage ich „Es ist keiner hier drin außer uns beiden." Ich ahne Böses.

„Eigentlich darf ich es dir überhaupt nicht weitersagen, weil ich es ja gar nicht gehört habe- offiziell."

Helmut ist die ganze Sache sichtlich unangenehm.

„Es hat auch niemand gemerkt, dass ich das Gespräch mitbekommen habe."

„Das wird ja immer mysteriöser!" Ich merke, wie mir der Kamm schwillt. „Kannst du nicht ein wenig deutlicher werden?"

Helmut flüstert immer noch:

„Ihr habt doch in Marienberg einen prominenten Politiker wohnen, stimmt's?"

„Eigentlich mehrere. Aber wen meinst du denn?"

„Den Namen möchte ich hier nicht offiziell nennen, aber ich habe zugehört, als dieser ein Gespräch mit dem Bildungs-Minister hatte."

„Wie…ähäm…geht das denn? Was hast du denn gehört?"

Ich weiß genau, dass ich jetzt nichts Gutes erfahren werde.

„Sie haben nicht gemerkt, dass die Tür von meinem Büro einen Spalt weit offen gestanden hat. Außerdem wissen sie auch nicht, dass wir beide uns gut kennen, sonst hätten sie vielleicht ein wenig besser aufgepasst."

„Jetzt erzähl doch!", dränge ich meinen Freund Helmut.

„Dein Konzept, das du eingeschickt hast, haben sie als null und nichtig erklärt. Es gäbe schon eine Montessori-Schule im Land, das wollen sie euch als Begründung für die Ablehnung angeben. In Wirklichkeit wollen sie ihr Neubau-Projekt in Marienberg nicht in Gefahr bringen."

„Wieso sollte das denn in Gefahr sein?", frage ich etwas dümmlich.

„Jetzt denk doch mal nach!"

Ich denke sofort gründlich nach: Vor zwei Wochen haben wir das Konzept beim Ministerium eingereicht. Nachdem wir zahlreiche Zusammenkünfte mit unserer Privatschul-Initiative hinter uns hatten, stand unser Konzept. Formuliert und in Form gebracht habe ich es dann.

Nun wollen wir mit Informations-Abenden innerhalb der Gemeinde beginnen. Der erste Info-Abend steht schon. Er soll in zwei Wochen stattfinden. Der ganze Gemeinderat ist eingeladen und wie ich gehört habe, wollen sie alle kommen. Nachdem sie unsere Schule geschlossen haben, zeigten sich die Herren bereit, unseren Plan anzuhören.

„Aber ich verstehe nicht.."

„Sie wollen nicht, dass diese Schule nach Nickelshausen kommt.", unterbricht mich Helmut. „Dann kämen viele Nickelshausener Kinder nicht nach Marienberg in die neue Schule, und damit nicht genug: Auch aus den Nachbardörfern würden dann einige Leute ihre Kinder in eure Privatschule schicken."

Jetzt verstehe ich: Wenn sie ihre Schule in Marienberg bauen, dann müssen sie ja auch genug Kinder dafür haben, die da hineingehen werden! Nun weiß ich auch, um welchen Politiker es sich handelt. Genau derselbe, der sich mit dem Schulneubau ein Denkmal in der Gemeinde setzen will. Er ist gut mit unserem Bildungsminister befreundet.

„Was man nicht alles für einen Parteifreund tut! Aber wir geben doch nicht kampflos auf. Sie können das Konzept ja nicht ablehnen, nur weil schon eine Montessori-Schule im Land existiert."

„Sei nicht so naiv, Lissy. Die sind stärker als ihr, weil sie am längeren Hebel sitzen. Warum willst du denn so viel Energie in ein Projekt einbringen, das von vorne herein zum Scheitern verurteilt ist?"

„Weil ich einfach nicht glaube, dass es solch dunkle Machen-schaften in unserem Ministerium gibt."

Ich überlege: „Außerdem ist unser Ortsvorsteher ja auch noch da. Er unterstützt unser Projekt und ist in derselben Partei. So ganz machtlos sind wir also nicht."

Helmut schüttelt den Kopf. „Ich kann's nicht fassen, dass du so gutgläubig bist.", meint er. „An deiner Stelle würde ich mich für die Schulleitung an einer anderen Grundschule bewerben. Dort kannst du doch auch viele Elemente der Montessori-Pädagogik anwenden."

Ich schaue meinen Freund grimmig an.

„Ich mag ja vielleicht naiv und leichtgläubig sein, aber so schnell lasse ich meine Leute nicht im Stich. Wir ziehen die Info-Abende durch. Dann wird der Gemeinderat einsehen, dass wir der Gemeinde Marienberg nichts wegnehmen, son-dern im Gegenteil: Die Schule kann eine Attraktion für unse-ren Ort werden."

„Lissy, ich meine es doch nicht böse mit dir. Ich wollte dich und die anderen ja nur warnen. Meine liebe Frau hat sich doch auch für den Montessori- Kurs angemeldet."

Helmut steht auf und nimmt mich in den Arm. Er will mich trösten, denn mir stehen mal wieder die Tränen in den Au-gen wie immer, wenn ich mich so hilflos fühle.

„Bitte tu mir den Gefallen: Kein Sterbenswörtchen von dem, was ich dir soeben erzählt habe zu irgendjemanden!"

„Auch zu mir nicht?" Der Bär schließt gerade die Tür meines Büros hinter sich.

„Ich habe sogar angeklopft.", meint er. „Was habt ihr denn für Geheimnisse?", und „Muss ich gerade eifersüchtig wer-den?"

Ich kann's ihm nachempfinden: Die Situation, in der er uns beim Eintritt in mein Büro vorgefunden hat, war ja nicht gerade eindeutig.

Helmut erzählt nun doch, was er im Ministerium erfahren hat, da er weiß, dass der Bär schweigen kann wie ein Grab.

„Ich wollte dich abholen, damit wir gemeinsam ins Kranken-haus fahren können. Dein Vater ist schon operiert worden.

Es geht ihm gerade nicht sehr gut."
Auch das noch!

Kapitel 19
Alles gut, Mama!

Liebe Mama,
endlich habe ich Zeit, dir zu schreiben! Hier war die Hölle los
seit ihr nach Hause zurück geflogen seid:
Wir haben euch ja noch nachgewunken, als ihr ins Flugzeug
gestiegen seid und plötzlich merke ich so ein Ziehen im Un-
terleib und halte mich an meinem Bob fest. Der schaut mich
an, greift sofort zu seinem Phone und ruft eine Ambulanz an.
Ich muss kreidebleich gewesen sein, sagt Bob. Es hat nur ein
paar Minuten gedauert, da kam auch schon der Notarzt und
zwei Sanitäter mit einer Trage.
Die haben mich dann gleich mit der Ambulanz ins Hospital
gebracht. Ich wusste gar nicht so genau, wie mir geschieht.
Jedenfalls haben die mich von Kopf bis Fuß untersucht und
festgestellt, dass der Muttermund sich ein wenig geöffnet
hat. Ruckizucki lag ich auf dem Operationstisch und bin zugenäht worden. Das soll verhindern, dass die beiden Gören
zu früh raus wollen.
Meine lieben Schwiegereltern waren völlig aufgelöst. Sie sind
sofort ins Hospital gekommen um mich mit Bob zusammen
nachhause zu holen.
Hier betreut mich jetzt Dr.Muller, der Hausarzt der Brownings rund um die Uhr. Das ist echt lästig. Außerdem muss
ich liegen und darf im Augenblick keinen Sport mehr machen. Ich bin richtig sauer auf meine Nachkommenschaft,
dass die so vorwitzig sind und es nicht erwarten können!
Naja, Spaß beiseite! ‚Du lebst ja noch', würde jetzt Oma
Bärbelchen bestimmt sagen.
Mama jetzt reg dich nicht auf, aber da muss ich nun durch!
Ich schaff das schon.
Übrigens waren alle begeistert von meiner Familie, vor allem
von dir, Mama. Der Fred schwärmt dauernd von dir und Julia.
Ihr sollt doch mal im Urlaub auf seine Yacht kommen, die er
in Florida bei Ford Louderdale liegen hat. Ja, eure Männer
dürft ihr auch mitbringen. Ich weiß genau, was du jetzt

denkst, Mama. „Ich könnte seine Mutter sein." Aber falls Papa dir mal auf den Wecker geht, könntest du auch alleine kommen, meint Fred. Ha ha, dein Gesicht möchte ich jetzt sehen! Und deine Gedanken lesen. Du denkst bestimmt:
Wie kommen die auf die Idee, dass Papa mich nerven könnte!
Der Fred hat mich übrigens sofort besucht, als er gehört hat, dass ich im Bett liegen muss. Er hat mir ganz schöne Bücher zum Lesen mitgebracht. Zum Beispiel: „Wie pflege ich meine Bauchdecke während der Schwangerschaft?" oder „Was kann ich tun, damit mein Mann mir treu bleibt?" Nett, nicht wahr?
Bob sagt, er bräuchte jetzt gar nicht mehr eifersüchtig zu sein, da sie mich zugenäht hätten. Ich hab ihm eine geknallt, als er das zu mir gesagt hat. Da hat er gelacht und gemeint, dass er selbst ja auch ausgesperrt wäre, ha ha.
Meine Schwiegereltern werden wahrscheinlich tatsächlich eure Einladung nach „Good old Germany" annehmen, wenn mein Geschwisterchen geboren ist. Sie wollen ihm nach alter deutscher Manier den Kopf waschen. Durch mich haben sie erfahren, was 'den Kopf waschen' bedeutet und sie finden das ganz spannend. Dass das Ganze ein reines Besäufnis ist, haben sie anscheinend nicht verstanden.
Aber was soll's! Ich werde zu dieser Zeit ja auch alle Hände voll zu tun haben und eins kann ich euch sagen:
Die Zwei bekommen von mir ordentlich den Kopf gewaschen, wenn sie zur Welt gekommen sind, im wahrsten Sinne des Wortes. Das haben sie sich redlich verdient.
Du kannst mich ja mal anrufen, aber bitte diesmal nicht mitten in der Nacht!
Liebe Grüße
Barbara

Du lieber Himmel, jetzt drehe ich gleich durch! Mein Kind im Krankenhaus, Papa auf dem Operationstisch und meine Privatschule in Gefahr!

Ich schaue auf die Uhr und rechne aus, wie spät es gerade in Texas ist. 19.30 Uhr. Das passt.

Barbara ist sofort an der Strippe und lacht:

„Dacht ich's mir doch, Mama, dass du mich sofort anrufst. Es geht mir gut, reg dich nicht auf."

Ich atme hörbar auf.

„Kind, du musst dich schonen! Deine Tante Julia ist auch auf diese Art und Weise unbeschadet auf die Welt gekommen. Deine Oma Bärbelchen musste ebenso die letzten vier Monate hauptsächlich liegen."

Meine Tochter sagt, dass sie sich bereits an den Gedanken gewöhnt hätte, von sämtlichen Familienmitgliedern "betüttelt" zu werden.

„Bob trägt mich auf Händen und liest mir jeden Wunsch von den Augen ab, wenn er zuhause ist. Der Doktor nervt mich total. Der will mir ständig irgendwelche Medikamente verpassen und kapiert nicht, dass ich keine Schmerzmittel brauche. Die Amerikaner sind da irgendwie taub auf einem Ohr. Wie geht es denn dir, Mama?"

Jetzt bringe ich meiner Tochter schonend bei, dass ihr Opa gerade im Krankenhaus am Bein operiert worden ist und dass er einen Unfall gehabt hat.

„Aber mir geht's noch gut.", beruhige ich Barbara, die sich doch ein wenig aufregt, als ich ihr die ganze Story erzähle.

Die Geschichte von meiner Privatschule lasse ich für heute aus.

Ich erzähle ihr aber noch von der Jana, dem schwerkranken Kind, das ich zu Besuch bei mir in der Schule habe. Auch, dass ich die Mutter des Mädchens angerufen habe, um sie darüber zu informieren, dass es sich lohnt, das Kind an einer Privatschule in ihrer Nähe anzumelden. Ich habe vorher im Internet nachgesehen und eine Montessori-Schule in der Nähe von deren Wohnort entdeckt.

„Dann muss diese Jana ganz schön belastet worden sein durch ihre Schule, wenn sie jetzt aufblüht, weil sie mit der Mizzi in deinen Unterricht darf.", meint Barbara.

„Ja, das habe ich schon bemerkt, als sie im Stuhlkreis die Fragen der anderen Kinder beantwortet hat."

„Wieso?"

„Die Anni hat sie gefragt, ob sie gerne in die Schule geht und da hat sie doch tatsächlich geantwortet, dass sie die Schule hasst. Sie fühlt sich wie im Gefängnis, sagt sie. Das hat mir in der Seele wehgetan."

„Oh Gott, das arme Kind!"

„Ja, und deshalb habe ich mich sofort nach einer passenden Schule im Internet kundig gemacht. Die Mutter von der Jana ist mir sehr dankbar. Sie hat mir versprochen, dass sie sofort im Sekretariat anruft und einen Platz für Jana reserviert."

„Dann braucht das Kind nach den Ferien gar nicht mehr in seine alte Schule zurück zu gehen?" Barbara war schon immer an meinen Schulgeschichten interessiert.

„Janas Mutter hat gemeint, angesichts der Tatsache, dass ihr Kind lebensgefährlich erkrankt ist, werden sie und ihr Mann vor keinen Kosten zurückscheuen, damit die Jana wieder gerne zur Schule geht."

„Mama, das hast du großartig gelöst!", meint meine Tochter. „Ich bin echt stolz auf dich."

„Ach Schatz, du machst mich verlegen. Ich bin auch stolz auf dich: Dass du so tapfer bist und dich gegen Schmerzmittel wehrst, das finde ich großartig. Ganz meine Tochter! Ein bisschen hast du ja dann doch von mir angenommen."

Barbara lacht:

„Apropos angenommen: Ich hab mir heute dieses Arganöl direkt aus Marokko bestellt. Ist ganz schön teuer, das Zeug. Das schmier ich mir dann auch überall hin. Sogar auf den Bauch. Soll die Bauchdecke vor Schwangerschafts-Streifen schützen, steht in dem schlauen Buch, das Fred mir geschenkt hat."

Als ich den Hörer auflege, bin ich einigermaßen beruhigt. Der Bär kommt gerade zur Tür rein.

„Hallo Puppe, geht's dir gut?" Er wartet meine Antwort nicht ab.

„Deine Mutter hat gerade in der Praxis angerufen und gesagt, dass dein Vater wohlauf ist und dass er schon die Krankenschwestern rumscheucht"

Sein Zustand nach der OP war nicht gerade erfreulich, als der Bär und ich ihn nach der Schule besucht hatten.

„Der ist bestimmt schon auf Tabak-Entzug. Warum ruft Mutti eigentlich nicht **mich** an?"

„Sie sagt, dass sie das versucht hätte, dass dein Telefon aber nonstop besetzt wäre."

Auf diese Weise komme ich dazu, meinem Mann zu erzählen, warum mein Telefon so lange besetzt war.

Mein Handy klingelt.

„Papa?", ruft eine helle Stimme in meine Ohrmuschel.

„Hallo, wer ist denn da?" Das ist doch schon wieder diese helle Stimme, die ich schon einmal an der Strippe hatte.

„Haaloo!", ruf ich laut. Keine Antwort.

Jetzt kommt eine weitere, nicht ganz so helle Stimme:

„Entschuldigen Sie bitte. Verwählt." Aufgelegt.

Die Telefonnummer ist nicht angezeigt gewesen. Aber das war dieselbe Stimme wie vor ein paar Tagen, da bin ich mir sicher. Seltsam! Sollte das eins meiner Schulkinder gewesen sein? Den Eltern habe ich für dringende Fälle meine Nummer gegeben.

Das Handy habe ich nachts abgeschaltet, so dass mich abends um Zehn niemand mehr nach den Hausaufgaben fragen kann. Abgesehen davon gibt's ja bei mir auch seit zwei Jahren keine Hausaufgaben mehr.

Ich denke an den anonymen Anrufer. Woher hat der meine Telefonnummer?

„Sollen wir zum Toni essen gehen?", ruft der Bär aus der Küche.

„Warum? Sehe ich so hungrig aus?"

„Nein, aber es ist nichts mehr im Kühlschrank." Aha. Mein Göttergatte hat keine Lust zum Kochen, denn der Kühlschrank ist zwar nicht mehr voll, aber auch nicht ganz leer.

Aber ich hab keine Lust mehr, aus dem Haus zu gehen und schlage deshalb dem Bär vor, dass ich ein Lauchcreme-Süppchen zaubere. Lauchcreme-Suppe ist eins meiner Lieblingsgerichte, wenn ich selbst koche. Der Bär nennt das „zaubern", wenn ich koche.

Ich weiß nicht, was der meint. Vielleicht, weil ich immer so schnell fertig bin? Oder weil ich so selten koche und es trotzdem kann?

Wir einigen uns auf Lauchcreme-Süppchen.

Kapitel 20
Aufklärung

Grad ruft mich die Britta an. Se sacht, dass se für den Info-Abend mit dem Gemeinderat alles fertich hat. Die Liz un sie hawwe gestern Abend zusamme das Ganze vorbereitet. Eigentlich wollt ich dabei sein, awwer im Moment geht's bei mir net, weil die Jana noch da is. Ich kann die net mit der Mizzi allein lasse, wo der Ecki doch Bereitschaftsdienst hat.

Die Jana is gut drauf un es besteht ach im Moment kei Gefahr, sacht der Ecki.

Seit se weiß, dasse net in ihr alte Schul zurück muss, isse wie umgedreht. Des Kind is völlig entspannt, des sieht man ihr richtig an. Keine Spur von krank! S'is doch echt interessant, wie stark sich die Psyche uff die körperliche Gesundheit einwirke kann, gell?

„Jetzt weiß ich erst, wie schön die Schule sein kann.", sacht die Jana.

„Vor der Frau Berger hab ich überhaupt keine Angst. Die schreit nicht rum und ist zu jedem freundlich."

Mir gruselt's, wenn ich dran denk, was dem Kind alles angetan wurd in der alte Schul.

„Mir wird gar nicht langweilig im Unterricht, weil wir so viele schöne Sachen machen.", schwärmt die Jana ihrer Mutter am Telefon vor.

„Man darf immer seine Meinung sagen und mitbestimmen, was im Unterricht gemacht wird."

Wie altgescheit!

„Gestern haben wir ein Projekt über Texas angefangen. Stell dir vor, Mama: Wir durften sogar ans Internet, um Sachen über das Land rauszufinden."

Die Jana hat ihrer Mama noch erzählt, dass die Liz ganz viele Gegenstände aus Texas mitgebracht hat. Zum Beispiel Kieselsteine und Muscheln vom Strand von Padre Island, wo die Liz mit ihrer Familie noch zusätzlich hingeflogen war.

„Jetzt machen wir die ganze Woche nichts anderes als an dem Projekt weiterarbeiten, Mama."

Die Jana strahlt richtig, wie se mir erzählt, dass se in der neue Montessori-Schul bei Bad Kreuznach aufgenomme worde is. „Eigentlich nehmen die vor den Sommerferien keine Kinder mehr auf, aber die Mama sagt, dass sie bei mir eine Ausnahme gemacht haben."

Als se des der Mizzi erzählt, mache die Kinner 'n Freudetanz zusamme.

„Dann komme ich dich auch mal besuchen.", jodelt die Mizzi.

„Unsere Lehrerin macht jetzt so einen Montessori-Kurs und dann will sie eine Privatschule eröffnen."

„Oh, wieso das denn?", fracht die Jana.

„Unsere Schule ist zugemacht worden von so'nem blöden Minister. Der hat ganz viele Schulen geschlossen."

„Oh nein, das darf nicht sein!", ruft die Jana. „Ihr habt doch so eine schöne Schule!"

„Das ist doch nicht schlimm, Jana.", meint die Mizzi. „Wir machen ja in spätestens einem Jahr eine neue Schule hier auf. Und dann gehen wir alle hier ins vierte Schuljahr zurück zu der Frau Berger."

Jetzt erklärt die Mizzi der erstaunte Jana, dass die Nickelshausener Schule zwar im Sommer geschlosse würd, dass se awwer in spätestens einem Jahr widder eröffnet werde würd un dann als Montessori-Schul.

„Wie? Und was macht ihr im nächsten Schuljahr?"

„Na da müssen wir in den sauren Apfel beißen und nach Marienberg in denen ihre Schule fahren."

„Und die Frau Berger?"

„Die kriegt so lang'n Kind."

„Was? Ein Kind? Wie macht die das denn?" Bei der Jana kann mer so richtig die Fragezeiche in de Auge sehn.

„Ja bist du denn gar nicht aufgeklärt???" Die Mizzi schüttelt ungläubig de Kopf. In dem Moment merkt se, dass ich zugehört hab un's Lache grad stark unnerdrücke muss.

„Das fragste am besten die Mama. Die weiß das nämlich noch besser als ich." Des hat gesesse.

Jetzt muss ich Farbe bekenne. Awwer ich hab mir schon alles im Stille zurecht gelecht. Ich wusst, dass des eines Tages komme würd, zum Beispiel dass die Anna oder der Fritzi wisse wolle, wie des so is.

Dann erzähl ich der Jana, wie so'n Kind im Bauch wächst und was sich nach un nach alles entwickelt. Dazu hab ich mir extra'n Buch gekauft, wo die entsprechende Fotos drin sin un des hab ich ach immer griffbereit, falls mich eins von unsere Kinner frache würd. Dem Eckhard sei zwei Kinner sin ja noch klein un wisse des üwwerhaupt net.

Selbst wie so'n Kind in den Bauch reinkommt, is mit Bildern illustriert un ich brauch nix dezu zu sache, nur vorzulese, was da steht. Is des net doll? Die Kinner sin ach ganz uffmerksam, wie ich dene des ganze zeig. Sie gucke sich die Bilder genau an.

„Und so sieht unser Föti jetzt aus.", sacht die Mizzi un zeigt uff des Foto vom vierte Monat.

„Wie-unser Föti? Wer ist das?" Die Jana guckt ganz verduzzt.

„Der ist doch noch im Bauch von der Mama!", ruft die Mizzi.

„Aber woher willst du das denn wissen.", die Jana guckt hilflos zu mir hin. Ich nicke.

„Ja, liebe Jana, der Doktor hat das festgestellt." Ich kram des einzige Ultraschall-Foto vom Föti raus un zeig's der Jana.

„Das sieht aus wie eine Hummerkrabbe.", sacht des Kind ganz üwwerzeugt devon, dass des kein Baby is. Die Mizzi lacht sich halb kaputt.

„Mein Bruder ist 'ne Hum-mer-Krab-be, in dem Bauch von Mamilein", singt se uff die Melodie von 'Die Vogelhochzeit'. „Fidirallala fidirallala fidirallalalala."

„Die Mizzi ist die Affenschwester und hat kein Gehihihirn.", vervollständicht der Mattis des Lied, wo er grad reinkommt. „Fidirallala fidirallala fidirallallallala.", sing ich.

Jetz lacht die Jana awwer auch noch mit un ich erklär ihr danach in aller Ruh, wo die Gliedmaße vom Föti uff dem Foto sin un wo der Kopp is. Ich sach ihr ach, dass es noch net feststeht, ob der'n Junge oder'n Mädche is. Deshalb tauf ich jetz offiziell den Föti um in 'Krabbe'. Das gefällt ach de Kinner besser.

Klingt doch lustisch, gell?

Kapitel 21
Ganz intensiv

Wir betreten gerade das Krankenhaus, um Papa zu besuchen, da fängt uns der Stationsarzt ab und zieht uns ins Ärztezimmer. Dr. Schweizer und der Bär kennen sich seit ihrer gemeinsamen Studienzeit.

„Euern Vater haben wir wieder auf die Intensiv-Station bringen müssen. Er hat Blut im Urin gehabt. Es geht ihm nicht gut."

Ich merke, wie meine Beine sich in Pudding verwandeln.

„Puppe setz dich sofort hin!"

Der Bär drückt mich auf den Schreibtisch-Stuhl und dann erklärt Dr. Schweizer uns, dass sie irgendwo im Magen-Darm-Bereich ein Karzinom vermuten.

„Wir werden das in den nächsten Tagen genauer untersuchen, sobald ihr Vater wieder ein wenig zu Kräften gekommen ist.", meint er zu mir hingewandt.

„Weiß das meine Mutter schon?" Meine Stimme hört sich an wie eine Sirene.

„Sie ist heute noch nicht dagewesen. Eckhard, du kannst es ihr schonend beibringen, oder?"

Der Bär schaut mich an und ich nicke. Dann gehen wir hoch zur Intensiv-Station.

Ich schleiche mich zuerst ins Zimmer und bemühe mich, Papa gegenüber meine derzeitige seelische Verfassung nicht zu zeigen. Er sieht erbärmlich aus und kann kaum sprechen.

„Die haben sie doch nicht mehr alle.", krächzt er. „Zuerst bringen sie mich runter auf Station und dann wieder Rückmarsch hierher. Wollen die mich verarschen?"

„Nicht sprechen Papa!", meine Stimme ist mehr ein Raunen.

„Sie denken, dass du doch noch etwas zu schwach warst. Du bekommst hier noch ein paar Blutkonserven und dann wird's schon wieder besser, gell?"

Ich tätschele Papas Hand, sie fühlt sich an wie Pergament-Papier.

Kannst du mir bitte meine Pfeife und ein bisschen Tabak besorgen?"

„Ach Papa! Das geht…"

„Ihr seid doch alle gleich!", unterbricht er mich. „Keiner von euch hat Verständnis für mich!"

Ich weiß nicht warum, aber ich habe das Gefühl, dass es meinem Vater wieder besser geht.

„Papa, wenn du wieder auf der Station bist, bekommst du bestimmt eine Gelegenheit, deine Pfeife zu rauchen. Es gibt dort sicher ein Raucherzimmer. Zuerst musst du aber noch ein wenig aufgepäppelt werden."

„Dann will ich wenigstens ein Bier!"

Seine Stimme ist jetzt doch merklich verständlicher geworden.

„Ich schau, was ich machen kann."

Eine Krankenschwester, die gerade ins Zimmer huscht kann ein Schmunzeln nicht unterdrücken.

„Wir kennen das schon. Er ist unermüdlich im Fordern und schimpft mit uns, wenn wir seine Wünsche nicht erfüllen."

Da sehe ich, dass Papa eingeschlafen ist. Vorsichtig schleiche ich mich, zusammen mit der Schwester, aus dem Zimmer.

Der Bär musste draußen warten, da nur einer von uns in den Intensiv-Raum hinein darf. Ich hatte nur 5 Minuten.

„Er will ein Bier.", flüstere ich ihm ins Ohr.

„Dann kann's nicht so schlimm sein." Der Bär grinst.

„Ich schaue, ob ich für Papa ein Bier besorgen kann."

„Das brauchst du nicht.", sagt der Bär. „Ich sorge dafür, dass er eine gute Spritze bekommt."

Wie ein Häufchen Elend sitze ich auf meinem Stuhl und heule leise vor mich hin.

„Ach Gott, was ist passiert!", ruft meine Mutter und stürzt auf mich zu. Eine Krankenschwester kommt um die Ecke und legt den Finger auf den Mund.

„Psst, Sie sind hier in der Intensiv-Station.", flüstert sie. „Hier müssen Sie bitte leise sprechen!"

Mama hält mir ein Taschentuch vor die Nase und zupft mich am Arm.

„Ich dachte zuerst, Papa wäre gestorben als ich dich so sah."

„Nein, natürlich nicht.", schniefe ich. „Sie haben noch einige Untersuchungen zu machen und wollen ihn zuerst aufpäppeln.", beruhige ich sie (und mich selbst).

„Aber deswegen heulst du doch nicht, oder?"

Meiner Mutter kann man so leicht nichts vormachen. Ich muss ihr die ganze Geschichte erzählen.

„Bertram erklärt dir nachher genau, was sie gesagt haben. Er ist gerade da drin bei Papa."

Mama strafft ihren Rücken. Eine typische Bewegung von ihr, die ich sehr gut kenne.

„Vielleicht ist es ja gar nicht so schlimm. Die können sich ja auch geirrt haben." Meine Mutter, die Optimistin!

Da kommt der Bär aus dem Krankenzimmer und bedeutet Mama, dass sie eintreten kann.

„Erschrick nicht! Er ist ziemlich schwach.", rufe ich ihr nach.

Da streckt die Schwester wieder ihren Kopf aus ihrem Büro-Fenster und bedeutet mir, leise zu sein.

„Sie päppeln ihn gerade mit Blutreserven auf. Er ist sehr schwach."

Ich frage zaghaft:

„Wird er....wird er sterben?" Das Wort kommt mir kaum über die Lippen.

„Aber nein, so schnell stirbt man nicht, Puppe!", beruhigt mich der Bär.

„Allerdings ist eine Operation nur bedingt möglich."

„Was heißt das?", will ich wissen.

„Das heißt, dass das Karzinom sich an einer Stelle im Darm befinden müsste, wo es operabel ist."

Ich werde allmählich wütend.

„Wie kannst du nur von einem Karzinom sprechen, wenn noch gar nicht klar ist, ob es überhaupt eins **ist**."

Ich sehe wie der Bär sich windet. Er überlegt genau, was er mir jetzt sagen will, wetten?

„Puppe, wenn Blut im Urin ist, dann kann man ziemlich sicher sein, dass irgendwo so ein Krebs im Darm zu finden ist."

Ich bin total fertig.

„Vielleicht hast du ja Recht, Puppe! Vielleicht finden sie ja nichts und alles ist ganz harmlos.", beruhigt mich der Bär.

Er nimmt mich in den Arm. Ich lasse mich von ihm trösten:

„Es wird alles nicht so heiß gegessen wie's gekocht wird, mein Schatz."

Da kommt Mutti aus dem Intensiv-Raum. Sie ist kreidebleich.

„So hilflos habe ich deinen Vater noch nie erlebt. Nicht mal ein Witz ist ihm zu seiner Situation eingefallen." Ihre Stimme klingt brüchig.

Jetzt weint sogar Mama und der Bär muss uns beiden gut zureden, damit wir uns wieder beruhigen.

„Noch lebt Robert ja. Warten wir's ab, was sie morgen sagen werden, wenn er untersucht worden ist."

Ich rufe meine Schwester an und setze sie in Kenntnis von der Situation.

„Er braucht jetzt Ruhe. Am besten kommt ihr morgen ins Krankenhaus, sonst meint er noch, er müsste sterben."

„Es hört sich aber ganz so an.", meint Julia, meine pragmatisch veranlagte Schwester. „Wir kommen sofort."

Sie lässt sich nichts von ihrer großen Schwester sagen. Irgendwie finde ich das trotzdem gut.

Kapitel 22
Die Wasser-Frage

Heut Abend is die Info-Veranstaltung. Se is schon um 18 Uhr. Die Kinner wolle mitgehn. Se hawwe mir versproche, dass se net reinrede werde. Ansonsten hätte se müsse bei der Mama vom Ecki bleibe, awwer des wollte se partout net. Es is net so, dass se die Elli net leide könnte. Im Gegeteil:
Wie ich mit dem Ecki zur Ultraschall-Uffnahme im Krankehaus war, hat die Elli uff die ganze Kinner uffgepasst un danach wollte se awwer all bei der Elli bleibe. Sogar der Mattis. Des ging doch dann net, weil die Kinner am nächsten Tach widder in die Schul musste.
Es is ach net so, dass se bei der Elli am Computer sitze durfte, nee. Die Mama vom Ecki hat gar kein so'n Ding.
Die hawwe dieses 'Spiel des Wissens', oder wie des heißt, gespielt. Un des hat dene so'n Spaß gemacht, dass se net uffhöre wollte zu spiele, wie der Ecki un ich se abhole wollte.
Heut Abend wolle se awwer all dabei sein, wenn's um die Zukunft von unserer Schul geht.
Ich glaub, dass der Gemeinderat sich bestimmt üwwerzeuge lässt, dass so'n Privatschul net schlecht für unser Dorf wär. Dann würde ach die kleine Geschäfte net zugemacht werde müsse.
Zum Beispiel des von der Giesi. Die verkauft Schulsache, Zeitunge un Geschenk-Artikel un so weiter.
Wenn hier in Nickelshause kei Schul mehr wär, dann müsste doch die Giesi bestimmt ihr Geschäft schließe. Un die klein Bäckerei uff der annere Seit könnt genauso zumache, wie die übriche Dorf-Geschäfte. Ganz zu schweige von dene Vereine! S'gibt in der ganze Gemeinde net so viel Vereine wie in Nickelshause. Die Liz hat sogar'n paar davon in die Schul geholt. Des wird vom Land unnerstützt, gell?
Die Theater-AG, die Tischtennis-AG, die Liedermacher-AG, des sin alles Leut von dene Vereine, die die Liz in die Schul geholt hat. Dafür hat se 'ne Menge Schreibkram gehabt, wie se sacht, awwer des hat sich gelohnt:

„Allein von den Ergebnissen aus den AG's lässt sich so'n Schulfest gestalten.", hat se gesacht.

Ich glaub's ihr. Heut Abend will se in ihrem Vortrag erkläre, wie se die Vereine mit ins Boot nemme will. Bei der Montessori-Pädagogik isses ach wichtig, dass die Kinner Musik-Instrumente lerne un dass se Theater spiele könne, weil des die Sprache schult. Die Liz sacht immer:

„Ohne Wasser kann man nicht schwimmen lernen." Un „Learning by doing." Des is Englisch un heißt uff Deutsch so viel wie „Lernen durch Tun."

Ich sach's ja, des könnt mer doch gleich in Deutsch sache! Awwer so klingt's international, meint die Liz.

S'Telefon klingelt.

„Frau Herz, kommen Sie schnell! Das Kind ist ohnmächtig geworden."

Des is doch die Stimm von der annere Lehrerin, der Frau Herrchen, gell?!

„Ich schick sofort den Doktor.", ruf ich un mir is ganz flau im Mage. Jetzt is heut der letzte Tach, wo die Jana da is un dann sowas!

Ich ruf den Ecki uff seinem Funkgerät an. Das is am Sicherste.

„Was is los, Körnchen? Ist dir nicht gut?"

„Du musst sofort in die Schul, Ecki! Die Jana is umgekippt."

Der Ecki gibt mir gar kei Antwort mehr. Uffgelecht. Ich wollt doch mit!

Vielleicht kann ich'n noch erwische. Ich schnapp mei Jack un den Schal un renn uff die Straß. Awwer ich seh nur noch 'n Staubwolk von dem Auto, was dem Ecki gehört.

Ich, net faul, lauf in die Garage, spring in mei Auto un fahr los.

Unnerwegs denk ich drüber nach, ob ich heut morge was vergesse hab. Nee. Ich hab der Jana ihr Wasser-Flasch un die Brot-Dos in de Ranze gesteckt. Ich hab noch zu ihr gesacht, dass se net vergesse soll, zu trinke. Des kann's also net gewese sein. Höchstens dass se des vergesse hat, awwer des glaub ich net. So weit kenn ich des Kind. Die Jana is sehr zuverlässig in allem. Ich konnt mich doch die ganz Zeit uff se verlasse. Se hat immer alles gemacht, was ich gesacht hab. Se hat jeden Tach freiwillig den Tisch gedeckt un widder abgeräumt, ohne dass ich se drum gefracht hätt.

„Nehmt euch'n Beispiel an der Jana!", hab ich zu de Kinner gesacht, awwer die Jana hat gemeint:

„Zuhause mach ich das auch nicht immer. Aber die Mama sagt, dass jeder im Haus seine Aufgaben hat. Und darauf muss man sich verlassen können. Deshalb bemühe ich mich so gut ich kann."

„Das können wir bei uns doch auch einführen, Mama!", meint die Mizzi begeistert.

„Der Mattis macht nämlich gar nichts hier im Haus."

Dann hawwe die zwei widder gestritte. Der Mattis hat gesacht, dass er sehr wohl ganz viel mache tät.

„Was denn?", hat die Mizzi gekontert. „Das wüsst ich aber!" Un damit hat se den Mattis so wütend gemacht, dass der uff se losgegange is.

„Du kleines Scheusal!", hat er gebrüllt. „Dir zeig ich's" Un dann hat der Mattis der Mizzi uff de Backe geschlage, dass es richtig geknallt hat. Ich bin zwische die zwei gegange un hab se ausenanner geholt.

„Schämt ihr euch dann net, vor der Jana so'n Theater zu mache!?"

Awwer die Jana hat sofort gesacht, dass ihr des nix aus-macht. Ich hab dann vorgeschlage, dass ich mit dene zwei so'n Plan uffstelle würd, wo jeder sei Uffgabe drin hat. Das hat se dann einigermaße besänftigt.

Die Jana hat dann gesacht, dass se das net gewollt hätt, dass die zwei sich streite. Die zwei Streithähn hawwe sich dann doch'n bissel geschämt vor der Jana. Die hatte se nämlich total vergesse bei ihrem Streit.

Jetzt bin ich bei der Schul angekomme. Ich seh dem Ecki sei Auto direkt am Eingang stehn. Ich frach mich, wieso die Liz eigentlich net persönlich angerufe hat, sondern die Frau Herrchen. Des erfahr ich awwer gleich wie ich in die Schul renn. Die Frau Herrchen steht in der Büro-Tür von der Liz un ruft mir zu:

„Hier rein, Frau Korny, äh Frau Herz! Ihr Mann ist schon bei Ihrer Tochter."

„Tochter, hä?"

„Sie liegt auf der Pritsche von der Frau Berger ihrem Büro."

Ich eile an ihr vorbei.

„Wo is dann die Liz?", frach ich im Vorbei-Laufe.

„Die ist im Krankenhaus. Ihrem Vater geht's ganz schlecht."

Ach du liebe Scheiße! Muss dann alles zusamme passiere?! Un dann seh ich, dass tatsächlich mei eichene Tochter uff der Pritsch liecht.

Der Ecki beucht sich üwwer se. Nebedran steht die Jana un hält der Mizzi die Hand.

„Um's Himmels wille, was is passiert?", ruf ich noch un dann merk ich, wie's unner mir ganz wackelich wird.

Wie ich die Auge widder uffmach, liech ich selbst uff der Pritsch un die zwei Kinner stehn um mich rum.

Der Ecki kommt vom Waschbecke her uff mich zu mit 'nem Glas in der Hand un sacht:

„Ich hab dir Schüssler-Salze ins Wasser getan. Jetzt trinkst du das erst mal!" S'hört sich an wie'n Befehl.

„Yes Sir.", sach ich un guck mich nach meiner Tochter um. Die sitzt brav uff der Liz ihrem Büro-Stuhl un dreht sich munter um die eichene Achs.

„Mama, es ist alles gut. Der Papa hat mich wieder fit gemacht."

Ich guck den Ecki an un der guckt ganz bös.

„So ihr zwei Mädels: Ab sofort gibt's jeden Morgen nach dem Frühstück ein Glas Wasser mit Schüssler-Salzen drin, damit ihr mir nicht wieder zusammenbrecht!"

Wie der Ecki mich fracht, wann ich des letzte Mal getrunke hätt, hab ich kei Antwort drauf gewusst. Ich weiß es echt net.

„Ich wollt mir grad'n Kaffee mache wie's Telefon geklingelt hat."

„Ja ja, Kaffee!", der Ecki is echt sauer. „Tee und Wasser muss eine Schwangere trinken, und zwar für Zwei!", schimpft er.

„Und wenn man gerade erst operiert wurde, mein Fräulein" sacht er zu der Mizzi, „dann sollte man erst recht viel trinken,

sonst schrumpft der Sauerstoff-Haushalt wie ein alter Luft-
ballon."

Die Mizzi guckt schuldbewusst zu mir hin.

„Ja ja, mein Kind!", stimm ich dem Ecki zu. „Genau das passiert dann."

„Und du bist mal ganz still, Frau Körnchen! Als Arzt-Frau darf
dir das in Zukunft nicht mehr passieren."

Irchendwie bin ich trotz Allem erleichtert, dass die Jana net
umgefalle is. Die sitzt ganz still nebe mir un guckt beküm-
mert.

„Tante Körnchen, hoffentlich ist der Krabbe nix passiert."

Des Kind is total fertich.

„Da brauchst du dir keine Gedanken zu machen.", sacht der
Ecki. „Die Krabbe ist sehr kräftig und so widerstandsfähig wie
ihre Mama."

Die Krabbe. Alle nennen den Föti jetzt so. Mir gefällt des
genauso gut wie den annere Familien-Mitglieder.

„Was ist denn hier los?" Des is die Liz. Se kommt grad zur Tür
rein. Un wie se uns so sieht, kann se sich die Hälft zusamme-
reime.

„Ach du lieber Gott, Anne! Wieso liegst **du** denn hier?"

Der Ecki erklärt der Liz alles und die is genau so erleichtert
wie ich, weil der Jana nix passiert is.

Wie se hört, dass des Ganze am Flüssigkeits-Mangel gehange
hat, sacht se:

„Ich sage es jeden Tag zu den Kindern, dass sie ihre Wasser-
Flaschen nicht vergessen sollen. Das erleichtert auch das
Lernen, ganz zu schweigen davon, dass es vor Schwäche-
Anfällen schützt."

Ich merk mal widder wie wenig Ahnung ich hab un versprech
der Liz, dass ich jetzt endlich das Buch üwwer die "Schüssler-
Salze für Schwangere" lese werd.

Jetzt erzählt uns die Liz, dass es ihrem Papa ganz schlecht
gegange is, dass'm awwer nach dem Blutaustausch widder
erheblich besser geworde is.

„Der Papa ist jetzt wieder einigermaßen stabil.", sacht se.
„Sie haben ihn wieder auf Station gelegt und ihn mit Antide-

pressiva versorgt, damit seine Süchte im Zaum gehalten werden. Er hat schon wieder nach seiner Pfeife verlangt und wollte sofort ein Bier.", lacht die Liz.

„Papa ist einfach unverbesserlich und hat überhaupt keinen Respekt vor Ärzten oder Krankenpflegerinnen."

„Das kenn ich.", sach ich. „Ich hab auch überhaupt kein Respekt vor meinem Arzt."

„Meine liebe Patientin.", warnt mein Doktor „Jetzt geht's ab ins Bett und wehe wenn ein Widerspruch kommt, dann wirst du mal sehen wie ich mir Respekt verschaffe!"

Ich geb üwwerhaupt nie Widerrede! Schnell steh ich uff un zieh mei Jack an.

„Und die junge Patientin darf ausnahmsweise wieder unverzüglich in den Unterricht.", sacht er zur Mizzi. „Zusammen mit ihrer Lehrerin." Dabei zwinkert er der Liz verschmitzt zu.

Die zwei Kinner rausche sofort ab. Die Jana soll doch heut von der Klass verabschiedet werde. S'is schon alles vorbereit'. S'fehlt nur noch die Liz.

„Sehn wir uns heute Abend?", fracht se im Rausgehn.

„Klar." Der Ecki is zuversichtlich, dass es mir heut Abend widder besser geht.

Ich bin doch so gespannt, was die Liz un die Britta sich für den Gemeinderat ausgedacht hawwe! Das wär echt Mist gewese wenn ich wegen dem blöde Wassermangel net hätt hingehn könne.

Un was die Mizzi angeht: Die werd ich in Zukunft bewache wie'n Schießhund un gugge, dass die immer genuch trinkt, des sach ich awwer, gell?!

Kapitel 23
Hilf mir, es selbst zu tun

„Wie geht es deinem Papa?" Sigrid schaut mich von der Seite an, während sie den ersten Gang einlegt. Die Ampel schaltet auf Grün.

„Gottseidank wieder etwas besser. Er kommandiert schon wieder die Krankenschwestern herum, wie seine Mitarbeiter und Sekretärinnen als er noch im Beruf war."

„Macht er das auch mit deiner Mutter?"

„Das braucht er gar nicht. Mama hat Papa so verwöhnt, dass sie schon an seinen Blicken merkt, was er gerade für sich getan haben möchte. Und dann tut sie das auch. So ist das eben bei vielen älteren Ehepaaren. Die Frau ist dazu da um es dem Manne Recht zu machen. Denn immerhin ist sie ja auch die Hausfrau..."

„...Und der Mann bringt's Geld heim.", vervollständigt Sigrid meinen angefangenen Satz.

„Ich glaube, wenn Papa mal nicht mehr lebt, wird meine Mutter etwas weniger zu tun haben. Darunter wird sie höllisch leiden."

Ich stelle mir gerade das Leben ohne Papa vor. Dabei kommen mir unverständlicherweise die Tränen in die Augen und ich denke, dass ich Mama noch gar nicht gefragt habe, wie's ihr geht, wenn Papa nicht zuhause ist. Sofort meldet sich wieder mein schlechtes Gewissen. Ich kümmere mich viel zu wenig um meine Familie.

Sigrid lacht:

„Ha ha, genau! Bei meinen Eltern glaube ich das auch. Sie sind wie Dick und Doof: Kleben immer zusammen und können nicht ohne einander."

Wir sitzen im Auto, unterwegs nach Wiesbaden, wo unser erster offizieller Montessori-Diplom-Kurs stattfinden wird. Sigrid hat mich zuhause abgeholt.

„Das nächste Mal fahre ich, ma Poule.", hab ich Sigrid beim Einsteigen begrüßt. ('Ma Poule', so nennen wir uns gegenseitig seit unserem Französisch-Studium. Heißt so viel wie ‚mein Schätzchen.)

„In deinem Zustand solltest du nicht mehr so weit fahren."

Sigrid nun wieder!

„Wie lange ist es her, dass du deine letzte Schwangerschaft durchlebt hast?", hab ich sie dann gefragt.

Daraufhin gab sie sich geschlagen. Ihre eigenen Kinder sind bereits erwachsen.

„Weißt du, ich bin ja nicht krank. Ich bin nur schwanger, übrigens im vierten Monat.", erkläre ich Sigrid.

Gerade eben hat sie mich nämlich schon wieder gefragt, wie's mir heute ginge. Aber jetzt kommt wenigstens eine vernünftige Frage.

„Und? Wie war eure Info-Veranstaltung gestern Abend?"

„Ein voller Erfolg!" Ich erzähle Sigrid, dass alle Gemeinderats-Mitglieder anwesend waren und keiner ein Argument gegen eine Schulgründung vorbringen konnte. Im Gegenteil:

„Die meisten Leute, die gestern Abend in die Sporthalle zu unserer allerersten großen Info-Veranstaltung gekommen sind, zeigten sich begeistert von der Idee, in dem zukünftig leer stehenden Grundschulgebäude eine Privatschule zu betreiben."

Da das Gebäude erst vor ein paar Jahren vollständig renoviert worden ist, wären ja keine großen Investitionen vonnöten, so unser Bürgermeister.

Ich erzähle meiner Freundin auch, dass meine Ausführungen zur Montessori-Pädagogik und der Dokumentar-Film von Regisseur Reinhard Kahl „Treibhäuser der Zukunft" (Brittas Idee) ihr Übriges zu der Begeisterung der Anwesenden getan haben.

„Was ist das für ein Film?", will Sigrid wissen.

„In dieser Doku geht es darum, wie Kinder in einer offenen Atmosphäre besser und erfolgreicher lernen können. Reinhard Kahl zeigt uns da mehrere 'Gelingende Schulen' innerhalb von Deutschland. Über der Pforte einer dieser Schulen hing der Wahlspruch von Maria Montessori: Hilf mir, es selbst zu tun!"

„Das ist ein erstaunlicher Leitsatz.", meint Sigrid. „Aber soo wahr! Den muss ich mal bei Helmut anwenden, wenn er abends nachhause kommt und mich darum bittet, ihm einen Kaffee zu kochen.", lacht Sigrid. Ich muss über ihre Bemerkung grinsen.

„Die Leute waren sehr erstaunt über die Atmosphäre in diesen Schulen. Am meisten hat sie der soziale Umgang der Kinder untereinander beeindruckt. Man sieht sogar an einer Stelle, dass ein Jugendlicher einen anderen Jungen füttert, der selbständig nicht essen kann. Die Szene rührt mich immer wieder, obwohl ich sie schon oft gesehen habe."

„Der Film macht mich neugierig. Kannst du mir den auch mal ausleihen?"

„Ja klar", sag ich „Die Mizzi hat sich übrigens auch in das Gespräch eingeschaltet, obwohl die Anne ihr das vorab strengstens verboten hatte. 'Ich hab eine Frage' , hat sie sich energisch zu Wort gemeldet. Alle Erwachsen und auch die anwesenden Kinder haben nun ganz neugierig auf unsere Mizzi geschaut. 'Wir haben hier doch genau so eine Schule. Warum kann die denn nicht einfach so bleiben wie sie ist?', hat das Kind gefragt. Daraufhin haben alle Anwesenden laut geklatscht und die Mizzi bekam 'standing ovations'."

„Ja ja, Kinder stellen oft unbequeme Fragen!", meint Sigrid. „Die Mizzi ist auch ein ganz besonderes Kind."

„Der Bürgermeister hat ihr dann erklärt, dass es keine Entscheidung der Gemeinde war, die Nickelshausener Schule zu schließen und dass man sich zusammen Gedanken machen möchte, wie man das Gebäude trotzdem weiter nutzen könnte.

Ob diese Antwort für die Mizzi und die übrigen anwesenden Kinder befriedigend war, konnten wir nicht herausfinden, denn die Anne hat es nicht mehr erlaubt, dass ihre Tochter sich weiter in die Diskussion einmischt."

Sigrid und Helmut kennen Anne und Eckhard ja schon seit geraumer Zeit. Außerdem gehören die beiden ebenfalls zu unserem Schulgründungs-Team.

„Den Gemeinderat habt ihr also überzeugt. Dann kann ja nichts mehr schief gehen, oder?"

ODER?

Es ist Samstag und auf der A 66 herrscht zwar reger PKW-Einkaufs-Verkehr aber ausnahmsweise wird kein Stau im Radio gemeldet. Wir kommen also relativ gut durch. In Wiesbaden Stadt ist es sogar richtig entspannend, durch die City zu fahren. Gerade biegen wir auf den Parkplatz der privaten Montessori-Grundschule in Wiesbaden ein. Wir haben noch eine gute halbe Stunde Zeit bis der Kurs beginnt.

„Da kann ich ja noch eine rauchen." Sigrid scheint trotz der ruhigen Fahrt etwas gestresst.

„Genau genommen könntest du nicht nur eine, sondern sechs Zigaretten schaffen, bis der Kurs beginnt." Ich kann es einfach nicht lassen, Sigrid wegen ihrer Raucher-Sucht auf den Arm zu nehmen.

In unserer Studentenzeit hatten wir mit dem Rauchen begonnen. Besonders wenn wir Französisch-Klausuren schrieben, waren wir nervös und schafften dann zusammen mindesten zwei Päckchen. Gegenseitig haben wir uns hochgeschaukelt.

„Komm, rauchen wir noch eine, ma poule!" Und schwuppdiwupp, war das nächste Päckchen leer.

Während Sigrid nur bei ihren beiden Schwangerschaften pausierte, habe ich diese Sucht aufgegeben als ich erfuhr, dass ich das erste Mal schwanger war. Danach hatte ich einfach weder Zeit noch Lust zu rauchen. Der Bär fand das sehr gut. Hatte er doch in seinem Leben noch nie eine Zigarette angefasst.

Erwartungsgemäß wirft Sigrid mir einen Blick zu, der wenn er töten könnte, sein Ziel bei mir erreicht hätte.

„Du hast gut reden! Ich wollte, ich könnte mit dem Schwachsinn aufhören, aber es gelingt mir im Moment einfach nicht."

„Jedoch der Geist ist willig aber das Fleisch ist schwach.", unterbreche ich meine Freundin. „Ich hab echt nur Spaß gemacht, Sigrid. Das ist doch deine Entscheidung, ob du mit dem Rauchen aufhören willst, oder ob du dir das weiter antun möchtest. Es geht mich ü-ber-haupt-nichts-an, ma poulle!"

„D'accord, ma poulle.", pariert meine Freundin und hakt sich bei mir ein, während wir ins Foyer der Montessori-Grundschule Wiesbaden einmarschieren.

Kapitel 24
Fragen 'strengstens erlaubt'

„Sehr geehrte Kurs-Teilnehmer, ich freue mich, Sie heute in der Montessori-Grundschule Wiesbaden zu Ihrem ersten Kurs-Wochenende begrüßen zu dürfen."
Unser Dozent, Herr Feltin, ein Mann um die 60, der einen gutmütigen, väterlichen Eindruck auf mich macht, hat eine sehr angenehme Stimme.
„Sie alle haben zur Begrüßung einen wunderschönen Apfel erhalten." *Hhmm ja, mein Lieblings-Obst!*
Herr Feltin hebt seinen eigenen Apfel in die Höhe und streicht mit der freien Hand über die Oberfläche.
Sigrid und ich schauen uns fragend an. Was sollen wir nun tun? Ich beobachte, wie einige Kolleginnen es ihm nachtun und den Apfel befühlen. Anschließend beschreiben manche, was sie dabei empfunden haben:
Die Apfel-Oberfläche wäre glatt und geschmeidig, sagt eine der Teilnehmerinnen. Kühl und samtig, meint eine andere.
Die Antworten scheinen Herrn Feltin zu gefallen.
Danach fordert er uns auf, an der Frucht zu riechen.
So viele Beschreibungen, wie etwas riechen kann, habe ich noch nie gehört:
Süß, fruchtig, herzhaft, erfrischend, verlockend...
Obwohl einige der Geruchsbezeichnungen meiner Meinung nach ziemlich unpassend sind, lässt unser Dozent jeden Begriff ohne Kritik gelten und nickt zustimmend.
Was jetzt kommt, ist uns allen völlig klar: Wir dürfen die süße, erfrischende, herzhafte und verlockende Frucht jetzt essen. Die Geschmacksbeschreibungen danach sind ebenso vielfältig wie die Geruchsbezeichnungen.
„Was kann man nun alles mit dieser köstlichen Frucht machen?", ist die nächste Frage von Herrn Feltin.
Apfel-Püree, Brat-Apfel, Apfel-Kuchen....Sigrid bestand auf bedeckten Apfelkuchen...Getrocknete Apfel-Schnitze, Apfel-Essig und vieles andere mehr fällt uns dazu ein.

Bei dem Wort 'Calvados' (so eine Art französischer Apfel-schnaps) fällt mir mein allererster Vollrausch ein:

Es war auf einer Deutsch-Französischen Party in Bonn. Ich war mit 17 noch völlig unbedarft in Sachen Alkohol. Und weil ein unwiderstehlich gut aussehender Franzose mir das Ge-tränk anbot, als Longdrink mit Mineralwasser und Apfelsaft vermischt, konnte ich nicht 'Non' sagen.

Zum Schluss tranken wir den Calvados pur. Sigrid hatte da-mals den Absprung früh genug gefunden. Aber nur, weil sie mit einem ebenso hübschen Franzosen, in den sie an diesem Abend verknallt war, die ganze Zeit Blues getanzt hat. Mir wird es heute noch schlecht, wenn ich an den darauffolgen-den Tag denke!

„Nun passen Sie gut auf!", fordert unser Dozent uns auf. „Denn jetzt erfahren Sie zum ersten Mal, wie die Montessori-Methode funktioniert."

Erstaunlicherweise hat Herr Feltin zu jedem Begriff, der eben genannt wurde (nur nicht zu Calvados), ein großes Foto zur Hand. Jetzt heftet er alle Fotos an die Magnet-Tafel und lässt uns unter jedem Bild ein Wort-Kärtchen anbringen. Zu den Wort-Karten kommen wiederum passende Geruchs-und Geschmacks-Begriffe.

Nun werden wir in Vierer-Gruppen aufgeteilt, was insgesamt fünf Teams ergibt. Jede Gruppe darf sich eine Frucht-Karte aus den fünf angebotenen Holz-Kästen aussuchen.

Zur Gruppenbildung mussten wir Karten ziehen. Vier gleiche Karten ergab eine Gruppe. Geschickt gemacht! Auf diese Weise lernen meine Freundin Sigrid und ich auch andere Kurs-Teilnehmer/innen kennen.

Es gibt nur zwei Männer in der Gruppe. (Wie immer! Männer sind einfach nicht fortbildungswillig!) Beide ziehen die glei-che Karte wie ich.

Die zwei sehen sich zum Verwechseln ähnlich. Sie stellen sich mir als Max und Moritz vor. Und wie ich mir schon dachte, sind die beiden nicht nur Brüder, sondern Zwillinge. Ich schätze, sie sind ungefähr in meinem Alter. Beide Brüder haben, wie ich erfahre, als Kinder eine private Montessori-

Schule besucht und wollen nun selbst nach dieser Pädagogik ihre Kinder erziehen. Sie werden nämlich demnächst Vater.

„Naja, nur der Moritz wird Vater, ich werde Pate.", verrät Max uns bei der Vorstellungsrunde in der Gruppe.

„Unser Beruf ist derselbe.", gibt er zu.

Wir sollen raten. Jedoch, wir kommen nicht drauf. Die beiden wollen es uns nachher **ver**-raten, sonst sind wir zu sehr abgelenkt, ist die Meinung der beiden schmunzelnden Männer.

Von mir erfahren sie, dass ich demnächst ein drittes Mal Mutter werde. Das macht uns einander auf Anhieb irgendwie sympathisch, obwohl die werdende Mutter, Moritzs frischgebackene Ehefrau, gar nicht anwesend ist.

„Die Birne ist zufällig meine Lieblings-Frucht.", erfahren wir von Renate, die sich als viertes Gruppenmitglied zu uns gesellt hat. Sie möchte später einen Montessori-Bauernhof gründen. Mit einem großen Obstgarten, und natürlich mit vielen Birnbäumen!

Die Birne Helene stellt sich bei uns allen als Lieblingswort heraus. In unserem Kasten ist 'Helene' leider nicht zu finden. Wir fragen Herrn Feltin, der nur darauf gewartet hat, dass gefragt wird. Er gibt uns eine freie Karte, Buntstifte und einen Filzstift für das Wortkärtchen.

„Nun, können Sie kreativ sein? Beim nächsten Mal werden Sie eine entsprechende Foto-Karte zu Ihrem Lieblingswort vorfinden." Wie der auf uns eingeht!

Zum Schluss fordert Herr Feltin uns dazu auf, Fragen zu stellen.

Keiner meldet sich.

„Nur zu! Fragen sind strengstens erlaubt, ja sogar sehr erwünscht."

,Ha ha-strengstens erlaubt! Was für eine lustigeWortwendung! ,Ist der von Montessori?', denke ich.

„Stammt nicht von Maria Montessori, sondern von MIR.", schmunzelt Herr Feltin, als ob er Gedanken lesen könnte.

„Ich möchte, dass Sie Fragen stellen. Wer keine Fragen stellt, bekommt auch keine Antworten, nicht wahr?" Sein Blick schweift durch die Runde.

Wir nicken brav.

Er erzählt uns, dass drei der erfolgreichsten Männer unserer Zeit, Jimmy Wales, der Begründer von Wikipedia, Google-Erfinder Larry Page und Jeff Bezos, der Amazon-Initiator, eine interessante Gemeinsamkeit aufweisen:

Alle drei haben Montessori-Schulen besucht. Dort haben sie gelernt, dass Fragen stellen wichtiger ist als Antworten zu kennen. Herr Feltin betont, dass er das in einer bekannten Fernseh-Zeitschrift gelesen hat.

„Montessori-Kinder wollen wissen, warum etwas so sein muss. Und wer viel fragt, bekommt viele Antworten. Von da ist es nur ein kleiner Schritt zu neuen Ideen. Hören auch Sie nie auf, Dinge zu hinterfragen!"

Wir sind total fasziniert, von der Art, wie Herr Feltin erzählt! Da muss man sich einfach wichtige Fragen einfallen lassen!

Ich hab zwar Fragen aber die kann mir der liebe Herr Feltin nicht beantworten. Aber Max und Moritz können das. Sie haben uns immer noch nicht verraten, was sie von Beruf sind.

„Dazu möchte ich noch bemerken, dass zwei unserer Kurs-teilnehmer ebenfalls eine Montessori-Schule besucht haben.", sagt der Herr Feltin gerade. „Drei!", ruft eine rothaari-ge Frau dazwischen. „Ich nämlich auch." Keiner reagiert auf den Zwischenruf. Nicht mal Herr Feltin.

Alle drehen sich nach Max und Moritz um, die übers ganze Gesicht grinsen.

„Die beiden haben mir erlaubt ihren Beruf zu nennen: Sie sind Mediziner und zusammen haben sie eine sehr erfolgreiches Kurklinik gegründet, wo sie auch Praxis-Seminare zur Ausbildung für 'Ärztlich geprüfte Gesundheitsberater/innen' abhalten.

Meine Frage ist damit beantwortet. Und ich bin beeindruckt. Den Namen der Klinik hat uns unser Kursleiter jedoch nicht genannt. Aber ich beziehe jeden Monat eine Gesundheits-zeitschrift. Die kommt aus der Nähe von Wiesbaden. Viel-leicht handelt es sich um die berühmte Dr. Frehse-Klinik?

„Und damit ist unser erster Kurs-Tag beendet."

Schon? Wie schnell doch die Zeit vergangen ist!

Der heutige Tag war sehr interessant. Ich freue mich schon auf morgen, denn da werden wir die übrigen Dozentinnen, Frau Feltin und Frau Backe kennen lernen.

„Bin gespannt auf morgen.", sagt Sigrid als wir den Schulsaal verlassen.

„Heute war ja recht viel Theorie dabei. Vielleicht gibt's morgen ein bisschen mehr Praxis." Ich schaue meine Freundin erstaunt von der Seite an.

„Was verstehst du unter ‚Theorie'?" Ich fand es gar nicht theoretisch, sondern schon recht praktisch.

„Naja, der Herr Feltin hat uns ja stundenlang von Maria Montessori erzählt und wir mussten zuhören."

Fand ich sehr interessant. So sind die Geschmäcker verschieden.

„Das hätten wir doch alles selber nachlesen können, oder?"

„War doch viel spannender, es von Herrn Feltin zu hören. Ich finde, dass er sehr gut erzählen kann."

Mein Telefon klingelt. Wir steigen gerade aus dem Auto und sind auf dem Gehweg zum Hotel. Das Display zeigt 'Bär' an. Sigrid steckt sich eine Zigarette an.

„Was ist los, mein Schatz?", sage ich. „Solltest du nicht in Süd-Afrika sein?"

„Wo ist Mama?" Wieder diese Pieps-Stimme! Jetzt glaube ich nicht mehr an einen Zufall. Ich merke, wie mir von den Füßen her die Hitze in meinen Kopf hochsteigt.

„Hör mal", sage ich „Ich bin nicht deine Mama!" und „Wo ist Bertram!!!", schreie ich in mein Handy.

Aufgelegt. In der Hoffnung, dass sich jemand ganz gewaltig geirrt hat, drücke ich auf die Rückruf-Taste. Ich lasse es mindestens 20 Mal läuten. Nichts.

„Was ist mit dir?" Sigrid schaut mich durch ihren ausgehauchten Zigaretten-Qualm entsetzt an. „Du bist auf einmal ganz blass geworden. Und warum schreist du so? Ist was passiert?"

Kapitel 25
Antworten stark gefragt

Ich checke meine Mails:

Puppe,
irgend Jemand muss mein I-Phone geklaut haben.
Aha, so nennt man das heutzutage! Hab deine Handy-Nummer leider nicht im Kopf! Schrecklich, wenn man so ein schlechtes Zahlen-Gedächtnis hat! *Ja ja!*
Wir sind gut in Kapstadt angekommen. Morgen transportieren wir ein Baby nach Paris. Wird sehr spannend, da der Kleine sich im Brutkasten befindet und seine Überlebens-Chancen gleich Null sind. Aber wir haben eine gute Ärztin dabei und die Hoffnung stirbt zuletzt, oder? Wir sind in einem Super-Hotel untergebracht, wo wir uns gerade am Pool entspannen. Das Wetter ist angenehm. Die Sonne scheint und es sind mindestens 25°C im Schatten. Wie war's bei dir Puppe? *Sag ich dir nicht.* War der Kurs interessant? Schreib mir doch ein paar Zeilen, damit ich weiß, ob es dir gut geht! *Einen Teufel werde ich tun, bevor ich nicht weiß, wo dein Handy abgeblieben ist!*
Gruß und Kuss
Dein Bär
Du mich auch!

Nachdem ich die Mail gelesen habe, wandern meine Gedanken zurück in meine erste Schwangerschaft. Der Bär hatte eine Freundin, bevor er mich kennen gelernt hatte. Das ist ja alles gut und schön und das ist ja auch normal. Ein so attraktiver Mann wie mein Bertram war umschwärmt von Frauen. Diese hier, sie hieß Lea, wollte aber mit meinem Freund befreundet bleiben und gutmütig, wie mein Bär nun einmal ist, hat er sich immer um Lea gekümmert, wenn diese (blöde Kuh) Sorgen hatte. Das fand ich persönlich ganz und gar nicht lustig. Aber ich wollte nicht eifersüchtig erscheinen und lenkte mich ab, indem ich an solchen Abenden, wo Lea 'Probleme' hatte, mit Helmut ausging. Der war immer amüsant und lustig. Wenn der Bär mich dann spät am Abend gesucht hat, war ich nicht auffindbar. Der Helmut und ich blieben im 'La Bohème' bis uns gesagt wurde, dass nun geschlossen würde. Das war in der Zeit, wo Siegrid sich von mir abgewendet hatte und ich partout nicht wusste, was ich ihr getan hatte!

Wenn ich sie anrief, ob sie mit ins 'La Bohème' käme, hatte sie immer eine Ausrede: Sie müsste für eine Klausur pauken oder noch aufräumen, weil ihr neuer Freund sie am nächsten Tag besuchen würde etc. Der Helmut hatte aber immer Zeit für mich.

In Wirklichkeit hatte Siegrid gar keinen neuen Freund, sondern sie verabscheute mich, weil ich mit ihrer großen Liebe ausging. (Das hat sie mir später gestanden.) Und ich verabscheute Lea, weil sie meinen Bertram zu jeder Tages –und Nachtzeit anrief, ständig in 'Schwierigkeiten' war, oder ein bestimmtes 'Problem' hatte. Als ich mit Barbara schwanger war, habe ich dem Bär die Pistole auf die Brust gesetzt und ihm gesagt:

„Entweder die Lea oder ich!"

„Aber Puppe, wir sind bereits verheiratet.", lachte er. Der nahm mich nicht ernst!

„Das ist mir egal. Ich will, dass du dich von Lea trennst, oder wir beide sind getrennt, basta."

Der Bär sah mich mit seinen großen Augen an, so als wollte er schauen, ob ich das alles ernst meinte. Dann drehte er sich um und ging wortlos aus der Wohnung.

An diesem Abend kam er nicht mehr nach Hause und ich heulte die ganze Nacht. Auch als ich am nächsten Tag von der Schule nach Hause kam, war von meinem Bär nichts zu sehen. Ich rief Helmut an und heulte ihm die ganze Story ins Telefon, aber der hatte überhaupt kein Mitleid mit mir. Im Gegenteil, der schien sich sogar über mein Leid zu freuen.

„Gib ihm den Laufpass, ja! Dann stehst du alleine da, und das mit Kind."

„Wie bitte?"

„Mensch Lissy, überleg doch mal! Du hast einen guten Mann, der dich auf Händen trägt und.."

„Und was ist mit Lea?", unterbreche ich ihn.

„Ja, stimmt, aber Lea ist keine Konkurenz für dich. Wenn der Bertram dich nicht so abgöttisch lieben würde, dann hätte ich versucht, dich ihm auszuspannen."

Jetzt musste ich das erste Mal lachen und weinen zugleich. Wie gut das tat, was Helmut mir da sagte!

„Und noch etwas, Lissy: Zwischen den beiden ist nichts. Ich habe Bertram vor Kurzem gerade heraus gefragt, ob zwischen ihm und Lea noch was laufen würde. Weißt du, was er mir da geantwortet hat?"

Ich trocknete meine Tränen und schniefte:

„Was denn, nun sag schon!"

„Erstens ist Lea lespisch und zweitens hat gegen meine Puppe niemand auf der Welt eine Chance."

An diesem Abend kam mein Bär wieder nach Hause. Er sagte: „So, erledigt. Lea ist zwar traurig, aber sie wird drüber wegkommen."

Heute ist Lea Barbara's Patin und bis dato die beste Freundin der Familie. Meine Tochter fuhr früher mindestens ein bis zwei Mal im Monat zu ihrer Patin nach Bonn. Lea hat Bob und Barbara schon mehrere Male in Dallas besucht.

Ich lese den Brief noch mal durch. Mir springt die 'gute Ärztin' ins Auge.

„Wir sind in einem Super Hotel untergebracht, wo wir uns gerade am Pool entspannen."

Ob diese Ärztin sich gerade mit entspannt? Der Bär hat mir noch nie erzählt, dass sie in ihrem Team auch Ärztinnen haben. Oder vielleicht ist das ja auch die Einzige? Aber warum hat er mir nie etwas von ihr erzählt?

Hi Mama,

heute ging es mir nicht so besonders gut. Ich hatte Bauchschmerzen. Deshalb sind wir sofort ins Hospital gefahren. Dort haben sie mich von Kopf bis Fuß durchgecheckt, aber es ist nichts festgestellt worden. Dann sind wir wieder nachhause gefahren und ich habe mich sofort hingelegt. Der Arzt im Hospital hatte gemeint, dass so etwas öfter vorkäme, vor Allem wenn man Zwillinge erwartet, und dass wir uns keine Sorgen machen sollten, es wäre wahrscheinlich nur ein Verdauungsproblem. Meine Schwiegereltern regen sich in so einem Fall immer doppelt so viel auf, wie ich selbst. Die machen mich noch wahnsinnig! Bobby ist gottseidank locker geblieben. Das hat mir sehr geholfen.

Nun liege ich da und lese in in dem Buch, das Fred mir geschenkt hat, über die Vermeidung von Schwangerschafts-Falten oder ich schreibe Mails, wie gerade jetzt. Mehr habe ich leider nicht zu tun. Wie geht es dir denn, Mama? Wie ich dich kenne, schlägst du dich locker durch den ganz normalen Wahnsinn, wie du immer sagst. *Wenn die wüsste!*

Ach Mama, ich wünschte, wir beide wären uns räumlich ein bisschen näher und könnten uns öfter sehen und austauschen!

Wo ist Papa denn schon wieder? Hab versucht ihn anzurufen, aber da meldet sich niemand. Ist bestimmt mal wieder unterwegs, der alte Globetrotter, gell? Gestern haben Nick und Bine mich angerufen. Sie haben angekündigt, dass sie nach Abschluss ihres Studiums heiraten wollen. Du weißt das doch bestimmt schon, oder? ***Nee, weiß ich natürlich nicht! Mir sagt ja keiner was.***

Was macht Opa? Hab mir viele Sorgen gemacht, nachdem Oma mich angerufen hatte. Ich hätte nie gedacht, dass Opa mal so etwas passieren könnte. Der war doch auch noch nie krank! Nick hat mir erzählt, dass es ihm wieder besser geht. Da war ich sehr erleichtert. Oma ist ganz schön fertig und vermisst Opa sehr, hat sie mir gesagt. Die freut sich riesig wenn er wieder nachhause kommt.

So Mama, jetzt hab ich mich wieder bei dir ausgeheult. Ich freue mich, wenn du mir zurückschreibst, falls du Zeit hast.

Ansonsten gibt's ja auch noch das Telefon.

Ich drück dich ganz fest!

Barbara

P.S.: Wie war denn dein Montessori-Kurs?

Da ich, trotz Sigrids Tröstungs-Versuchen, die ganze Nacht geheult habe und ich mich am zweiten Kurs-Tag kaum konzentrieren konnte, fühle ich mich immer noch völlig erschöpft. Trotzdem greife ich zum Telefon-Hörer.

„Kind, geht's dir wieder besser?"

Meine Tochter beruhigt mich zuerst einmal:

„Nun klingst du aber genau wie meine Schwiegermutter!"

Es geht Barbara besser. Sie ist wieder in Diskutier-Laune.

„Ach Barbara, du weißt doch, dass ich selbst nicht im Gleichgewichts-Modus bin!"

„Ja Mama, du bist lediglich schwanger. Dabei darfst du zur Arbeit gehen und kannst deinen Haushalt selbständig erledigen. Und ich? Ich liege im Bett und darf **nichts** arbeiten und noch nicht mal alles essen, sonst werde ich zu fett."

Wenn das Kind wüsste, was **mich** zurzeit beschäftigt!

„Mach dir keine Sorgen, Kleines! Wenn die Kinder da sind, dann denkst du nicht mehr dran, was du durchgemacht hast."

Spreche ich aus Erfahrung? Nein. Meine beiden vorherigen Schwangerschaften waren auch komplikationslos.

„Ja ja, du hast doch nie Probleme gehabt, als du mit uns schwanger warst, Mama."

Stimmt.

„Aber es geht mir wieder gut. Hatte wahrscheinlich nur was Falsches gegessen."

Ich atme erleichtert auf.

„Was macht der werdende Papa und Opa? Ist der mittlerweile mal wieder erreichbar?"

„Er ist in Afrika." Liz, achte auf deine Stimme!

„Oh, und sein Handy?"

„Wahrscheinlich geklaut." Meine Stimme kippt.

„In Afrika?"

Jetzt heule ich. Ich hatte doch so fest vor, Barbara nicht mit meinen Sorgen zu belasten! Aber meiner Tochter kann ich einfach nichts verschweigen. Ich erzähle ihr von den komischen Anrufen und der seltsamen hellen Stimme, die ich schon aus unserem Festnetz kenne.

„Mama, das klingt alles ganz schön mysteriös."

„Meinst du, dass ich mir das alles nur einbilde?"

„Was?"

„Na was schon! Dass Papa mich betrügt." Jetzt ist's raus.

Ein glockenklares Lachen erschallt durch den Hörer.

„Machst du dich etwa über mich lustig, Kind?"

„Aber Papa geht doch nicht fremd! Niemals!" Hätte ich auch nie geglaubt! Aber dein Wort in Gottes Ohr, denke ich. Ich kann mich ja auch irren.

„Weißt du, ich glaube, dass Papa eine gute Erklärung zu den ganzen Vorkommnissen hat, wenn er nach Hause kommt.", tröste ich mich selbst.

„Aber sicher Mama. Das wird sich alles klären. Nun reg dich mal nicht mehr auf!"

„Ist gut, mein Kind. Ich mach jetzt Schluss. Pass auf dich auf!"

Jetzt muss ich Barbara noch versprechen, sie sofort zu informieren, wenn ich erfahre, wo Papas Handy abgeblieben ist.

'Leben im Jetzt'. So heißt das Buch, das ich auf dem Flug nach Amerika gelesen habe. Darin hat auch gestanden, dass man sich keine Sorgen machen soll. Das sind unnötig schlechte Energien, mit denen man sich umgibt. Erst wenn etwas wirklich geschehen ist, dann soll man sich damit befassen, die Probleme anpacken, wenn sie auftreten.

Ja ja, Papier hält still! Mir sausen die schlechten Energien nur so durch den Kopf:

Was ist, wenn mein Bär diese Ärztin besser kennt und sein Telefon hat er nur bei ihr in der Wohnung liegen lassen? Aber wer hat dann angerufen? Das war doch eindeutig ein Kind, das mich immer anruft. Führt mein Bär etwa ein Doppelleben?

Das geht doch gar nicht, sagt mein Verstand. Wann sollte er das denn alles gemacht haben? Da schießt auch gleich die Antwort in meine Gedanken:

Der war doch oft genug unterwegs! Da kann man doch ganz leicht ein Doppelleben führen.

Stimmt gar nicht, sagt der Verstand. Das hättest du an seinem veränderten Verhalten gemerkt. Warum sollte der Bär eine andere Frau lieben, wenn er doch in seiner Ehe glücklich ist? Ach, was mache ich mir für dumme Gedanken! Ich glaub, das sind die Hormone, die in meinem schwangeren Kopf verrückt spielen. War ich nicht auch das erste Mal schwanger, als ich so schrecklich eifersüchtig war?
Vielleicht ist er aber nicht glücklich?
Dann hättest du's gemerkt!
Genau so drehen sich meine Gedanken im Kreis herum. Das macht mich ganz müde.

Kapitel 26
Kranksein macht null Spaß

Ich liech im Bett.

„Die Mama is platt.", sacht die Mizzi. Die telefoniert grad mit der Jana. Die hawwe se gestern abgeholt. Gottseidank war ich da noch fit, sonst hätt ich die Jana womöchlich noch angesteckt.

Jetzt hawwe der Ecki un ich ach endlich die Eltern von der Jana kenne gelernt. Die hawwe sich ganz doll gefreut, dass ihr Tochter sich so wohl bei uns gefühlt hat. Für die Liz hawwe se noch'n Päckche mitgebracht. Des soll die Mizzi ihr üwwergewwe. Se hawwe gesacht, dass se ach der Frau Berger so dankbar für die Idee mit der Montessori-Schul wäre. Des wär die best Lösung gewese, die ihne selbst net eingefalle is. Die Mizzi hat'n Riese-Paket mit Spielsache un Süßigkeite gekriegt. Mir hawwe se'n ganz dolle Blumestrauß geschenkt. Echt nett, die Leut!

„Die Mama is 'ne komplizierte Patientin.", hör ich grad die Mizzi zu der Jana sache.

„Wie bitte? Kompliziert???!", ruf ich in Richtung offene Tür.

„Ja", sacht die Mizzi, wie wenn se mir persönlich antworte würd: „Sie jammert wie ein kleines Kind, dabei ist sie nur leicht erkältet."

Die hört mich garnet. Des is doch die Höh!

„Du weißt ja, schwangere Frauen sind viel empfindlicher."

Also sowas Altgescheites! Wieso bin ich kompliziert?? Nur weil ich vom Eckhard'n Medikament wollt, was der mir net gewwe wollt? Vielleicht hab ich'n bissel zu laut gemeckert, weil der so stur is?

„Der Papa hat gesagt, dass die Mama wegen so einem kleinen Schnupfen kein Aspirin bekommt."

Da hawwe mer's! Wegen so einem kleinen Schnupfen! Ich bin todkrank! Die Nas läuft ununnerbroche un huste muss ich alle paar Minute. Ich geb's zu, so'n starke Schnupfe hatt ich noch nie. Awwer des könne die ja net wisse. Ich bin ganz

139

schön sauer uff die Bagaasch! Die halte zusamme wie Pech un Schwefel!

„Kann mir net mal jemand'n Glas Wasser bringe?! Ich hab'n ganz trockene Hals!. Ich hab fast kei Stimm mehr.

„Hast du das gehört? Ja, so geht's den ganzen Tag lang. Ich bin froh, wenn die Mama wieder gesund ist.", sacht die freche Kröte.

„Ich bin putzmunter!", ruf ich so laut, dass die Jana das bestimmt in Stromberch höre kann.

„Du, Jana, ich muss Schluss machen. Du hörst es ja. Tschüs dann bis morgen. Dann ruf ich dich an und sag's dir ob's besser geht. Ja, mach ich. Von uns auch liebe Grüße!"

Ich hör, wie die Mizzi den Hörer ufflecht un dann hör ich des Wasser laufe. Se bringt mir tatsächlich e Glas Wasser.

„Des is awwer lieb von dir, Mizzi!", sach ich un tu so, als ob ich von dem Telefon-Gespräch nix mitgekricht hätt.

„Ich soll dir von der Jana und ihren Eltern schöne Grüße ausrichten und du sollst schnell wieder gesund werden."

„Ach, hast du der Jana erzählt, dass ich so krank bin?"

„Sei nicht so scheinheilig, Mama! Ich weiß genau, dass du zugehört hast."

„Des is jetzt ganz schön gemein! Wieso bin ich dann kompliziert?" Jetzt bin ich awwer beleidicht.

Hupps! Die Krabbe tritt mich mit Wucht geche die Bauchowerfläch.

„Des Kind wird wach!", ruf ich. „Ich mein, die Krabbe hat mich getrete!" Un mei Unmut is widder vergesse.

„Oh Mama, Mama lass mal fühlen!", schreit die Mizzi ganz laut. Der Ecki kommt angelaufe un ruft:

„Um Gottes Willen, was ist passiert?"

Die Mizzi hat schon ihren Kopf uff mei Bauch gelegt un horcht.

„Jetzt hat die Krabbe mich ans Ohr getreten!", ruft des Kind begeistert.

„Oh aua auaaah!", schrei ich.

„Was ist, Mama?", erschrickt sich die Mizzi.

„Ja ja.", sach ich. „Ich bin doch so empfindlich. Das hat soooo weh getan!" Ich mach so, als würd ich heule.

Die Mizzi un der Ecki fange an zu lache und dann lach ich mit un alles is widder gut.

„Wer möchte denn einen Schokoladen-Pudding?", fracht der Ecki.

„Ich!" sacht die Mizzi mit mir zusamme, wie aus einem Mund. Des find ich jetzt awwer richtich goldich vom Ecki, wo der doch genau weiß, dass ich Schokoladen-Pudding so gern ess. S'dauert net lang, da kommt mein Liebster mit zwei Schüsselchen Pudding ins Schlafzimmer. Die Mizzi un ich esse beide mit großem Appetit. Schmeckt awwer ach Klasse. Danach muss der Ecki am Bauch horche, ob die Krabbe sich nochmal bewecht. Awwer die is glaub ich müd vom viele Pudding-Esse. Die bewecht sich net mehr.

„Schade!", sacht der Ecki. Ich wär so gern auch mal ans Ohr getreten worden."

„Des kannste hawwe.", sach ich zum Ecki. „Du musst nur dei Kopf 'n bissel weiter runner verlagere." Ich kann mir des Lache net verkneife.

„Dann kannste mal 'n Ohrtritt von einer komplizierten Patientin hawwe, ha ha!"

„So was Unverschämtes!", ruft der Ecki un gibt mir 'n dicke Kuss uff de Mund.

S'Telefon klingelt. Des is für den Ecki. Der hat Wochenend-Dienst. Der Bertram is dies Woch unnerwegs für sei Luftrettungs-Firma. Awwer irgendwie müsst der doch längst widder zurück sein, oder?

Kapitel 27
Wo ist Bertram?

„Schon lange wollte ich es dir gestehen: Ich möchte mich von dir trennen.", sagt der Bär zu mir.

„Du Scheißkerl!", schreie ich. „Hau ab!"
Der Bär versucht, mich in den Arm zu nehmen. Ich schlage ihm mit der flachen Hand ins Gesicht.

„Au!", schreit mein Noch-Ehemann und hält mich so fest, dass ich mich nicht bewegen kann. „Was ist denn los mit dir?"

„Das fragst du noch?", fluche ich. Meine Hand tut weh. Da klingelt mein Handy.
Wo bin ich? Ich mache die Augen auf und taste nach dem Telefon. Es ist stockdunkel. Jetzt merke ich, dass ich auf der Couch im Wohnzimmer liege. Muss wohl eingeschlafen sein und auf meiner rechten Hand gelegen haben. Das Telefon befindet sich neben mir auf dem Couch-Tisch. Au, die Hand tut weh!

„Hallo?", krächze ich.

„Ist dort Puppe?", fragt mich eine sympathische Männerstimme. Was will der? Irgendwie kommt mir diese Stimme bekannt vor.

„Wer sind **Sie** denn?", ist meine Gegenfrage.

„Mein Name ist Frehse. Ich habe dieses Telefon in meiner Wohnung gefunden. Meine Tochter hat damit gespielt, als ich eben nachhause kam."

„Wie bitte?" Jetzt bin ich hellwach.

„Ich habe ihr das Handy abgenommen und einfach die letzte Telefonnummer gewählt, die auf der Anrufliste war. Auf dem Display steht 'Puppe'. Ist das Ihr Name?"
Ich sperre den Mund auf und will antworten, aber es kommt kein Ton aus mir heraus.

„Hallo! Sind Sie noch dran?" Diese Stimme! Die habe ich doch schon mal gehört, da bin ich mir sicher.

„Ich verstehe überhaupt nichts.", antworte ich wahrheitsgemäß.

„Also sind Sie nicht Frau Puppe?"

Ach so! Der meint, ich heiße mit Nachnamen 'Puppe'. Jetzt fällt's mir wie Schuppen von den Augen.

„Nein.", sage ich. „Mein Mann nennt mich 'Puppe'. Das ist ein Kosename."

Jetzt ist der Anrufer scheinbar sprachlos.

Er redet nicht mehr.

„Hallo! Sind Sie noch da?", ruf ich.

„Aber wieso ist denn dieses Handy in **unserer** Wohnung?"

„Das entzieht sich leider meiner Kenntnis.", ist meine etwas schnippische Antwort. „Aber darf ich **Ihnen** mal eine ganz persönliche Frage stellen?"

„Selbstverständlich, Fragen sind bei mir strengstens erlaubt."

Es folgt ein schüchternes Lachen. Aber hallo! Das habe ich doch auch schon mal gehört! Wo denn bloß?

„Wie heißt denn Ihre Frau?"

„So wie ich: Frehse."

Nie gehört.

Es folgt die Gegenfrage:

„Wie heißt denn Ihr Mann?"

„Berger."

„Nie gehört."

Die Stimme am anderen Ende hört sich erstaunt an.

„Meine Frau ist zurzeit nicht zuhause. Sie ist beruflich unterwegs und ich bin soeben von einem Wochenend-Seminar zurück gekommen. Vielleicht weiß unsere Hausangestellte etwas. Kann ich Sie zurückrufen?"

„Natürlich.", bekomme ich gerade so noch hin. Dann lege ich schnell auf, sonst bekommt dieser Frehse noch mit, dass ich heule.

Jetzt klingelt's auch noch an der Haustür. Ich schau auf die Uhr. Es ist 19.13 Uhr. Schnell eile ich ins Gäste-Bad und öffne das Fenster einen Spalt weit. Von dort aus kann ich den Eingangsbereich unseres Hauses einsehen. Vor der Tür steht Eckhard.

„Kann ich kurz reinkommen?" Er schaut mich fragend an.

„Ja natürlich.", stottere ich. „Was machst **du** denn hier? Ist was passiert?"

„Kann ich reinkommen?", widerholt er.

Sofort laufe ich zur Haustür und lasse den Eckhard ins Haus.

„Ich war gerade in der Nähe bei einem Kranken-Besuch und da dachte, ich schau mal rein. Ist Bertram da?"

„Nein." Bleib ruhig, Liz!

„Ich versuche ihn die ganze Zeit zu erreichen, aber da meldet sich immer so eine helle Stimme. Könnte 'ne Kinderstimme sein. Komisch!"

Ich kann nicht darauf antworten. Meine Stimme versagt.

„Der müsste doch aber längst zurück sein, oder?"

Erst jetzt sieht mich der Eckhard frontal an.

Ohne was zu fragen nimmt er mich in den Arm und lässt mich erst mal heulen.

„Was ist passiert, Liz?"

Ich erzähle Eckhard die ganze Geschichte der Reihe nach bis zum Anruf von der Stimme, die ich irgendwie zu kennen glaube.

„Dann hat er einen Ausspruch getan, den ich schon mal gehört hab. Als ich ihn nämlich gefragt habe, ob er mir eine ganz persönliche Frage beantworten könnte, da hat er gesagt, bei ihm wären Fragen 'strengstens erlaubt'."

Und genau in diesem Augenblick fällt es mir ein, wo ich diesen Spruch schon mal gehört habe.

„Im Montessori-Kurs!", rufe ich.

„Wie bitte?" Eckhard schaut mich fragend an.

„Natürlich! Ich habe diesen Ausspruch gestern von meinem Montessori-Kursleiter gehört."

Jetzt fällt's mir wie Schuppen von den Augen. Der Herr Feltin hat doch gesagt, dass dieser Spruch von ihm persönlich stammt. Aber das war nicht seine Stimme am Telefon. Ich glaube, jetzt mache ich ein ziemlich dümmliches Gesicht.

„Worüber denkst du nach?", unterbricht Eckhard meine Gedanken.

„Es ist rätselhaft. Mein Kurs-Leiter hat gestern zu uns allen gesagt, wir sollen ganz viel fragen, wenn wir etwas von ihm wissen wollen. Er hat gemeint, das sei bei ihm 'strengstens erlaubt', ja sogar erwünscht."

„Na und?"

„Überleg doch mal! Ich habe diesen lustigen Ausspruch vorher noch nie gehört."

„Na und?", fragt Eckhard wieder.

„Und jetzt hat dieser Frehse genau diesen Spruch am Telefon zu mir gesagt."

„Aber das würde ja bedeuten, dass…"

„Genau **das**."

„Aber woher sollte dieser Mann denn diesen Spruch kennen, wenn der von deinem Kurs-Leiter stammt?"

„Da gibt es nur eine Lösung: Der Frehse hat diesen Spruch von dem Herrn Feltin gehört. Folglich kennt er den, oder hat schon einmal an einem Montessori-Kurs teilgenommen."

Und während ich diesen logischen Gedanken äußere, kommt mir auch schon die Antwort darauf in den Sinn.

„Max!", rufe ich laut. „Natürlich!"

Ich sehe die Zwillinge Max und Moritz vor mir. Ich höre ihre Stimmen. Die Stimme am Telefon war die von Max. Natürlich! Den Nachnamen der beiden kenne ich ja nicht. Ich weiß nur so viel: Moritz wird bald Vater und die beiden haben eine Kurklinik für alternative Medizin gegründet und sind sehr erfolgreiche, ehemalige Montessori-Schüler.

„…und ich bin soeben von einem Wochenend-Seminar zurück gekommen.", sagte doch die sympathische Stimme eben am Telefon.

Diese Stimme war also die von Max, dem Zwillingsbruder von Moritz.

„Frehse! Klar, die Dr.Frehse Klinik, von der ich jeden Monat meine Gesundheitszeitschrift beziehe!", rufe ich laut.

„Jetzt verstehe ich gar nichts mehr." Der Eckhard guckt mich ganz verdaddert an.

Ich erzähle ihm, was ich im Kurs über die Frehse-Zwillinge erfahren habe.

„Meinst du echt, dass es solche Zufälle gibt?", fragt Eckhard.

„Ich kann mir auch keinen Reim darauf machen, wie Bertram's Handy in die Wohnung von Max gekommen ist.

„Es gibt für alles eine Lösung.", meint der Eckhard. „Ich bin sicher, dass sich die ganze Geschichte in Wohlgefallen auflösen wird, sobald der Bertram wieder im Lande ist, meinst du nicht?"

„Dein Wort in Gottes Ohr!", flüstere ich. Ich glaube nicht wirklich an eine einfache Lösung.

Da plötzlich! Ein Tritt in meine linke Hüfte.

„Aua!", schreie ich und lasse mich auf den Sessel fallen. „Da tritt mich was in die Hüften!"

Der Eckhard lacht. So was Unverschämtes!

„Lachst du mich etwa aus?"

„Nein Liz, den Tritt hast du von deiner Tochter erhalten. Unsere Kröte hat uns heute auch das erste Mal getreten."

Ach Gott, das Kind! Ich habe es völlig vergessen.

„Wieso denkst du, dass das eine Tochter wird?" Mir fällt ein, dass es ja niemand wissen kann, weil ich es selbst nicht erfahren will, ob ich eine Tochter oder einen Sohn bekomme.

„Ach, das ist nur so'ne Vermutung von mir." Der Eckhard wirkt ein wenig verlegen. Sollte der etwa auf dem Ultra-Schall-Foto etwas erkannt haben, was ich nicht weiß?

„Jetzt muss ich aber wirklich nach Hause. Körnchen wartet schon mit dem Abendessen."

„Ich dachte, die ist krank?"

Eckhard ist schon in der Haustür.

„Nee, ist schon wieder ganz fit."

Beim Rausgehen ruft er noch:

„Melde dich bitte, sobald du etwas von Bertram erfährst!"

Ich rufe ihm nach, dass ich es verspreche.

Kapitel 28
Wieder gesund

Wo bleibt der dann nur? Der is doch zu 'nem Krankebesuch gefahre un kommt net zurück. So lang hat der doch noch nie gebraucht, wenn er Krankebesuche macht. Des is jetzt schon anderthalb Stunne her, wo der weggefahre is.

Eichentlich müsst der Bertram Dienst üwwer's Wochenend mache, awwer der is mal widder in Afrika verschwunne. Dem gefällt's scheinbar gut dort. S'is noch gar net so lang her, wo der dort abgetaucht war un keiner hat gewusst, wo er is.

Die Liz war ganz verrückt geworde vor lauter Sorge, weil der sich net gemeldet hat. S'stand sogar in all Zeitunge:

Rettungspilot im tiefsten Afrika verschwunden

Die hawwe doch'n Flüchtling, wo straffällig geworde is, nach Afrika zurück bringe solle. Dann sin se selbst nimmer zurückgekomme. Se hatte den Kontakt zu der Rettungsfirma, bei der der Bertram fliecht, verlore. Die Liz hatt ach Tache lang nix gehört vom Bertram un war sich sicher, dass dem was passiert is. Awwer dann hat sich alles in Wohlgefalle uffgelöst, weil der Bertram so'n super Pilot is. Der musst irgendwo in de Berge lande, wo normalerweise gar keiner mit so'nem Jet lande kann. Der Flüchtling war gewalttätig geworde un hat die Crew erpresst un gezwunge, dorthin zu fliege. Dort hat awwer schon die Polizei uff den gewartet. Der war nämlich in seinem eigene Land schon straffällig geworde un is dort ach schon gesucht worde.

Der Bertram, des is'n echter Flieger-Held. Der war schon als Militär-Flieger in der Ausbildung immer bei den Besten. Des Starte von dem Jet uff dem kleine Flugplatz in de Berge is ihm dann leichter gefalle wie des Lande dort. Jedenfalls is er üwwer de grüne Klee von der Presse gelobt worde.

Jetzt is er widder in Afrika. Un heut hätt der zurück sein solle! Der Eckhard un ich wollte mit alle Kinner ins Kino. Mir geht's widder gut un da hawwe mir uns kurz entschlosse, was zu unnernemme. Ich sach's ja: Wenn du mit 'nem Doktor verheirat bist, dann....

S'klingelt an der Haustür. Ich ruf aus'm Flur:

„Wer ist da?" Der Eckhard hat mir's eingebläut, net einfach so die Tür zu öffne, wenn ich net weiß wer des is.

„Ich bin's. Ich hab den Schlüssel vergessen.", ruft mein Mann.

„Wer ist ICH?", frach ich scheinheilig.

„Mach auf! Es ist kalt hier draußen." Ich glaub, des findet der gar net so lustig, wie ich. Ich guck aus'm Fenster un sach:

„Zeig mir deine Pfote!"

Der Ecki sacht:

„Was für ein großes Maul du doch hast. Gleich fresse ich dich!"

„Na, dann will ich Ihnen mal glauben.", sach ich un mach die Tür uff.

„Das wirst du mir büßen!", ruft der Eckhard un rennt mir durch den Flur hinnerher.

„Wie die kleinen Kinder!" Die Mizzi guckt von der Trepp aus uff uns zwei Verrückte un schüttelt de Kopf.

Der Ecki fängt mich un hält mich von hinne fest, dass ich mich net bewege kann. Ich muss laut lache, weil der mich kitzelt, wie verrückt.

„Was is'n hier los?", kommt's von der Wohnzimmertür.

„Habt ihr'n Problem?" Typisch Mattis! Awwer wie ich'n anguck, seh ich dass er grinst.

Die Mizzi is inzwische die Trepp runner gekomme un hält den Ecki von hinne fest un zum Schluss is die ganz Familie in unser Kappelei involviert. Der Mattis hält die Mizzi fest, die Mizzi den Ecki un ich kann mich befreie.

„Jetzt gibt's Abendessen!" Ich renn in die Küch. Dort steht des Esse, das ich schon vorbereit hab, uff der Anrichte un muss nur noch an de Esstisch gebracht werde.

Ach is des schön, dass die Familie so gemütlich zusamme zu Abend ess kann!

Der Mattis hat schon 'ne Freundin und die Schul schwänze tut der jetzt net mehr. Ich hab'n zur Red gestellt, wie ich den mit'ner Zigarett im Mund in Marieberch am Zebrastreife gesehe hab.

„Ich hab nur mal probiert, Mama.", hat er behauptet. „Aber es hat mir nicht geschmeckt."

Er hat gesacht, dass er vor seiner neu Freundin, der Lisa, Eindruck mache wollt. Awwer der Lisa hat des üwwerhaupt kei Eindruck gemacht. Die hat zu dem Mattis gesacht, dass er die Kipp aus der Schnut hole sollt, sie wollt beim Küsse net mit der Zung in 'nen Aschebecher rein. Also so was! Die hawwe e Sprach, die Junge!

An dem Tach'n hatte die in der Schul in Bad Wendelshofen 'n Freistund bekomme un da isser mit der Lisa nach Marieberch gefahre un hat se heimgebracht. So hatt sich des Ganze ziemlich harmlos uffgeklärt.

So, die Kinner sin jetzt uff ihr Zimmer gegange. Endlich erzählt mir der Ecki, wo er so lang gebliebe is. Er war bei der Liz. Der Bertram is tatsächlich widder in Afrika verschwunne, awwer s'gibt Probleme mit der Kommunikation, weil der Bertram sein Handy irgendwo hat liege lasse.

„Versprich mir, dass du für dich behältst, was ich dir jetzt sage!", nuschelt der Eckhard mir ganz leis ins Ohr.

„Du lieber Gott, is was passiert?"

„Versprich's mir!"

„Des is doch die Höh!", sach ich. „Als ob ich so'ne alte Tratschtante wär!"

„So hab ich's nicht gemeint, mein Schatz." Der Ecki nuschelt immer noch un gibt mir'n Kuss. „Ich will nur, dass du nicht mit der Liz über das Thema sprichst."

„Wenn du's so willst, dann mach ich des ach net.", maul ich. „Awwer dann sach's mir doch endlich, was passiert is!"

Der Ecki steht uff un sacht, dass er sich'n Bier hole will un fracht ob ich ach was trinke will.

„N'Doppelte.", sach ich. Der Ecki guckt mich verdaddert an. „Wasser natürlich, du Dödel!"

Des Wort sach ich immer um den Ecki zu ärgere, awwer der lässt sich net provoziere un bringt mir tatsächlich zwei Flasche Mineralwasser mit.

Zu zweit mache mir's uns uff der Couch gemütlich.

„Jetzt schieß endlich los!", sach ich.

„Psst, nicht so laut! Die Mizzi darf davon nichts mitkriegen.", sacht der Eckhard ganz leis, so als ob die Mizzi hinner der Tür stehe und lausche würd. Was der für Sorge hat!

„Stell dir vor, die Liz glaubt, dass der Bertram ihr fremdgeht und dass er sogar ein Doppelleben führt."

Jetzt bin ich awwer platt!

„Wieso **das** dann?"

„Ich hab dir doch erzählt, dass immer so'ne Kinderstimme an der Strippe war, wenn ich den Eckhard anrufen wollte. „Da drauf konnte ich mir überhaupt keinen Reim machen."

Der Ecki verstummt un guckt belämmert uff sei Handy.

„Ja un weiter? Lass dir doch die Würmer net aus der Nas ziehe!" Ich kann's net glaube, der Bertram un fremdgehe, nie im Leben!

„Die Liz hat einen Anruf von einem Mann bekommen, der ihr gesagt hat, dass er das Handy in seinem Haus gefunden hat. Seine kleine Tochter hatte damit gespielt."

„Ja un? Des is doch noch kei Beweis, dass der Bertram fremdgeht.", sach ich.

„Nein, aber überleg doch mal! Das Handy muss ja irgendwie in sein Haus gekommen sein. Und jetzt kommt der Clou: Seine Frau ist auf Dienstreise."

„Ja un?" Ich steh uff'm Schlauch.

„Die Liz meint, dass der Bertram die Frau besucht hat und sein Handy dort vergessen hat. Oder noch schlimmer: Das mit dem Flug vom Bertram stimmt gar nicht und die beiden sind zusammen ins Wellness-Wochenende gefahren."

„Oh Gott! Nee, des glaub ich net. Der Bertram macht so was net."

„Das glaube ich ja auch nicht. Ich habe zu der Liz gesagt, dass sich das sicher alles in Wohlgefallen auflösen wird, wenn der Bertram wieder zuhause ist."

„Awwer wie's aussieht, is der noch net zurück gekomme, sonst hätt der sich doch bei dir gemeldet, oder?"

„Kluges Mädchen.", verarscht mich mei Mann.

„Deshalb glaub ich net, dass der Bertram was Verbotenes gemacht hat, sonst hätt der sich doch bei uns gemeldet, so pflichtbewusst wie der is."

„Genau!"

S'Telefon klingelt. Schon widder'n Notfall! Hört das dann heut net uff? Ich will zum Telefon, awwer der Ecki sprintet an mir vorbei. Immer is der schneller wie ich!

„Bertram!", hör ich mei Mann erfreut rufe. „Wo bist du?"

Na Gottseidank! Der is widder uffgetaucht. Der Ecki quasselt bestimmt 20 Minute mit dem Bertram un dann lecht er uff un lümmelt sich gemütlich uff die Couch.

„Was is'n jetzt?" Dem Kerl muss mer schon widder die Würmer aus der Nas ziehe!

„Setz dich! Ich erzähl dir alles."

Ich setz mich gemütlich nebe den Ecki. Dann steht der schon widder uff un geht in die Küch sich'n neues Bier hole.

„Willst du auch noch'n Doppelten?"

„Ha ha, ich bin doch keine Gießkanne.", sach ich. „Hier steht noch der Anderthalbe."

Wie der Ecki zurückkommt, streckt die Mizzi ihren Kopf zur Tür rein.

„Ich kann nicht schlafen."

Auch des noch! Ich steh uff un geh mit der Mizzi in ihr Zimmer.

„Was is'n los? Warum kannste dann net schlafe?"

„Ich weiß auch nicht."

„Soll ich dir noch aus der kleinen Hexe vorlese?"

„Au ja, Mama!" Die Mizzi is begeistert un holt direkt des Buch von der kleinen Hexe von ihrem Nachttisch. Obwohl die Mizzi im Lesen'ne Eins hat, will se immer noch von mir vorgelese hawwe. Dann schläft se meistens schnell ein. Heut isses genau so. Ich les drei Seite aus ihrem Lieblingsbuch vor un die Mizzi atmet ganz entspannt. Wech isse. Im Land der Träume angekomme.

Der Ecki hat sich net von der Stell gerührt. Er nippt grad an seinem Bier, wie ich ins Wohnzimmer komm.

„Und? Gibt's Probleme?", fracht er.

„Nee, die schläft tief un fest.", sach ich.

„Wie du das immer machst! Ich glaub, eine bessere Mama kann sich die Mizzi nicht wünschen.", sacht er un drückt mich ganz fest. Er lecht sei Hand uff mei Bauch un fracht:

„Was macht die Kaulquappe?"

„Schläft.", sach ich. „Awwer wie du uff Tour warst, hat sie sich beschwert, es wär ihr zu eng un hat mich getrete."

Der Ecki lacht un streichelt mei Bauch.

„Bei der Liz hat sich heute Abend das Kind auch zum ersten Mal bewegt."

„Wie schön!", sach ich. „Awwer jetzt erzähl mir endlich vom Bertram!"

„Der Bertram ist noch immer in Dakkar. Das Kind, was sie nach Paris bringen müssen, ist jetzt transportfähig. Heute Abend fliegen sie los. Der Liz hatte er mehrere Mails geschrieben, aber die hat nicht geantwortet."

„Un was is mit seinem Telefon?"

„Er hat zuerst gemeint, dass ihm das jemand auf dem Flugplatz geklaut hat. Außer unserer Telefon-Nummer, hat er keine einzige seiner privaten Kontakte im Kopf, nicht mal seine eigene. Der Liz hat er gemailt, dass er überhaupt keinen Wochenend-Dienst bei uns machen kann, aber die hat nicht geantwortet."

„Un deshalb hat er jetzt bei uns angerufe, weil er denkt, wir wüsste nix von seinem Dilemma?"

„Genau."

„Er hat noch eine Arzt-Kollegin dabei, diese Kinderärztin, von der er schon mal erzählt hat. Die fliegt immer mit, wenn es um Babies oder Kleinkinder geht."

„Ach ja, die von der des Kind uff die Montessori-Schul gehe soll, wenn se gegründet is?", fällt mir grad ein.

„Ja, und die verfolgt auch unser Projekt mit Interesse, weil sie sehr von dieser Pädagogik überzeugt ist.", sacht der Ecki. Der Bertram weiß auch seit gestern Abend, dass er das Handy bei der Kollegin vergessen hat, als er die abgeholt hat. Ihr Mann hat sie angerufen und sie darüber informiert, dass ein

Handy in ihrem Haus aufgefunden wurde und dass die kleine Tochter damit telefoniert hat.

„Dann gibt es also eine harmlose Erklärung für das Ganze: Der Bertram hat seine Kollegin abgeholt und hat dort sein Handy liegen lassen. Das Kind hat damit gespielt und dabei die Wiederwahl-Taste gedrückt. Der Vater des Kindes, der übrigens auf demselben Lehrgang war, wie unsere Liz, hat auch die Wiederwahl-Taste gedrückt und damit die Liz erreicht. Beide konnten sich zunächst keinen Reim darauf machen, wie das Handy in das Haus dieses Mannes gekommen ist. Der Liz ist beim Erzählen aufgefallen, dass die Stimme des Anrufers zu einem Kurs-Teilnehmer gehört, den sie kennen gelernt hat."

„Wieso das?"

„Weil der den Spruch 'Strengstens erlaubt' benutzt hat, den sie gerade erst in ihrem Montessori-Kurs von ihrem Lehrer gehört hat."

„Awwer so Zufäll gibt's doch gar net!"

„Scheinbar doch."

Kapitel 29
So ein Zufall!

Ich schließe meine Büro-Tür ab und begebe mich auf den Weg zu meinem Klassenraum.

Heute Morgen hatte ich ziemlich Probleme beim Aufstehen, denn das Bisschen, das ich geschlafen habe, war auch noch voll von schlechten Träumen.

Jetzt versperrt mir auch noch Herrchen den Weg.

„Du Liz, da ist 'ne Frau in deinem Klassenzimmer. Die hat sich nicht abweisen lassen. Sie wollte dich persönlich sprechen."

„Danke Hermine, bin gerade auf dem Weg zu meinem Klassenraum." Gottseidank hat Herrchen kein Anliegen gehabt und es ist nichts mit dem Hund passiert!

Schon wie ich die Klassentür aufmache, entdecke ich sie. Sie steht an meinem Pult und unterhält sich gerade mit Kathy, die ihr erklärt, wie es sich mit den Klassendiensten verhält.

„Guten Morgen.", grüße ich die Besucherin. Kann ich etwas für Sie tun?"

Die junge Frau betrachtet mich interessiert.

„Schön, dass ich Sie auch mal kennenlerne."

Was erzählt die?

„Ich soll Ihnen vom Berti sagen, dass er heute Abend wieder zuhause ist. Ich hab die Nacht mit ihm in Paris verbracht und bin heute Morgen von einer LAR-Maschine abgeholt worden. Der Berti muss noch einen Patienten in Portugal abholen."

Ich schaue die Person total belämmert an. („Berti"?) Die Kinder haben schon mit dem Arbeiten angefangen und kümmern sich nicht um unser Gespräch. Gottseidank! Ich krieg keinen Ton raus.

„Oh Entschuldigung, natürlich nicht im selben Bett! Was müssen Sie jetzt denken! Hab ja ganz vergessen mich vorzu-stellen. Ich bin die Katja Frehse."

„Sollten wir uns kennen?", entfährt es mir.

„Ja, hat denn der Berti nix von mir erzählt?", fragt diese Frau mich tatsächlich. Spricht die von **meinem** Bertram?

Aus ihrer Tasche kramt sie ein Handy hervor.

„Es ist 'Berti's' Handy." (*"Berti", mit dem sie die Nacht in Paris verbracht hat, natürlich nicht im selben Bett. Die hat keine Hemmungen, mir das auch noch zu erzählen.*)

„Ich soll Ihnen das geben. Das hat er bei uns zuhause liegen lassen."

Na, das wird ja immer besser! Liz, behalte dich im Griff!

Hoffentlich merkt sie nicht, wie mir das Blut in den Adern gefriert.

„Tja, aber der Berti hat Ihnen doch alles gemailt. Er hat mich doch angekündigt, oder?" Plötzlich dämmert's mir!

Die Mails! Ich hab seit meiner Ankunft aus dem Kurs meinen Computer nicht mehr angerührt.

„Nee, ich seh schon. Sie haben die Mails nicht gelesen." Mein Blick war wohl nicht sehr intelligent.

„Hören Sie, ich kann mir jetzt nur denken, dass Sie die Kinderärztin sind, von der mir der Bertram schon mal erzählt hat, richtig?"

„Richtig. Ich bin die Katja. Die, die sich für Ihre Montessori-Schule interessiert." Sie streckt die Hand aus.

„Aber natürlich hat er mir von Ihnen erzählt!" Jetzt muss ich vor Erleichterung lachen.

„Aber mit Ihrem Namen konnte ich nichts anfangen.", entschuldige ich mich. „Ich bin Liz, angenehm."

Diese Katja hat sich scheinbar nichts aus meinem seltsamen Verhalten gemacht. Ohne auf meine Entschuldigung einzugehen, fährt sie fort:

„Meine Tochter ist zwar erst drei, aber wenn sie schulreif ist, kommt für uns nichts anderes in Frage, als eine Montessori-Schule."

„Und Ihr Mann heißt Max, stimmt's?" Die Schuppen fallen immer weiter von den Augen.

Jetzt guckt mich aber die Katja verdaddert an.

„Haben Sie Ihren Mann schon seit Ihrer Rückkehr aus Paris gesehen?", frag ich ganz unschuldig.

„Nee, der ist schon in der Klinik bei der Arbeit. Aber woher kennen Sie denn den Max?"

Ich schmunzele.

„Mit dem hab ich nämlich die Nacht zum Sonntag verbracht."
Die Katja ist jetzt aber auch platt.
„Natürlich nicht im selben Bett." Ich genieße den perplexen Ausdruck in Katja's Gesicht.
„Wir sind im selben Montessori-Kurs."
Jetzt dämmert's auch der Katja. Nun müssen wir beide lachen. Mittlerweile sind auch die Kinder auf unser Gespräch aufmerksam geworden. Die Mizzi schaut von ihrer Arbeit auf und fragt:
„Frau Berger, sollen wir in den Stuhlkreis kommen?"
Die Katja antwortet für mich:
„Ich find's toll wie ihr so leise arbeitet, obwohl die Frau Berger und ich so laut reden. Alle Achtung! Aber jetzt will ich euch nicht weiter stören." Und zu mir gewandt: „Ich hoffe, dass ich bei dem nächsten Info-Abend dabei sein kann, liebe Frau Berger."
Ich hab mich noch nicht ganz von dem Schreck erholt und stottere:
„Nennen Sie mich Liz! Ich melde mich später noch bei Ihnen."
„Ich bin die Katja, wie schon gesagt.", sie reicht mir die Hand zum Abschied. Beim Rausgehen meint sie noch:
„Was ich gesehen hab, hat mir sehr gefallen." Dabei lächelt sie verschmitzt.
„Vielen Dank nochmal für das Handy!", ruf ich ihr nach.
„Da nix für!", hör ich noch. (Kommt scheinbar aus dem hohen Norden.) Dann ist sie verschwunden.
Ich rufe die Kinder in den Stuhlkreis.
Während sie sich versammeln, denke ich an den Bär. Wie unrecht ich ihm doch getan habe! Alles Mögliche hab ich ihm zugetraut, sogar dass er ein Doppelleben führt! Dabei hat er mir nie einen Anlass dazu gegeben, so etwas anzunehmen! Ich bin doch eine Idiotin! Kann es sein, dass Schwangerschaften solche Gefühls-Turbulenzen verursachen?
„Darf ich dich was fragen, Frau Berger?", der kleine Karl stuppst mich und zieht mich am Ärmel.

„Na klar darfst du fragen. Das ist strengstens erlaubt." Ich muss bei diesem Satz schmunzeln, was Karlchen aber nicht bemerkt. Meinen Spruch nimmt er scheinbar als vollkommen normal hin. Er fragt:

„Wer war die Frau eben?" Ich überlege kurz.

„Wieso fragst du das?"

„Die hat zu uns gesagt, wir wären eine tolle Truppe."

Karlchen hält kurz inne und guckt mich an. „Was ist eigentlich eine Truppe?"

Ich überlege, welche Frage ich zuerst beantworte.

„Eine Truppe, das sind Menschen, die in ihrem Tun genau aufeinander abgestimmt sind. Sie haben etwas zusammen einstudiert und brauchen sich gar nicht mehr abzusprechen, weil sie sich, auch ohne etwas zu sagen, verstehen."

Der Karl nickt. Ich glaube, er hat diese Erklärung geschluckt.

„Glaubst du, dass wir so eine Truppe sind?"

„Meistens.", antworte ich.

Das scheint ihn zufrieden zu stellen. Nach der Katja Frehse fragt er nicht mehr. Ein wenig erleichtert bin ich schon, denn ich hätte auf Anhieb gar nicht so genau gewusst, wie ich ihm das Auftreten der Kollegin meines Mannes hätte erklären sollen.

„Was heißt 'Fragen strengstens erlaubt'?" Da haben wir's. Er hat's doch gehört.

„Naja", sage ich „das heißt soviel wie, dass Fragen willkommen, ja sogar sehr gewollt sind."

Karlchen nickt. „Aha."

Kinder können wirklich gezielt fragen! Man muss sich sehr gut überlegen, was man ihnen sagt. Die Rückfragen könnten nämlich Löcher im Bauch verursachen.

Das Gespräch mit den Kindern ist heute wieder philosophischer Natur.

„Was ist Vertrauen?", frage ich meine Kinder. Sie wissen meistens eine bessere Antwort als Erwachsene. Und da kommt sie schon:

„S'is, wenn ich jemand traue.", meint die kleine Anni. Ihre Nase läuft. Wie immer. Ich reiche ihr ein Papier-Taschentuch. Sie lächelt mich dankbar an.

„Dir kann ich trauen.", haucht sie und schnäuzt sich erleichtert ihre Nase.

„Wieso?", ist meine Frage.

„Na, weil du immer ein Tuch für mich hast und dran denkst, mir eins mitzubringen."

So einfach ist das.

„Vertrauen ist auch, wenn man dem anderen glauben kann was er sagt." Das kam vom Till. „Und wenn man weiß, dass die Freundschaft net kaputt geht, wenn man jemand Neues kennen lernt." Dabei guckt er die Mizzi grimmig an.

„Ach ja, Till! Was hättest du denn gemacht, wenn zu dir ein krankes Mädchen zu Besuch gekommen wär?", pariert die Mizzi.

„Hättest du sie dann einfach links liegen lassen?"

„Wieso? Die is ja gar net krank."

Wir kommen zwar vom Thema ab, aber ich erkläre den Kindern, was für eine Krankheit die Jana hat. Auch, dass man bei der Leukämie nicht auf den ersten Blick bemerkt, dass diese Krankheit sehr gefährlich ist. Ich erzähle noch, dass die Jana jetzt eine Schule besucht, wo sie sich wohlfühlt und dass sie Aussichten hat, wieder einigermaßen gesund zu werden. Dass diese Krankheit unheilbar ist, erzähle ich den Kindern lieber nicht.

„Besucht uns die Jana auch mal wieder?", will die Kathy wissen.

„Sie hat es uns fest versprochen.", antworte ich. Die Mizzi springt plötzlich auf und ruft:

„Ohje, ich hab doch vergessen, dir das zu geben." Sie hält ein Päckchen hoch und sagt: „Das ist von der Jana und ihrer Mama. Ich soll dir das geben." Sie kommt zu mir und drückt mir das hübsch verpackte Päckchen in die Hand.

„Mann, hätt ich fast vergessen."

Ich überlege, ob ich das Päckchen öffnen soll, oder ob ich lieber damit warten soll, bis ich zuhause bin.

„Du kannst es ruhig aufmachen.", sagt die Mizzi jetzt. „Das hat die Mama von der Jana gemeint. Ich soll der Jana sagen, ob es dir gefallen hat."

Das nimmt mir die Entscheidung. Langsam und mit Genuss entfalte ich das schöne Papier, damit es nicht beschädigt wird. *(Gut erhaltenes Geschenkpapier verwende ich nämlich wieder, aus Umweltfreundlichkeit.)* Ich sehe, wie die Kinder ganz nervös werden.

„Nun mach schon auf!", meint der Max. Jetzt ist das Geschenk für alle sichtbar.

„Es ist ein Buch!", rufen die Kinder. „Zeig her!", fordert der Till mich ungeduldig auf.

„Wie heißt das Zauberwort?", entgegne ich.

„Biiiitte!", rufen alle gemeinsam.

„Es ist 'Ronja Räubertochter' von Astrid Lindgren.", teile ich den Kindern mit. Heraus fällt eine Postkarte mit einem Herz drauf. Was auf der Rückseite steht, lese ich den Kindern laut vor:

'Liebe Frau Berger, liebe Kinder der Klasse 2a!
'Ronja Räubertochter' ist Jana's Lieblingsbuch. Es ist eine Geschichte über Freundschaft, Treue und vor Allem über die Freiheit. Sie schenkt es der Frau Berger, damit sie es euch vorlesen kann. In eurer Klasse hat Jana sich sehr wohl gefühlt, besonders, wenn Frau Berger euch vorgelesen hat. Deshalb schickt sie euch ihr Lieblingsbuch, damit ihr noch recht oft an Jana denken mögt. Ihr wart alle sehr freundlich zu ihr.
Vielen Dank an euch und auch an Sie, Frau Berger für die schöne Zeit!
Ihre Familie Zorn mit Jana'

Da erschallt auch schon die Schulklingel zur Pause. Darüber bin ich heute ausnahmsweise mal sehr froh, sonst hätten die Kinder gemerkt, dass ich zu Tränen gerührt bin.

Sofort eile ich in mein Büro und zum ersten Mal checke ich meine Privat-Mails in der Schul- Pause.

Erste Mail von Bertram:

Hallo Puppe,

Das Kind ist noch nicht transportfähig und wir werden noch bis morgen warten. Wenn es dann nicht klappt, müssen wir unverrichteter Dinge nach Paris fliegen und von dort aus holen wir einen Patienten in Portugal ab. Ich hab dir doch von der Katja erzählt, diese Kinder-Ärztin, die auch an unserer Schule interessiert ist. Sie hat inzwischen von ihrem Mann erfahren, dass sich mein Handy in ihrem Haus befindet. Gottseidank! Ich hab's dort verloren als ich die Katja auf dem Weg zum Flugplatz abgeholt habe. Ihre kleine Tochter spielt sehr gerne mit Handys und kein Telefon ist vor ihr sicher. Ständig drückt sie irgendwelche Tasten und ruft Leute an, zum Beispiel Patienten ihrer Eltern.

Also die Katja wird dann in Paris durch einen anderen Arzt ausgetauscht und fliegt zurück nach Luxemburg. Ich hab ihr gesagt, sie soll dir das Handy in die Schule bringen. Dann brauche ich auf dem Heimweg nicht bei Frehses vorbeizufahren um es abzuholen, denn ich habe allmählich Sehnsucht nach dir, mein Schatz.

Sagst du bitte noch Eckhard Bescheid, dass ich diesmal keinen Wochenend-Dienst für ihn machen kann? Danke dir im Voraus!

Gruß und Kuss

Dein Bär

Zweite Mail:

Puppe,

warum antwortest du nicht? Allmählich mache ich mir Gedanken. Es ist doch hoffentlich nichts passiert? Jedenfalls wollte ich dir sagen, dass das Baby transportfähig ist und wir noch heute Abend nach Paris fliegen. Dann muss ich, wie gesagt, weiter nach Portugal und komme erst übermorgen nachhause. Die Telefon-Nummer vom Eckhard habe ich noch im Kopf. Deshalb werde ich ihn morgen von Paris aus anrufen. Ich hoffe auf schnelle Antwort von dir.

Dein dich liebender Bär ☺

Ich bin total fertig. Wie soll ich dem Bär nur erklären, warum ich ihm nicht geantwortet habe? Und erst recht, warum ich noch nicht mal meine Mails angeschaut habe! Eigentlich muss ich mich für meine Eifersucht schämen.

Es klopft. Herrchen streckt den Kopf rein und hält mir ein dickes Kuvert entgegen.

„Das ist eben per Einschreiben gekommen. Wo warst du denn? Wir haben dich überall gesucht."

„Na hier im Büro."

„Wir dachten, du seist vielleicht weggefahren. Normalerweise bist du ja bei Pausenbeginn noch eine Weile in deiner Klasse. Da! Das hab ich für dich unterschrieben. Ich hoffe, das ist dir Recht."

Na klar ist mir das Recht. Ich nehme den Brief entgegen und lege ihn erst mal zur Seite.

Zum zweiten Mal lese ich die beiden Mails durch. Mein Gewissen wird immer schlechter. Ich werde ihm die Wahrheit gestehen müssen, sage ich zu mir selbst, nämlich dass ich in meinem schwangeren Kopf hochgradig eifersüchtig war. Auweia, das wird hart!

Dann öffne ich den Brief. Er kommt vom Bildungsministerium.

Sehr geehrte Frau Berger,
leider müssen wir Ihnen mitteilen, dass.......

Die haben unseren Antrag auf Gründung einer privaten Montessori-Grundschule mitsamt unserem Konzept abgelehnt. Und das mit der Begründung, dass bereits eine solche in unserem Bundesland existiert. Das gibt's doch nicht! Warum sollte neben dieser einen, nicht noch eine zweite Montessori-Schule gegründet werden?

Hatte der Helmut sich doch nicht verrhört als er das Gepräch zwischen den beiden Kollegen im Nachbar-Büro unfreiwillig verfolgen konnte. Ich bin total fertig. Die ganze Arbeit umsonst! Das Konzept, das wir eingereicht haben – mit Füßen getreten! Noch nicht einmal kommentiert!

Der einzige Satz dazu:

„Der Schwerpunkt des Konzeptes sollte sich von dem bereits existierenden thematisch unterscheiden."

Aber wieso denn? Montessori hat doch keine verschiedenen Schwerpunkte in ihrem Schulkonzept! Ich verstehe nicht ganz. Schon habe ich die Hand am Telefon. Ich rufe die Idioten gleich an und sage ihnen meine Meinung! Halt! Die Nummer ist schon gewählt. Schnell lege ich wieder auf.

„Man sollte immer eine Nacht drüber schlafen!", sagt Papa.

„Immer!" (Heute soll er wieder aus dem Krankenhaus entlassen werden.) Danke Papa!

Ich stehe auf. Die Pause ist jetzt fast zuende. Ich schließe mein Büro ab und gehe ins Lehrerzimmer. Dort sitzt meinTeam gemütlich beisammen. Es riecht nach Kaffee. Alle sehen mich gespannt an.

„Und?", fragt Herrchen.

„Wie – und?", frage ich.

„Wer war denn die Frau in deiner Klasse?"

Ach Gott, jetzt wollen die auch noch wissen, wer das war!

„Das war eine Mitarbeiterin von Bertram. Sie hat mir sein Telefon gebracht."

Die Kolleginnen und Kollegen schauen verständnislos. Es klingelt. Die Pause ist zuende.

„Bertram hat eine Mission in Afrika gehabt. Und-ach wisst ihr was? Es ist zu kompliziert und dauert zu lange. Wir müssen in den Unterricht. Wer hat nach der Schule noch Zeit, ungefähr zwei Stunden?"

Alle lachen. Keiner hat's verstanden. Wir erheben uns, das heißt: ICH stehe auf und mache ein eindeutiges Zeichen zum Aufbruch.

Nur Egon, mein dienstältester Kollege reagiert. Er schiebt seinen Stuhl geräuschvoll an den Tisch heran und schickt sich an, das Lehrerzimmer zu verlassen. Alle anderen tun so, als ob sie nichts bemerkt hätten.

„Denkt dran, die Tür zu schließen, wenn ihr in eure Klassen geht.", ruft Egon beim Rausgehen.

Das wirkt. Sie haben verstanden.

Beim Öffnen meiner Klassentür höre ich, wie sie die Treppe hoch steigen, ins erste Stockwerk, wo sich die drei übrigen Klassenräume befinden.

Unser Nesthäkchen Silke Schnee (von mir genannt: Flöckchen) ist heute außer Haus. Das Klassenzimmer der 1a befindet sich im Erdgeschoss, gleich gegenüber von meinem. Flöckchen macht heute mit den Kindern einen Wandertag, oder besser gesagt, eine Natur-Wanderung. Da wäre ich sehr gerne mitgegangen, aber ich muss heute pünktlich aus der Schule raus, weil ich Mama versprochen habe, mit ihr zusammen den Papa aus dem Krankenhaus abzuholen.

Flöckchen und ich haben gemeinsam das Natur-Projekt vorbereitet. Alles was im März und April auf den Wiesen blüht, wollen wir sammeln und identifizieren. Alsdann wollen wir herausfinden, was davon essbar ist und wie man wildwachsende Blütenpflanzen verwerten kann: als Tee, im Salat oder als Medizin.

Die Kinder sind ganz heiß auf das Thema und haben schon viel über die Pflanzen herausgefunden. Ich werde die Wanderung natürlich auch in den nächsten Tagen mit meiner Klasse machen. Anhand der Bücher und Fotos, die wir zusammen getragen haben, werden wir ein Herbarium herstellen, das wir allen anderen Klassen zugänglich machen wollen.

„Frau Berger, der Karli und der Max haben schon wieder einen Streit in der Pause gehabt.", meldet die Kathi.

„Das haben wir doch schon geklärt!", meint der Max und droht der Kathi mit der Faust.

„Ja klar, Max!", mischt sich die Mizzi ein. „DU hast das geklärt, ha ha!"

„Frau Berger, der Max hat mich gegen die Wand geschubst, da habe ich mich gewehrt."

„Ja, und da hab ich mich zurückgewehrt.", kontert der Karli.

Mein Schüler Max regelt die Dinge immer am liebsten mit der Faust.

„Schon mal was von Reden gehört?", fragt ihn die Kathi jetzt.

„Du mit deiner 'Anti-Gewalt-AG!", schimpft der Max. „Der Karli hat mir überhaupt keine Möglichkeit zum Reden gelassen.", setzt er in weinerlichem Ton hinzu.

„Du hast angefangen.", wehrt sich jetzt der Karli. „Immer musst du gleich zuschlagen."

„Meine Mama hat gesagt ich soll mich wehren."

„Ja ja, und das machst du auch ohne angegriffen zu werden, du Arsch!" Die Mizzi ist jetzt richtig sauer auf den immer kampfbereiten Max.

„Sag das nochmal!", schreit der Max.

„Arsch!"

Schon hebt der verbal Angegriffene seine Faust und will zuschlagen, aber in letzter Sekunde fängt der Karli seine Faust ab.

„Reichen euch 5 Minuten?" Mit dieser Frage schiebe ich die vier beteiligten Kinder sachte aus dem Klassenraum und vertraue darauf, dass sie sich einig werden. Die Kathi nimmt ihren Auftrag zur Streitschlichtung sehr ernst, seitdem sie an der Anti-Gewalt-AG teilgenommen hat.

Die übrigen Kinder der Klasse haben sich schon Arbeitsmaterialien für die Freiarbeit aus unserem Regal genommen und es herrscht eine emsige Geschäftigkeit im Raum. Der Geräuschspegel ist erträglich.

Es dauert auch nicht lange, da kommen die vier Kinder zur Tür rein und gehen stillschweigend an die Arbeit. Ich frage nicht nach. Das gehört zur Regel: Die Lehrerin mischt sich nicht ein. Ist manchmal sehr schwer, sich rauszuhalten, manchmal ist es aber auch wunderbar, wenn man seine Ruhe hat und dabei den Kindern zutrauen kann, dass sie sich einigen können, auch ohne einen höheren Richter.

Nach der Schule schaffe ich es tatsächlich, punktpünktlich aus dem Schulhaus zu entwischen. Während der Heimfahrt wandern meine Gedanken zu dem Brief aus dem Ministerium. Ich spüre, wie der Ärger langsam in mir hochsteigt.

Dann fällt mir ein, dass meine privaten Sorgen sich fast in Luft aufgelöst haben. Der Bär führt gottseidank kein Doppelleben. Wie ich bloß auf solche dummen Ideen gekommen bin!

Außerdem kommt heute der Papa wieder nachhause und hoffentlich morgen der Bär. ‚Das ist doch schon einiges worüber man froh sein kann, liebe Liz', sage ich zu mir selbst. Und das Kind im Bauch hat sich bewegt. Erst jetzt realisiere

ich, dass ich das gestern Abend gar nicht richtig wahrgenommen habe. Nun kann ich mich darüber auch richtig freu-
en.

Irgendwie fühle ich mich trotz der Absage aus dem Ministerium glücklich.

Darüber ist das letzte Wort auch noch nicht gesprochen.
Aber zuerst muss ich eine Nacht darüber schlafen, bevor ich
mich wehre.

Kapitel 30
Alles klar!

Die Liz hat uns informiert, dass die Schul net genehmigt is. Unverschämtheit! Nur weil's noch'ne annere Montessori-Schul in unserem Bundesland gibt, wolle se unsere gar net uffmache. Ich bin so sauer! Grad hab ich die Britta angerufe un ihr alles erzählt.

Die Britta hat gemeint, des wär alles 'n Politikum. Das is doch 'ne Sauerei! In Marieberch hawwe se beschlosse, dass die neu Grundschul gebaut wird un hawwe direkt angefange mit dem Baue, knapp zwei Monate später, obwohl unser Privat-schul-Initiative Unnerschrifte gesammelt hat, damit die Schul net gebaut wird. Mehr als 3000 Unnerschrifte hawwe die gehabt (Ich durft ja net mitmache, weil mir immer schlecht war in der Zeit!) un die hawwe dann die von der anner Partei im Gemeinderat für ungültig erklärt, weil unser Grupp zwei verschiedene Formulare für die Unnerschrifte benutzt hat. Mann, dass uns awwer ach sowas passiere musst! Wie des eine Formular uns ausgegange is, hawwe mir'n Neu-es gemacht. Uff dem Neue is nur ein Wort anderst: Anstatt 'Schule' hawwe mir an einer Stell 'Privatschule' geschriebe. Des is doch sooo gravierend net, gell?!

Awwer ich sach dir's, die wolle net, dass die Privatschul kommt! Bei der Info-Veranstaltung hawwe se all so gemacht, als wären se begeistert. Die sin so falsch wie nur was!

Ich glaub, die hawwe Angst, dass se dann ihr neu Schul umsonst baue würde. Des is doch völlig klar! Die Britta hat gesacht, dass des letzte Wort da drüwwer noch net gesproche is. Irgendwie hab ich des dumme Gefühl, dass noch irgendjemand sei Finger im Spiel hat, um des ganze Projekt zu kippen.

„Ich werde mich im Ministerium beschweren. Die müssen mir dann genau erklären, aus welchem Grund dieses hieb- und stichfeste Konzept nicht anerkannt wurde. Sie können es doch nicht ablehnen, nur weil es hier schon eine Montessori-

Schule gibt. Ja, wo sind wir denn?! Ich bin überzeugt davon, dass sich hier jemand ein Denkmal setzen will."

„Ja!", hab ich zu der Britta gesacht. „Des glaub ich auch. S'gibt mehrere die in Betracht komme."

Die Liz hat gesacht, dass se des Konzept umschreibe will. Se will'n Schwerpunkt uff die Gesundheit setze, des war schon immer ihr Steckepferd.

Mir soll des ganz recht sein. Ich hab des Buch gelese, was die Liz mir ausgeliehe hat. 'Unsere Nahrung, unser Schicksal' heißt des. Ich hätt ja gar net gedacht, dass des so viel ausmacht an unserer Gesundheit, wenn des richtige Esse uff den Tisch kommt.

Apropos Esse. Ich guck noch schnell uff die Nudele, die brauche nämlich länger, weil des Vollkorn-Nudele sin. Der Mattis wird wahrscheinlich widder meckern. Der sacht immer:

„Mama, die Nudeln sind total Scheiße! Kannst du denn nicht wieder wie früher kochen? Das hat alles viel besser geschmeckt."

Früher hab ich immer richtig ungesund Fertich-Soß zu allem gemacht. Mir hawwe ach öfter Pizza bestellt, des geb ich ehrlich zu. Un die Spaghetti Miraculi gabs sowie mindestens einmal die Woch. Die hawwe Geschmacksverstärker drin, in der Soß. Des hab ich vorher alles net gewusst. 'S gibt üwwerhaupt 'ne ganze Menge Zeuch mit Geschmacksverstärker drin un die sin unheimlich schädlich.

Awwer der Mattis will nix wisse üwwer des ganze 'Zeuch', was ich ihm erzählt hab üwwer Pizza un Spaghetti. Ich hab ihm auch gesacht, das mer davon richtig dick wird. Des hat den Kerl net beeindruckt.

„Ist irgend jemand hier in der Familie vielleicht dick?", hat er mich ganz frech gefracht.

„Was nicht ist, das kann ja noch werden.", hat sich die Mizzi eingeschalt'.

„Ja, da hast du recht, bei dir **ist** es schon **geworden**."

Un schon hatte mir den dickste Streit. Die Mizzi is uff den Mattis losgegange un hat ihm'n Ohrfeich gegebe un der Mattis hat dafür der Mizzi ans Bein getrete, awwer richtig fest. So geht des immer, wenn die zwei Streithähn Meinungsverschiedenheite hawwe. Die Liz hat gesacht, ich soll mich net einmische, es sei denn, eins von den Kinnern wär in Not, oder wär schwer verletzt. Awwer des fällt mir jetz üwwerhaupt net schwer! Ich halt mich dran.

Also des mit dem Koche, des mach ich jetzt konsequent, weil ich net will, dass mei Kinner schon in junge Jahre Diabetes kriege.

Der Ecki is ganz begeistert von meine Kochkünste. Der sacht immer, so gut hätt er noch nie gegesse wie bei mir.

Ich glaub, die Nudele sin gut. Ich stell se ab. Jetzt brat ich noch'n paar Champignons un mach noch'n Salat dazu un fertig is des gesunde Essen!

Heut Abend wolle sich die Leut von der Privatschul-Initiative beim 'Sturzbach' in de Kneip treffe un berate wie's weitergehn soll. Die Frau Bauer, die Vorgängerin von der Liz, will ach komme. Die setzt sich ganz doll ein für die Privat-Schul. Se hat gesacht:

„Eine bessere Schulleiterin wie die Liz Berger gibt es nicht. Unterstützt sie, wo ihr nur könnt!"

Die Leut hawwe ganz schön blöd geguckt, wie se des gesacht hat. Am blödste hat der Opa vom Till geguckt, weil der die Frau Bauer als Schulleiterin so verehrt hat. Von der Liz hält der nämlich gar nix.

Der hat sogar im Ministerium angerufe un sich üwwer die Liz beschwert, die Kinner würde nix lerne bei ihr. Als pensionier-ter Mathe-Lehrer hat der 'n ganz gute Draht 'nach oben', wie mer so schön sacht. Die Liz is dann einbestellt worde beim Schulrat.

Awwer der Schulrat, der hat die Liz, glaub ich, gut leide kön-ne, weil der sich für die Methode von ihr intressiert hat. Der hat sogar ihr Buch üwwer die neu Methode gelese. Zwar erst, wie er schon pensioniert war, awwer er hat behaupt' er hätt's gelese, als er noch ihr Schulrat war. Die Liz konnt ihm awwer nachweise, dass er's net wirklich gelese hat un so hat se'n dazu gekriegt, dass er se verteidigt hat im Ministerium.

Jetzt is der Helmut ja der neue Schulrat. Den hat'se schon als Studentin gekannt, die Liz. Un der is mit ihrer best Freundin verheirat. Die Sigrid un der Helmut sin in der Privatschul-Initiative mit drin. Die Sigrid is ach Lehrerin un will an der Montessori-Schul mitmache. Die macht jetz mit der Liz zusamme den Montessori-Kurs.

Neuerdings hawwe mir noch zwei Persone in unser Initiative dazu bekomme. Des is die Kinner-Ärztin, die ab un zu mit dem Bertram fliegt. Un dann noch ihr Mann, der is ach Doktor un hat'ne eigene Klinik. Was des Witzige is, dass der selbst in der Montessori-Schul sei Abitur gemacht hat un jetzt mit der Liz zusamme in dem Kurs is. Zufäll gibt's, die gibt's net mehr!

Kapitel 31
Arabische Dörfer

Ich sitze vor meinem Vokabel-Heft und reibe mir die Augen. Gestern hab ich's doch noch gewusst! Heute fällt's mir nicht mehr ein.

„Was machst du da eigentlich, Puppe?"

„Ich lerne Arabisch."

„Wie bitte? Hast du 'Arabisch' gesagt?"

Ich schaue auf und sehe, dass der Bär sich für die Gartenarbeit aufgerüstet hat. Mit seinem Overall und den Gummistiefeln sieht er aus als ob er gerade in den Krieg ziehen wollte. Fehlt nur noch der Fliegerhelm. Einzig und allein die typischen Garten-Handschuhe lassen durchblicken, was er wirklich vorhat.

„Du hast richtig gehört: Ich lerne Arabisch."

„Warum um alles in der Welt tust du das, Puppe?" Der Bär ist echt entsetzt.

„Weil ich nächste Woche ein neues Kind in die Klasse bekomme, das aus dem Libanon kommt und kein einziges Wort Deutsch kann."

„Aber dafür musst DU doch kein Arabisch können!"

Ich bleibe ganz gelassen. Der Bär hat die Tür zum Garten wieder geschlossen und kommt jetzt bedrohlich auf mich zu, wahrscheinlich um zu schauen, ob ich ihn nicht beschummelt habe.

Als er die unleserlichen Zeichen in meinem Vokabelhelft sieht, schüttelt er den Kopf.

„Puppe! Das kann doch nicht dein Ernst sein!"

„Warum sollte es nicht möglich sein, dass ich eine neue Sprache lerne?"

Im Grunde genommen wollte ich nur wissen, wie schwer es ist, Deutsch zu lernen, wenn man aus einem arabisch sprechenden Land kommt. Ich habe auch schon entschieden, dass es eigentlich ZU schwer ist und wollte schon aufgeben. Aber jetzt packt mich der Ehrgeiz.

„Ich muss dieses Kind wenigstens fragen können, wie es heißt und wo es wohnt. Und vielleicht auch noch, wie es ihm geht."

„Und warum diese Krakel-Zeichen?"

„Das ist arabische Schrift, mein Schatz. Ich muss doch wissen, wie man das schreibt, was ich zu dem Kind sagen will."

„Meinst du nicht, dass das etwas zu weit geht?", meint der Bär.

„Nein.", sage ich. „Nichts, was du für ein Kind tust, kann zu weit gehen."

„Na dann viel Spaß!" Der Bär dreht sich um und geht zur Tür raus in seinen geliebten Garten.

Ich persönlich wende mich wieder meinen 'Krakelzeichen' zu. Vor genau einer Woche habe ich mir dieses Arabisch-Buch für Anfänger mit Hör-CD gekauft. Jetzt habe ich den Kopfhörer angezogen und höre zum 20igsten Mal denselben Satz, der ausgesprochen kurz ist:

„Enar bicheir."

Ich kann's nicht nachsprechen. Mein Kehlkopf will nicht mitmachen. Es ist zu schwer. Ich bin der Meinung, dass jede Lehrerin und jeder Lehrer sich die Mühe machen sollte, sich mit der Muttersprache ihrer Schülerinnen und Schüler wenigstens kurz mal bekannt zu machen. Erst dann kann man sehen, wie schwer es ist, die jeweils andere Sprache zu lernen. Aber kneifen gilt nicht. Das sage ich zumindest immer zu den Kindern, wenn die sich vor etwas drücken wollen. Ich halte mindesten eine halbe Stunde durch. Mein Magen fängt schon an zu knurren. Das Durchhalten hab ich von Papa gelernt.

„Nur wer sein Ziel verfolgt, kann Erfolg haben.", hat er mir schon als Kind eingetrichtert. Das hab ich beherzigt. Zumindest, was meine berufliche Lage betrifft. Ich werde nicht aufgeben, bis meine Freunde und ich sagen können:

Morgen ist der erste Schultag in der neuen Montessori-Schule.

Ich denke an Papa. Gestern haben Mama und ich ihn aus dem Krankenhaus abgeholt. Der Arzt hat zu uns gesagt, dass

er sich gesund ernähren soll und wenig Alkohol trinken soll. Die Pfeife darf er ruhig weiter rauchen, denn seine Lunge ist in Ordnung. Als wir im Auto waren hat Papa gesagt:
„Da kann ich ja 100 Jahre alt werden. Ich mache doch nichts falsch. Die spinnen, die Ärzte!"
Der Bär meinte zu Mama:
„Falls er Schmerzen bekommt, soll er sich sofort in der Praxis melden."
Ich mache mir Sorgen um Papa. Er war in seinem ganzen Leben nie im Krankenhaus und krank war er schon gar nicht. Vielleicht hat er seit längerer Zeit Gesundheits-Probleme und hat uns davon nichts gesagt? Mama behauptet:
„Papa ist kerngesund. Erst durch den Unfall hat er die Probleme bekommen."
Ich denke: ‚Durch den Unfall sind die Gesundheits-Probleme zutage gekommen'.
„Kei fahaluki?", fragt mein Kopfhörer. Ich spreche laut nach:
„Enar bicheir."
„Was hast du gesagt?", klingt's aus der Küche.
„Dass ich Hunger hab.", lüge ich und bin froh, dass der Bär den Weg aus dem Garten zurück gefunden hat, was nicht immer selbstverständlich ist. Manchmal muss ich ihn regelrecht aus dem Garten locken indem ich ihm ein kühles Bier unter die Nase halte und dann damit schnell wieder ins Haus laufe.
Jedenfalls habe ich jetzt einen Grund, Pause zu machen. Ich habe das Gefühl, dass ich gar nichts gelernt habe.
Der Bär kocht Spaghetti. Dabei gibt's eine Soße aus frischen Tomaten. Hmmm! Es riecht wieder einmal herrlich! Auf dem Esszimmer-Tisch stehen Tulpen aus dem Garten, die der Bär gerade gepflückt hat. Es sind wohl die letzten für dieses Jahr. Ich decke den Tisch und suche die Frühlings-Servietten für die Tisch-Dekoration aus dem Geschirr-Schrank. So, das passt. Sind nämlich Tulpen auf den Servietten abgebildet. Der Bär bringt gerade die dampfenden Nudeln und stellt sie ab. Da klingelt das Telefon.

„Nein, nicht wieder, gerade wenn wir essen wollen!", jammere ich.

„Wir lassen es einfach klingeln.", sagt der Bär.

Ich bin erleichtert und hole die Tomatensoße, während der Bär unsere Wein-Gläser mit rotem Traubensaft füllt.

Doch das Klingeln hört nicht auf.

Kapitel 32
Oh Jana!

Die Mama ist nicht mehr ansprechbar. Sonst schreibt sie jeden Abend in ihr Tagebuch, aber heute nicht.
Sie liegt im Bett und weint. Als der Anruf gekommen ist, waren der Ecki und ich gerade im Keller und haben nach meinem alten Kinderbettchen gesucht. Wie das Telefon geklingelt hat, meinte der Ecki:
„Schon wieder ein Patient! Heute reißt's nicht ab."
Da haben wir die Mama schreien gehört. Sofort sind wir aufgesprungen und sind nach oben gelaufen. Zuerst haben wir die Mama gar nicht gefunden, denn am Telefon war sie nicht mehr.
Im Schlafzimmer haben wir sie dann endlich gesehen. Dort hat sie auf ihrem Bett auf dem Bauch gelegen und und ganz laut geschluchzt.
„Was ist passiert? Was hast du?" Der Ecki hat sich über sie gebeugt und hat versucht, sie umzudrehen. Aber das hat sie nicht mit sich machen lassen.
„Körnchen!", hat der Ecki gerufen. „Jetzt sag doch endlich, was los ist!"
Da hat die Mama nur noch lauter geschluchzt, aber sie hat uns keine Antwort gegeben.
„Hast du Schmerzen?", hat mein Stief-Papa gefragt. Sie hat nur ganz heftig den Kopf geschüttelt. Da waren wir beide schon mal erleichtert.
„Ist was mit Mattis?", hat der Ecki dann ganz erschrocken gerufen.
Wieder hat sie den Kopf geschüttelt, die Mama. Dann hat sie nochmal laut gestöhnt, so als ob sie ganz dolle Schmerzen hätte. Der Ecki hat sie dann bei den Schultern gefasst.
„Himmel noch mal, jetzt sag doch endlich was, Körnchen!"
Als die Mama dann immer noch nix gesagt hat, da haben wir sie in Ruhe weiter weinen lassen und sind wieder in den Keller gegangen. Das Bettchen haben wir dann dort auch gefunden.

„Wir könnten es grün streichen. Das würde gut zu unserem Schlafzimmer passen.", hat der Ecki gesagt, aber so richtig bei der Sache sind wir nicht.

Irgendwas Schlimmes muss ja passiert sein, denk ich, aber was?

„Oh Jana!", haben wir die Mama heulen gehört.

Sofort sind wir wieder hoch gelaufen und da haben wir gesehen, wie die Mama aus der Haustür gerannt ist und ganz schnell ans Auto gelaufen ist. Ich hab ihr sofort nachlaufen wollen, aber dazu müsste ich ja meine Pantoffeln ausziehen und meine Schuhe anziehen. Schwupps, da ist sie weg, die Mama. Vom Fenster aus beobachten wir, wie sie mit dem Auto abhaut.

„Lass sie!", sagt der Ecki jetzt. „Sie wird sich schon nicht umbringen."

„So kenn ich sie gar nicht.", sag ich zu meinem neuen Papa, aber der meint:

„Ich hab sie schon einmal so erlebt, als ich ihr gesagt hab, dass sie schwanger ist. Da ist sie sofort aus der Praxis gelaufen, hat sich in ihr Auto gesetzt und ist davon gefahren."

„Wohin ist sie denn gefahren?", frag ich den Ecki.

„Zu deiner Oma.", sagt der. „Sie hat bei ihr Trost und Zuspruch gesucht. Da war ich ganz schön beleidigt. Ich hab ihr dann am selben Tag noch den Heiratsantrag gemacht."

Auf dem Gesicht vom Ecki erscheint so ein komisches Grinsen.

„Sie wird uns schon alles erzählen, wenn sie sich beruhigt hat.", ist er sich sicher. „Weißt du?", sagt er: „Es wird nichts so heiß gegessen wie's gekocht wird."

Was das jetzt schon wieder heißen soll, weiß ich auch nicht, aber gehört hab ich das schon mal.

Dem Ecki-Papa und mir bleibt nichts anderes übrig, als auf die Mama zu warten.

Ich nehm den Hörer in die Hand und ruf die Jana an. Die Mama hat doch „oh Jana" gerufen. Vielleicht weiß die, was los ist?

'Piep piep piep', macht's. Da ist besetzt. Das ist bestimmt die Mama von der Jana. Die telefoniert endlos. Ich probier's halt später noch mal.

Da kommt der Mattis rein und schmeißt seine Schultasche in die Ecke, neben die Garderobe. Das macht der immer!

„Wo ist denn die Mama hin? Die ist eben an mir vorbei gefahren wie 'ne wilde Sau und hat mich nicht mal gesehen, als ich ihr gewunken hab.", meint der Mattis.

„Wir wissen es auch nicht.", antwortet der Ecki.

„Zur Oma ist sie gefahren.", sag ich. „Bei der sucht sie sich Trost und Zuspruch."

„Wo hast du denn **die** altgescheiten Worte her?" So ist er, mein Bruder! Frech wie immer.

Der Ecki grinst. „Von mir.", sagt er.

Da klingelt's Telefon. Der Ecki geht ran.

„Herz." Er wechselt seine Gesichtsfarbe. Ganz blass wird er.

„Okay.", sagt er. „Ich komme sofort."

„Was is?", rufen der Mattis und ich wie aus einem Mund.

„Kinder, seid brav! Ich gehe die Mama holen. Zu Fuß. Sie ist tatsächlich bei eurer Oma."

Schnell schlüpft der Ecki in seine Schuhe und wirft sich seine Jacke über. In der Haustür dreht er sich um und ruft:

„Ich bring euch die Mama gleich zurück. Es ist ihr nichts passiert." Weg ist er.

Der Mattis und ich holen uns 'ne Cola aus dem Keller. Das ist normalerweise nicht erlaubt, aber es ist ja keiner da, der's merkt.

„Hast du 'ne Ahnung, was los is?", fragt mich der Mattis.

„Nee.", sag ich. „Ich weiß nur, dass ein Telefonanruf gekommen ist und die Mama danach durchgedreht is. Mehr weiß ich auch nicht. Bevor sie weggelaufen ist, hat sie noch gerufen: Oh Jana! Also muss der Anruf von der Jana gekommen sein."

„Oh, was bist du doch für ein Dummchen!", ruft der Mattis. „Ich kann mir jetzt sehr genau vorstellen, was passiert ist."

„Blödmann!", sag ich.

Aber der Mattis will sich nicht mit mir streiten. Der gibt mir gar keine Antwort.

Kapitel 33
Trauer, die schwer zu ertragen ist

Ich sitze noch immer da, wie erstarrt. Bis jetzt konnte ich noch keinen Bissen von den Spaghettis herunter kriegen. Der Bär sagt:

„Puppe! Du musst essen! Denk an unser Püppchen in deinem Bauch!"

„Ich kann nicht.", jammere ich. „Ich kann darüber nicht einfach so hinweggehen. Die arme Mizzi!"

„Dann lasse ich dich jetzt." Der Bär steht auf und räumt die Spaghettis weg. „Ich fahr rüber und helfe dem Eckhard in der Praxis. Ich denke mal, mit Anne als Sprechstundenhilfe ist heute auch nichts mehr anzufangen."

Ich nicke nur, dann ist der Bär auch schon verschwunden. Vorher hat er mir noch erklärt, wo ich die Spaghetti finde, falls ich doch noch hungrig werden sollte.

Schweren Herzens nehme ich den Hörer ab und wähle die Nummer, die Anne mir bei ihrem Anruf vorhin mitgeteilt hat. Es klingelt mindestens 15 Mal, bevor jemand abhebt.

„Hallo.", sagt die Frauen-Stimme, die mir nur vom Telefon her bekannt ist. Sie gehört Jana's Mutter, der Frau Zorn.

„Hier ist Liz Berger." Meine Stimme ist ziemlich rau nach dem vielen Heulen.

„Hallo Frau Berger."

„Ich habe gerade von der Anne Herz erfahren, was passiert ist."

„Sie ist ganz ruhig eingeschlafen."

„Das tut mir so Leid."

„Das braucht Ihnen nicht Leid zu tun. Ihnen haben wir es zu verdanken, dass die Jana in ihren letzten Lebenswochen richtig glücklich war." Kurze Pause. „Und deshalb möchte ich Ihnen von Herzen danken."

Ich kann nichts Passendes antworten.

„Wissen Sie: Bevor die Jana Ihren Unterricht erlebt hat, wusste sie ja gar nicht, wie interessant es in der Schule sein kann. Und das Allerbeste: Die letzten Wochen in Bad-

Kreuznach waren für Jana die schönsten Schultage ihres Lebens. Es ist nur schade, dass wir Sie, liebe Frau Berger, nicht eher kennen gelernt haben."

Ich nicke. Als ob Jana's Mutter das sehen könnte!

„Die Krankheit war schon so weit fortgeschritten, dass wir nicht mehr viel für unser Kind tun konnten. Deshalb sind wir froh, dass wir Jana noch so eine schöne Zeit in der Schule bescheren konnten."

Ich bringe nicht viel mehr als ein „Herzliches Beileid!" zustande und kann mich gerade noch erkundigen, wann und wo die Beerdigung ist. Dann kommen mir schon wieder die Tränen. Jana's Mama hat dafür Verständnis.

„Wir freuen uns, wenn Sie kommen." Das klingt aber jetzt auch so, als ob sie die Tränen zurückhalten muss.

„Wir kommen.", kann ich noch sagen und ihr viel Kraft wünschen, dann muss ich auflegen, denn meine Tränen fließen wie aus einem Wasserfall.

Kapitel 34
Eine kleine Geschichte

Vor der Schule hat mich die Britta angerufen. Sie hat im Ministerium ordentlich Wind gemacht. Wir haben einen Termin für morgen Abend vereinbart, da will sie uns darüber informieren, was sie dort erreicht hat.

„Das Konzept musst du ein wenig umschreiben. Dann wollen sie es anerkennen."

„Die Idee hatte ich auch schon. Ich weiß auch schon, wie."

„Gut.", sagt die Britta. „ In einem nächsten Schritt wird dann entschieden, ob Nickelshausen als Standort genehmigt werden kann."

„Wieso denn das?! Nickelshausen bietet sich doch geradezu als Standort an! Hier müssen wir keine große Werbung für unsere Privatschule machen, denn da haben wir doch Kinder genug."

„Darüber sollten wir morgen Abend diskutieren, denn dagegen gibt es Argumente von Seiten des Ministeriums.", hat die Britta gemeint. „Aber jetzt habe ich keine Zeit mehr. Ich muss in den Unterricht."

Ich habe gerade noch Gelegenheit, der Britta zu erzählen, dass unsere Jana gestorben ist, da läutet auch bei mir in Nickelshausen die Schulglocke zum Unterricht.

Die Kinder sitzen bereits im Stuhlkreis, wie ich in meine Schulklasse komme. Ich habe nun die schwere Aufgabe, ihnen mitzuteilen, was passiert ist.

Ich schaue mich nach der Mizzi um, aber die fehlt. Kein Wunder! Sie ist bestimmt noch nicht über diese Nachricht hinweg gekommen. Als mich die Anne gestern angerufen hat, wusste die Mizzi noch von gar nichts.

„Ich bring's net üwwer's Herz, der Mizzi des zu erzähle.", hat die Anne gejammert.

„Wo ist denn die Mizzi?", fragt der Till auch jetzt erwartungsgemäß.

„Sie ist krank.", antworte ich. „Und außerdem sehr traurig."
Jetzt werden auch die übrigen Kinder der Klasse neugierig.

„Wieso ist die Mizzi traurig?", will die Kathi wissen.

„Die war doch gestern noch ganz lustig. Mir hat sie auf dem Heimweg einen Witz erzählt.", meint der Till. „Wollt ihr ihn hören?", fragt er in die Runde. Nun muss ich mich in die Unterhaltung einschalten.

„Ich glaube, das passt jetzt nicht so gut."

Der Till guckt mich fragend an. „Weil das, was ich euch jetzt erzähle, euch auch so berühren wird, wie es mich und Mizzi's Familie berührt hat."

„Schieß los!", bittet der Max und in unserer Klasse wird es mucksmäuschenstill.

„Es war einmal eine Schulklasse, die hatte das Glück, eine besonders tapfere kleine Heldin kennen zu lernen. Dieses Mädchen wollte erfahren, wie es ist, wenn man gerne zur Schule geht. In ihrer eigenen Schule hatte sie eine Lehrerin, die den Kindern das Leben zur Hölle machte. Alle Kinder ihrer Klasse hassten die Schule und freuten sich höllisch auf die Ferien." Die Kinder schauen mich gespannt an, wie sie es immer tun, wenn ich ihnen eine Geschichte erzähle.

„Das Mädchen war sehr krank, deshalb kam es in ein Krankenhaus. Es war sogar so krank, dass die Ärzte den besorgten Eltern mitteilten, es gäbe keine Hoffnung mehr, dass das Mädchen wieder gesund werden könnte."

„Was hatte die denn für eine Krankheit?", will der Till wissen.

„Eine unheilbare Krankheit, die sich Leukämie nennt. Das Einzige, was die Ärzte tun konnten war, das Kind mit den entsprechenden Medikamenten zu versorgen und es wieder nachhause zu schicken. Da kam ein anderes Mädchen ins Zimmer, das auch krank war und im Krankenhaus operiert werden musste. Die beiden Kinder waren im selben Alter und freundeten sich sehr schnell an."

„Ich weiß, wer das war!", ruft der Till. Ich sehe, wie er ganz feuchte Augen bekommt.

„Als es dem neuen Mädchen nach der Operation besser ging, erzählte es, dass es die Schule vermisst. Das wollte das sehr kranke Mädchen nicht glauben. Deshalb haben die beiden verabredet, dass es ein Wiedersehen gibt, sobald die beiden aus dem Krankenhaus entlassen wären."

„Du sprichst von der Mizzi und der Jana, stimmt's?" Die Anni ist die erste, die es laut ausspricht.

„Lasst mich fortfahren!", bitte ich die Kinder, bevor sie weitere Fragen stellen können.

„Ja, und so kam das Mädchen zu Besuch in eine Schulklasse, wo die Kinder gerne sind und wo sie sich wohl fühlen."

„Meinst du, in eine tolle Truppe?", fragt der Karl.

„Ja, eine tolle Truppe.", antworte ich. „Diese Kinder haben dem Mädchen gezeigt, wie man sich gegenseitig hilft. Und auch, wie man einen Streit wieder schlichten kann, hat das Mädchen von der tollen Truppe lernen können."

„Dann weiß ich, wer das Mädchen ist. Und das andere Mädchen ist die Mizzi!", ruft die Kathi.

Der Max sagt: „Und die tolle Truppe, das sind wir."

„Da war das Mädchen sehr glücklich, dass es erleben durfte, dass es in der Schule schön sein kann und…", fahre ich mit Nachdruck fort: „dass jeder seinen Anteil daran hat."

„Und was ist jetzt mit dem Mädchen?", fragt die Anni.

Die Kinder schauen mich erwartungsvoll an.

„Die Eltern von dem Mädchen hatten in der Zwischenzeit eine neue Schule für das Kind gesucht, wo die Kinder genau so gerne in die Schule gehen. Darüber hat sich das Mädchen sehr gefreut. Es ging von nun an jeden Tag gerne zur Schule."

Die Kinder klatschen. Das tun sie immer, wenn ihnen eine Geschichte gefällt.

„Und dann?", fragt der Max. „Warum ist die Mizzi jetzt traurig?"

„Das Mädchen war ja unheilbar krank. Erinnert ihr euch, was die Ärzte zu den Eltern gesagt haben?"

Die Kinder nicken.

„Die kann net mehr gut werden.", meint die kleine Anni. „Die muss sterben."

„Ja, das musste sie. Eines Abends ist sie friedlich eingeschlafen."

Die Kinder begreifen, was geschehen ist. Sie sind ganz still. „Wir wollen nun eine Minute schweigen für das Mädchen, das von euch lernen durfte, wie schön es in der Schule ist."

Kapitel 35
Anmeldungen

Vorm Haus wartet ein großer Bus. Der gehört der Liz ihrem Onkel Klaus. Die Kinner sind schon rausgelaufe un hawwe sich im Bus'n Platz gesucht. Die ganz Familie geht mit uff der Jana ihr Beerdigung. Der Bertram macht Dienst für den Ecki un die Liz fährt mit der ganz Klass mit. Die Mizzi is untröstlich üwwer den Verlust von ihrer Freundin.

Ich konnt zuerst nix sache, wie die Frau Zorn mich angerufe hat. Der Mizzi schon gar net. Die Mizzi un der Ecki, die hawwe im Keller nach was gesucht und dann hawwe se mich schreie gehört.

„Mama, was is los?!", ruft die Mizzi un kommt die Trepp hoch gerannt.

Ich konnt doch net schon am Telefon laut heule! Da wär die Mama von der Jana doch noch trauriger gewese. Die hat mir noch sogar gedankt, dass mir der Jana des Leben zum Schluss noch so schön gestaltet hätten. Se hat mich beauftragt, der Liz Bescheid zu sache, was ich dann ach irgendwie fertig gebracht hab.

„Wo bleibst du denn?", ruf ich.

„Bin schon da!", ruft der Ecki un kommt mit'm Straus Blume die Trepp runner.

„Den hätten wir beinahe vergessen.", sacht er.

Jetzt nix wie raus in de Bus! Die Kinner sitze all uff ihrem Platz un warte schon uff den Ecki un mich. Die Liz sitzt vorne bei ihrem Onkel Klaus. Die Kinner sin ganz still. Sonst is des immer'n Geplabber un Gelache. Awwer heut isses anderst. Jeder is in sei Gedanke versunke un guckt vor sich hin.

Der Bertram steht in der Tür von der Praxis un winkt uns noch, wie der Ecki sich nebe mich setzt. Die Mizzi sitzt bei ihrem Freund Till in der Sitzbank un die zwei unnerhalte sich leise.

„Entschuldige Mizzi, dass ich so eifersüchtig auf die Jana war. Jetzt tut's mir echt Leid.", hat der Till zu der Mizzi gesacht.

An dem Tach, wo die Liz den Kinnern erzählt hat, dass die Jana gestorbe war, is der Bub am Nachmittach direkt zu uns heim gekomme un hat die Mizzi besucht un hat se ganz doll getröstet.

„Ich bin auch sehr traurig.", hat er gesacht. Un dann hat der Bub doch die Mizzi in sei Arme genomme un hat se ganz sacht uff'm Rücke gestreichelt. Die Mizzi hat dann noch ganz lang geheult, awwer der Till is bei ihr sitze gebliebe un hat gewart' bis se sich widder beruhigt hatt.

Jetz sin die zwei widder ein Kopp un ein Ar...., nee des sacht mer net. Awwer die zwei verstehn sich richtig gut, seit des mit der Jana bekannt geworde is.

Die Fahrt is trotz der Stille net langweilig. Die Liz hat mir ihr Trauerrede in die Hand gedrückt. Die soll ich lese! Was passiert? Ich heul schon widder die ganz Zeit.

„Die Red is so ergreifend, dass ich bezweifl, dass die Liz des hinkriegt, die zu halte.", sach ich ganz leis zum Ecki.

Der nickt. Er hat se mitgelese un wenn ich mich net ganz täusch, dann sin die Auge von meinem Schatz ziemlich feucht.

„Schaffst du des?", sach ich, wie ich der Liz den Zettel mit der Red zurückgeb.

Die nickt genauso wie der Ecki.

„Ich kann sie auswendig.", flüstert die Liz mir ins Ohr. „Ich hab sie so oft wiederholt, bis ich nicht mehr heulen musste."

„Wann sind wir endlich da?", fracht der Paul die Liz. „Mir is schlecht." Der Paul is ganz grün im Gesicht.

„Onkel Klaus, bitte halt mal da vorne an!", sacht die Liz zu unserem Fahrer. Des macht der promt.

Zwei mal müsse mir noch anhalte, bis des Ziel erreicht is. Der Onkel Klaus hat uns sofort an die Kirch gefahre un jetzt bewecht sich die ganze Trauergemeinschaft uff die Kirch zu.

Die Mess is so traurig un bewegend, weil der Kinner-Chor wo die Jana drin war so'n wunnerschönes Lied singt:

Von guten Mächten wunderbar getragen....

Ach Gott, was hawwe die Kinner schöne Stimme un jetzt singe ach unser Kinner mit un des klingt sooo traurig, dass all Leut heule müsse.

Kapitel 36
Grabrede

Die Liz geht vor ans Grab und dreht sich zu uns allen um:
Liebe Trauergemeinschaft, liebe Familie Zorn!

„Es ist mir eine Ehre, dir liebe Jana ein letztes Adieu zu übermitteln:

Von deinen Freundinnen und Freunden aus der Grundschule Nickelshausen, von uns Lehrerinnen und Lehrern und besonders von deiner Mizzi, die unendlich traurig ist, dass sie nun nicht mehr lachen und tanzen kann mit dir.

Du bist in unser Leben getreten wie ein leichter, fröhlicher Schmetterling. Du warst optimistisch und lebensfroh. Als du zu uns in die Klasse 2a kamst, warst du uns allen sofort sympathisch. Du hast mit uns gelernt, zu lernen, wie wir lernen, hast alles aufgesaugt wie ein Schwamm, hast mit uns gelacht, gemalt, gelesen und hast sogar ohne Probleme eine Wanderung mit uns gemacht.

Du hast dich bei uns wohl gefühlt. Darüber sind wir sehr froh. Auch dass du die Zeit mit uns genossen hast und viel bei uns gelernt hast, darüber hat deine Freundin Mizzi uns unterrichtet. Du hast Fähigkeiten gehabt, von denen wir alle etwas lernen können:

Du konntest zuhören wie keine anderer, konntest länger wie alle anderen abwarten bis du an der Reihe warst. Du wusstest dabei aber genau was du wolltest, bist auf dein Ziel zugegangen und hast dich nicht beirren lassen. Das war gut so, denn der liebe Gott hat dir nur wenig Zeit gelassen um alles zu regeln bevor du zu ihm gegangen bist. Eines hast du uns ganz klar zu verstehen gegeben.

Die Würde des Menschen ist unantastbar.

Vor allem wir Lehrerinnen und Lehrer sollten uns das hinter die Ohren schreiben. Du hast es erreicht, endlich in Würde behandelt zu werden, mit allen deinen Schwächen angenommen zu werden. Aber besonders die Stärken und Fähigkeiten, die du hattest, wurden in dieser Schule, die du dir am Ende ausgewählt hast, erkannt und gefördert. Du hast dir eine Schule gewählt, die dies alles in ihr Programm geschrieben hat und die darüber hinaus dich als der Mensch gesehen hat, der du warst:

Ein Mädchen, das Würde ausstrahlt und das von uns allen geliebt wurde!

Wir sind sehr traurig. Aber wir sind auch unendlich froh, dich kennengelernt zu haben.

Adieu, liebe Jana! Lass es dir gutgehen dort, wo du gerade bist! Wir werden dich nie nie vergessen."

Jetzt geht die Liz zu der Frau und dem Herrn Zorn un umarmt die zwei ganz fest. Die drei hawwe sich noch nie vorher gesehe, awwer ich hab des Gefühl, dass die sich schon ewig kenne. Die ganz Trauergemeinschaft is still. Bestimmt zwei Minute lang sacht kein Mensch was, gell!? Des hab ich noch nie so bei 'ner Beerdigung erlebt. Selbst die Kinner sin stumm. Des ein oder annere hört mer schniefe. Mir laufe die Träne üwwer des Gesicht un ich lass se einfach tropfe. Gut, dass der Ecki mitgefahre is. Der legt jetzt sein Arm um mich un tupft mir mit seinem Taschetuch im Gesicht rum. Des tut mir gut.

Dann gehn all Leut ans Grab un verabschiede sich von der Jana.

Die Familie Zorn hat uns noch zu 'nem kurzen Umtrunk' eingelade mit Kaffee un Kuche, damit mer uff der Heimfahrt net verhungere. Beim Kaffee-Trinke hör ich, wie die Frau Zorn zu der Liz sacht, dass se unser Privatschul finanziell unnerstütze möcht un außerdem in unsern Verein eintrete will.

„Das macht mich sehr froh.", sacht die Liz. „Denn ich hoffe, dass wir uns dann auch öfter mal sehen werden."

Die Tatsach, dass die Familie Zorn in unser Schulverein eintritt, tröst' uns all ganz doll.

Wie mir beim Onkel Klaus in den Bus einsteige, isses schon fast dunkel. Die Kinner sin immer noch ziemlich leise un die meiste schlafe uff'm Heimweg.

Kapitel 37
Zukunftsgedanken

„Was wirst du denn die ganze Zeit über machen, wenn du zuhause bist?", fragt mich meine Freundin Mary.

„Schreiben." Mit Schrecken denke ich daran, dass es nur noch zwei Wochen bis zu den Sommerferien sind.

„Wie? Wirst du mir dann schreiben anstatt mich anzurufen oder zu besuchen?"

„Nein. Ich werde endlich mein Kinderbuch schreiben, das ich schon vor vielen Jahren angefangen habe."

„Das von der Muttergottes?" Mary erinnert sich genau. Ich hatte es ihr einmal vorgelesen bis zu der Stelle, an der es nicht mehr weitergeht. Mein Patenkind Lisa war zu diesem Zeitpunkt noch ein kleines Mädchen. Speziell für sie hatte ich die Geschichte geschrieben. Jetzt ist sie selbst schon seit drei Jahren Mutter.

„Vielleicht kann Lisa das Buch, in dem sie persönlich als Kind vorkommt, dann ihrer eigenen Tochter vorlesen.", meint Mary.

Ich wundere mich über Mary's Gedächtnis. Schon als wir Kinder waren und in dieselbe Klasse gingen, behielt sie besser Gedichte als ich. Auswendig zu lernen war unsere Leidenschaft, aber Mary kann heute noch den Zauberlehrling aufsagen, während ich mich nur an den Anfang erinnere.

Wir telefonieren bereits seit einer halben Stunde. Schon lange hatten wir nichts mehr voneinander gehört, weil jede für sich ihre eigenen Dinge zu regeln hat.

„Lebst du noch?", ist immer ihre erste Frage, wenn sie mich anruft.

„Ja.", sage ich ohne Ironie. „Dasselbe könnte ich dich auch fragen.", ist dann immer meine Antwort. Aber heute habe **ich** angerufen. Immer wenn mir etwas auf dem Herzen liegt, muss ich mit meiner Freundin Mary reden. Heute habe ich ihr ausführlich über den Tod und die Beerdigung von Jana erzählt und irgendwie weiß Mary mich immer ein wenig zu trösten.

Mary's Stimme klingt fröhlich und optimistisch. Sie schafft es tatsächlich, dass ich jetzt die ganze Geschichte auch aus Perspektive von Jana's Eltern betrachten kann. Die waren nämlich, ebenso wie Mary, davon überzeugt, dass Jana im Einklang mit sich selbst gestorben ist.

Der Bär kommt und sagt:

„Warum fährst du nicht schnell mal zu Mary rüber anstatt so endlos lang das Telefon zu blockieren?"

Ich verdrehe die Augen, was meine Freundin am anderen Ende der Leitung ja nicht sehen kann.

„Es geht nicht, ich muss noch Diktate nachschauen.", flüstere ich.

„Was geht nicht?", fragt Mary.

„Der Bär hat mich angesprochen und gemeint, ich soll doch lieber zu dir rüber fahren, anstatt so lange zu telefonieren."

Mary lacht.

„Schau du mal lieber deine Diktate nach! Demnächst sehen wir uns ja öfter."

Stimmt. Ich werde ja viel mehr Zeit haben, wenn ich meinen Schwangerschafts-Urlaub antrete. Wir nehmen uns beide ganz fest vor, dass wir uns während dieser Zeit so oft es geht, gegenseitig besuchen wollen.

„Schwörst du?", fragt Mary.

Ich vollziehe unser Kinder-Ritual und kreuze Daumen und Zeigefinger.

„Ich schwöre.", sage ich laut.

Vielleicht sind das die letzten Diktate für längere Zeit, denke ich. Das muss man genießen. Genießen, dass man es nicht mehr tun muss. Ich bin gegen das Schreiben von Diktaten und muss es trotzdem tun, weil das Schulgesetz es so vorschreibt.

„Tue nur das, wovon du ganz und gar überzeugt bist!", sagt Papa immer. Tja Papa, leider geht das nicht immer. Mama sagt:

„Wenn es nicht anders geht, muss man sich auch mal anpassen und die eigene Auffassung etwas zurückstellen."

Beides stimmt. Man muss sich nur immer den richtigen Spruch zu der entsprechenden Situation auswählen.

Ich lege meine Diktathefte auf den Schreibtisch und fange an zu korrigieren. Zwischendurch denke ich über die neue Schule nach, an der es keine benoteten Diktate mehr geben wird. Niemand wird mehr durch eine schlechte Note in seiner Würde verletzt werden.

Mein neues Konzept mit dem Schwerpunkt 'Gesundheit' habe ich jetzt im Ministerium abgegeben. Unseren Verein haben wir ja schon vor ein paar Wochen gegründet, denn das war notwendig um die Genehmigung der Schule zu ermöglichen. Der Verein heißt 'Montessori Nickelshausen'. Inzwischen haben wir schon über 200 Mitglieder.

Übermorgen wird die vorerst letzte Info-Veranstaltung in der Turnhalle Nickelshausen stattfinden. Wir wollen den Leuten unser überarbeitetes Konzept vorstellen. Dann müssen wir abwarten, bis das Ministerium das Konzept genehmigt und hoffentlich auch den Schulstandort! Die Britta hat gemeint, es seien Kräfte am Werk, die den Standort Nickelshausen ablehnen. Besonders eine Person sei stark interessiert, mir persönlich zu schaden. Sie hat jedoch nicht herausgefunden, wer das ist. Selbst mein Freund Helmut ist nicht bereit, auszupacken.

„Als Schulrat komme ich in Teufels Küche, wenn ich mich in diese Angelegenheit einmische. Ich hab mich schon zu weit aus dem Fenster gelegt, als ich dir das mit dem heimlich verfolgten Gespräch verraten hab, Lissy", hat er mir zu verstehen gegeben.

Die Frau Zorn und Jana's Papa, der Herr Zorn wollen auch zur Info-Veranstaltung kommen um dann gleichzeitig auch in unseren Verein einzutreten. Die Frau Zorn ist sogar bereit, in unserem Vorstand mitzuwirken.

„Das will ich für Jana tun. Sie hätte sich sehr über mein Engagement gefreut.", hat sie zu mir am Telefon gesagt, als ich sie gefragt hab, ob sie bei der Leitung der Schule mitmachen möchte.

Gottseidank, noch keine Fünf. Das Diktat ist von den Kindern selbst verfasst geworden. Thema sind die wildwachsenden Blütenpflanzen. Ich staune, wie die Kinder diese schwierigen Wörter behalten haben. Zum Beispiel:
Stinkender Storchschnabel, Taubenkropf-Leinkraut oder Kriechender Günsel. Also ich hätte mich nie gewagt, solch schwere Wörter im Diktat zu bringen. Aber die Kinder stimmen jeweils ab über ihren Text. Alle müssen zustimmen, wenn das diktiert werden soll, was sie gemeinsam verfasst haben. Anscheinend war das so eine Art Sport, sich diese schwierigen Wörter zu merken. Ich habe sogar angeboten, sie an die Tafel zu schreiben, aber kein Kind wollte das.
Sogar der Max hat sich diese Begriffe merken können, weil ihn das Thema besonders interessiert hat. Und nicht nur er, sondern alle haben gut mitgemacht und haben sich auf unserem Unterrichtsgang genau gemerkt, was man mit wildwachsenden Blütenpflanzen alles herstellen kann.
Wir haben Tees daraus gekocht und Wildkräuter-Salate zubereitet. Alle waren mit Eifer dabei. Es hat richtig Spaß gemacht und ich habe selbst dabei wieder viel gelernt.
Das neue Kind mit Namen Marja hat schon an unserem Unterrichtsgang teilgenommen. Von den Blumen, die wir kennengelernt haben, hat sie jede einzelne fotografisch abgezeichnet und die entsprechenden Namen dazu geschrieben. Sie kann zeichnen wie ein junger Gott.
Vorigen Montag ist sie gekommen und sie ist nicht aus dem Libanon sondern aus Syrien. Das arme Kind versteht kein Wort. Noch nicht mal mein Arabisch. Das Einzige, worauf sie reagiert hat, war die Frage nach ihrem Namen. Sie hat wohl gedacht, das wäre Deutsch. Ich merke, dass Arabisch doch nicht so einfach ist.
Von Marja's Vater, der ein wenig Englisch spricht, erfahre ich, dass die Familie wegen der kritischen Situation in Syrien geflohen ist und dass sich dort was zusammenbraut. Er ist Journalist und was er über die politische Lage geschrieben hat, war nicht gemocht vom Assad-Regime. Man hat ihm mit Gefängnis gedroht. Die Familie kommt aus Aleppo und sie

sprechen kein sogenanntes Hoch-Arabisch, sondern Dialekt. Die kleine Marja ist sehr schüchtern, aber die Kinder behandeln sie wie ein rohes Ei. Ich glaube, sie fühlt sich ganz wohl bei uns. Und gottseidank hat ihr Vater mein arabisches Begrüßungs-Ritual verstanden. Er hat sich sehr gefreut, dass ich mir die Mühe gemacht habe, sein Kind zu unterstützen, indem ich ein wenig von ihrer Sprache verstehe.

So, jetzt werden aber die drei letzten Diktate nachgesehen und korrigiert. Ich freue mich, dass keiner eine schlechte Note bekommt.

Kapitel 38
Letzte Vorbereitungen

So, jetzt sin alle Vorbereitunge für die neu Schul unner Dach un Fach. Die letzt Info-Veranstanltung war unheimlich gut besucht un die Leut hawwe geklatscht, wie die Liz ihr neues Konzept vorgestellt hat.

Unser Verein is jetzt'n eingetragener Verein un mir hawwe einen Vorstand gewählt, der aus sechs Leut besteht: Die Liz is Beigeordnete, weil die als Schulleiterin net im geschäftsführende Vorstand sein darf. Ihr Mann, der Bertram macht die Finanzen. Der Ecki un ich sin ebenfalls Beigeordnete weil uns demnächst die Zeit net reicht, um viel im Vorstand mitzumache. Dafür liefern mir die Kinner für die Schul, ha ha. Die Frau Zorn is die erste Vorsitzende.

Die Britta un ihr Hermann wollte net in den Vorstand, weil die viel zu tun hawwe wechen der Politik. Die wolle uns awwer unnerstütze wo se nur könne.

Der zweite Vorsitzende is der Max Frese. Des is der Mann von der Katja, der ach mit der Liz im Montessori-Diplom-Kurs is. Die Katja is natürlich auch im Vorstand. Die is ja Ärztin, genau wie der Max un des passt super zu dem Gesundheits-Konzept von der Liz, was immer noch'n Montessori-Konzept is.

Die Liz musst ihr ursprüngliches Konzept doch tatsächlich noch mal üwwerarbeite, weil irgendjemand im Ministerium gestänkert hat un erreiche wollt, dass des Konzept net durchgeht. Awwer die Liz hat sich net entmutige lasse un hat des ursprüngliche Konzept verbessert mit 'nem neue Schwerpunkt.

„Die haben sie doch nicht mehr alle. Es gäbe schon eine Montessori-Schule in unserem Bundesland, haben sie gesagt."

„Na un?", hab ich se gefracht. „Des macht doch nix. Die hawwe doch bestimmt net desselbe Konzept, odder?"

„Das ist es ja gerade. Ich werde das Gefühl nicht los, dass irgendjemand diese Schule verhindern will."

Des glaub ich auch. Awwer wie die Liz zu ihrem Vortrag noch'n paar Ausschnitte aus dem Film 'Treibhäuser der Zukunft' gezeicht hat, ware die Leut voll üwwerzeugt, dass des was mir vorhawwe, die best Schul in der Umgebung wird. Die Katja hat dann noch'n Vortrag gehalte, wie sie als Ärztin des Ganze begleite un unnerstütze will. Das hat echt Eindruck gemacht! Se hat ach gleich ihr Könne unner Beweis stelle dürfe:

Mitten in der Info-Veranstaltung hat die Magdalena plötzlich'n laute Schrei getan un all Leut hawwe geguckt was dann los is mit der Magdalena.

Die Katja is schnell uffgesprunge un zu der Magdalena hingerannt un hat sofort festgestellt:

„Die Frau hat Wehen. Sie muss sofort ins Krankenhaus. Das Kind kommt."

Ich hab mich postwendend ans Telefon gehängt un hab den Rettungswage bestellt. Die sin ach gleich gekomme un hawwe die Magdalena ins Krankehaus gebracht. Dort hat se dann zwei Stunne später ihr Kind gekriegt. S'is eine Tochter un heißt Inge. Genau wie die Oma Inge.

Ich sach zu dem Till:

„Gell, das gefällt bestimmt deinem Opa, wenn dei Schwester genau so heißt wie sei Frau?"

„Das weiß ich nicht.", sacht der zu mir. „Mit dem rede ich nicht mehr."

„Ei warum dann das?", frach ich den Till. „Inge is doch'n schöner Name."

„Ich rede schon lange nicht mehr mit meinem Opa. Das hat nix mit dem blöden Namen zu tun."

Ich frach widder:

„Warum dann net? Deine Oma is doch eine nette Frau. Der Name is doch net blöd, odder?"

„Darüber soll ich nicht sprechen, hat die Mama gesagt.", sacht der Bub. „Es hat auch nix mit der Oma Inge zu tun."

Ich bin perplex. Was soll der alt Mathelehrer dann angestellt hawwe, frach ich mich.

Na Hauptsach, unser Konzept wird akzeptiert von dem bescheuerten Ministerium. Die Britta sacht:
„Jetzt können sie nichts mehr gegen unser Konzept einwenden. Die Liz hat Recht behalten mit ihrer Meinung, es nochmal zu versuchen."

Kapitel 39
Schöne Bescherung!

„Das gibt's doch nicht! Du meinst echt, dass wir das Schulgebäude in Nickelshausen nicht bekommen werden?", rufe ich laut in den Telefonhörer hinein.

„Genau so ist es.", höre ich Britta's Antwort. „Irgendjemand hat Schicksal gespielt und verhindert, dass das Gebäude für die Privatschule zur Verfügung gestellt wird."

Ich muss mich setzen.

„Wer kann denn so etwas wollen? Das ist nicht fair!" Ich merke, wie mir die Hitze langsam vom Bauch in den Kopf steigt.

„Hast du eine Ahnung, wer das gewesen sein könnte?", fragt mich tatsächlich die Britta.

„Wenn ich die hätte, würde die Person längst im Krankenhaus liegen, weil die Nickelshausener ihn gelüncht hätten." Mein Hals ist ganz trocken. Ich will es einfach nicht glauben, dass unsere schöne Nickelshausener Grundschule uns nicht zur Disposition stehen wird, obwohl das neue Konzept genehmigt worden ist. Jetzt tritt mich auch noch das Püppchen in meinem Bauch. Ist in letzter Zeit sowie ziemlich unruhig. Wird hoffentlich nicht so hyperaktiv wie sein Vater!

„Die haben mir nur die Info gegeben, dass es jemand aus Nickelshausen ist, der einen guten Draht zu einer entsprechenden Partei hat."

„Das kann doch nur der XXL sein.", denke ich laut. „Aber irgendwie glaube ich nicht, dass der sich das traut, denn der hat schon genug Gegenwind aus dem Dorf bekommen."

„Wie meinst du das?"

„Er hat doch zwei Frauen aus Nickelshausen dazu gebracht, sich bei der Abstimmung im Gemeinderat für die Schulschließung in Nickelshausen zu enthalten. Eine der beiden Frauen hat sich dann krank gemeldet. Sie wollte einfach nicht mitverantwortlich sein, dass die Schließung vollzogen wird. Das hat, mit nur einer Stimme Mehrheit dazu geführt, dass die Schließung unserer Grundschule beschlossene Sache ist.

Die Nickelshausener haben das dem XXL sehr sehr übel genommen. Es hat sich schnell herumgesprochen, dass **er** als Fraktionsleiter seiner Partei, die beiden Frauen aus Nickelshausen unter Druck gesetzt hatte."

„Und du meinst, der XXL war das nicht gewesen, der im Ministerium seine Fäden gesponnen hat?"

„Auf Gemeinde-Ebene hat er sehr viel Einfluss, aber im Bildungsministerium, nein das glaube ich eher nicht. Unser Ortsvorsteher hat ihn ja zur Rede gestellt und da hat er das zugegeben, dass er gegen die Privatschule ist. Aber zum Ministerium hat er keinen heißen Draht, behauptet er jedenfalls."

Die Britta atmet hörbar aus.

„Du Liz, ich glaube, das werden wir nie herausfinden. Wir müssen uns nach einem anderen Gebäude umschauen, sonst war der ganze Aufwand umsonst."

Das gibt's doch nicht! Ich kann es nicht glauben! Unsere ganze Planung war auf das Grundschulgebäude in Nickelshausen ausgerichtet.

„Ich bin stinksauer. Möchte wirklich mal wissen, was für ein Interesse so ein Mensch haben könnte, uns diesen Riesen-Stein in den Weg zu legen!"

„Du könntest den Schulrat mal fragen. Nicht den neuen, der wird nichts sagen können. Den alten Dr.Breuer."

„Ich werde den Helmut trotzdem fragen. Der muss mir Auskunft geben, wenn er etwas weiß."

Britta lacht laut.

„Der **darf** dir gar keine Auskunft geben, Mädel! Der kommt sonst in Teufels Küche. Es haben schon Leute mit kleineren Fehltritten ihren Job verloren."

„Meinst du wirklich?"

„In was für einer Welt lebst du denn, meine Liebe?! Natürlich!"

Mir fällt ein, dass der Helmut schon einmal versucht hat, mich von der Idee 'Privatschulgründung' abzubringen. Er hatte ein Gespräch mitgehört, das nicht für seine Ohren bestimmt war.

„Du, mein Handy klingelt. Es ist ein Anruf aus Amerika. Da geh ich mal lieber ran."

Wir verabschieden uns schnell, damit ich mein amerikanisches Gespräch annehmen kann.

Es ist Bob:

„Hi, Schwiegermum."

„Ist was passiert?", ich lass ihn gar nicht ausreden. Meine Beine werden Pudding und ich muss mich schnell setzen.

„Yes, ik bin doppelte Vader."

„Aber...es ist doch noch gar nicht so weit! Barbara ist erst am Anfang des 8.Monats."

„Oh yes, aber die Kinder wollten nikt warten."

Tausend Fragen schießen mir durch den Kopf:

„Wie geht es Barbara? Alles in Ordnung? Konnten die Kinder überleben? Wann war das? Wo ist sie jetzt?"

„Ouuu, das sind so viele Fragen auf einmal. Die Kids sind okay. Ein bisschen klein, aber okay."

„Und Barbara, nun sag schon!"

„One moment please!"

„Ach Mama, ich werde niemals mehr ein Kind bekommen!", heult Barbara ins Telefon. „Aber ich bin sooo glücklich!"

„War die Geburt sooo schlimm?" Jetzt heule ich auch vor Glück.

„Nein Mama, die beiden sind rausgeflutscht ohne irgendwelche Schmerzen, aber der Arzt sagt, ich sollte möglichst keine Kinder mehr bekommen. Es wäre zu gefährlich für mich."

„Dann bin ich froh für euch, dass es gleich zwei geworden sind."

Ich höre, wie sich der Schlüssel in der Haustür dreht. Ich sage:

„Moment, da ist jemand, der bestimmt auch mit dir sprechen will", und halte dem hereinkommenden Bär mein Handy vor die Nase. Er guckt mich erstaunt an:

„Wer ist das?", flüstert er.

Aber da ist er schon am Apparat und ich höre, wie Barbara ganz laut ins Telefon ruft:

„Papa, du bist zweifacher Opa geworden."

Der Bär strahlt. Er stellt mein Handy auf Lautsprecher um. Als Erstes will er sofort wissen, wie die Geburt war und wie es Barbara geht. Wir erfahren, dass die beiden Babys jeweils knappe 2500g wiegen. Die Namen der Kinder wollen Bob und Barbara nicht preisgeben, da sie sich noch nicht ganz einig sind. Im konservativenTexas müssen die Kinder ja immer nach ihren Großeltern, Onkels oder Tanten benannt werden. Bob möchte die Kinder Bertram und Linda nennen. Barbara findet beide Namen zu altmodisch.

„Then Robert and Liz!", meint Bob. Aber auch das gefällt meiner Tochter nicht. Mir übrigens auch nicht. Ich finde, wir haben schon Roberts genug in der Familie und der Name Liz ist ja nur eine Abkürzung von Elisabeth.

„Ist es nicht ein bisschen spät, um über Namen zu streiten?", fragt mein pragmatischer Ehemann.

„No, wir waren uns einig.", meint mein Schwiegersohn. „But now she is verrückt." Es klingt nicht sehr ernst, was Bob da von sich gibt, denn er muss bei dem Wort ‚verrückt' lachen. Wir hören auch Barbara's helles Lachen im Einklang mit Bob's.

„Ruft einfach an, wenn ihr euch einig seid und passt gut auf die Kleinen auf!", sage ich.

„Versproken.", sagt Bob. Ich lege den Hörer auf die Lade-Station. Der Bär und ich umarmen uns und sind überglücklich.

„Jetzt muss die Verwandtschaft informiert werden.", sage ich.

„Bin ich überrascht?", fragt der Bär. „Nein.", antwortet er sich selbst. „Ich bin nicht überrascht. Das ist typisch meine Frau! Zuerst die Verwandtschaft, na klar. Ich mach uns inzwischen was zu essen."

Kapitel 40
Wie die Zeit vergeht

Jetzt sin nur noch zwei Woche Schul, dann gibt's schon Ferie.

„Ich will nicht nach Marienberg in die Schule.", sacht die Mizzi.

„Ich auch nicht.", sacht die Anna. „Mir gefällt die neue Schule nicht. Ich will lieber in die alte Schule in Nickelshausen gehen, so wie du, Mizzi."

Ich leg das neue Gemeinde-Blättche uff die Seit:

„Wie's aussieht, braucht ihr des ach net. Die hawwe in dem Käsblatt hier geschriebe, dass die neu Schul in Marieberch noch net genug Platz hätt für alle Kinner uffzunemme."

Die Mizzi guckt mich verdaddert an.

„Die hawwe sich verrechnet, die Schildbürger vom Gemeinderat. Erst in zwei Jahr könne all Kinner in Marieberch uffgenomme werde.", erklär ich meiner Tochter. „Die neu Schul is zu klein gerate, ha ha!"

Die Anna macht'n Riese-Luftsprung.

„Das is toll!", ruft se. „Dann will ich auch zu der Frau Berger in die Klasse!"

Ich sach: „Nee, des geht leider net. Die Frau Berger kriegt ja auch ein Kind, so wie ich. Un dann macht se ein Jahr Pause."

Die Anna guckt uff meinen Bauch un sacht:

„Aha. Und wen bekomme ich dann als Lehrerin?" Jetzt isse ganz verunsichert. „Und machst du auch Pause?"

„Nee, ich mach kei Paus. Ich glaub, du kriegst den Herrn Vogler. Der is auch ganz nett."

„Puh! Ich will keinen Mann als Lehrerin.", ruft die Anna empört.

„Dann musst du halt zuhause bleiben." Der Ecki is grad von der Praxis rüber gekomme um Mittach zu esse un hat sei Tochter ihren letzten Satz gehört.

„Oh doch! Ich gehe in die Schule! Da machst du gar nix dran, Papa. Ich bin alt genug.", sagt die Anna.

„Dann musst du die Lehrperson annehmen, die das erste Schuljahr übernimmt, meine liebe Tochter."

Es is jetzt beschlossene Sach, dass die Schul uns net als Privatschul zur Verfügung steht. Deshalb is unser Vorstand uff der Suche nach einem passenden Gebäude in der Näh von Nickelshausen.

Die Liz hat'n Gespräch beim Bürgermeister gehabt un hat dem gesacht, was se vom Beschluss des Gemeinderats hält. Der hat ihr dann eröffnet, dass er den Beschluss net hat könne verhinnere, weil der un sei Partei-Freunde ja net die Mehrheit im Gemeinderat hawwe.

Der hat der Liz ach gesacht, dass es einen Quertreiber in der Gemeinde gibt, weswechen die Schul in Nickelshause noch net zugesperrt wird. Die neu Schul wär groß genuch für all Kinner, awwer er sacht, dass se machtlos wäre gege den Typ, weil der so gute Beziehunge zu dem Ministerium hat.

„Das gibt's doch nicht! Das muss doch rauszufinden sein, wer das ist!", sacht der Ecki. „Ich werde alle Hebel in Bewegung setzen, um den Übeltäter zu entlarven.

„Wie willste das dann mache?", frach ich den Ecki.

„Nicht nur die anderen haben Beziehungen zum Ministerium.", sacht der Ecki ganz geheimnisvoll. „Und diesmal werde ich auch mal meine Beziehungen nutzen, was ich für mich persönlich nie tun würde."

„Jetzt spannst du uns aber auf die Folter, Papa." Die Mizzi wird ganz neugierich. „Sag doch mal! Wer ist denn das?"

„Wird nicht verraten.", schmunzelt mei Mann. „Nicht, bevor ich erfolgreich war."

Ich glaub da net dran, dass das irgendwer rausfindet, wer das war, awwer ich hoff trotzdem, dass der Ecki erfolgreich is in seine Forschunge!

„Jetzt müssen wir noch mal üben, liebe Tochter! Du kannst den Text noch einmal durchlesen und dann frag ich dich ab."

Die Kinner führe mit unserer Theater-Projekt-Leiterin ein Theaterstück vor, des heißt:

„Schule gestern, Schule morgen". Des is total lustich. Die Mizzi spielt die Lehrerin von der Schul wie se früher war. (Ich hab die Prob gesehe.) Da geht die mit'nem Stock durch die Reihe un schreit:

„Zeigt eure Taschentücher!"

Dann hawwe die Kinner sich fast üwwerschlage un hawwe ganz schnell gebügelte Taschetücher rausgenomme. Nur ein Kind, das is die Kathi, hat seins vergesse. Die Mizzi is dann fast aus de Latsche gekippt un is ausgeflippt:

„Wo ist dein Taschentuch!", schreit se des arme Kind an. Un dann kriegt die Kathi, die des Kind spielt, den Stock üwwer die Händ geschlage un dann weint se ganz bitterlich.

Also des sin richtig gute Schauspieler, die Kinner von der 2a! Die hawwe awwer ach 'ne gute Projektleiterin.

„Papa, ich kann meinen Text komplett auswendig.", sacht die Mizzi jetzt.

„Kein Pardon.", meint der strenge Papa. „Wir üben alles noch einmal." Der is echt hartnäckisch, der Ecki!

Jetzt muss der die ganze annere Kinner üwwernemme und dene ihr Part spreche. Ich lach mich kaputt, wenn der Ecki „Die Kuh ist ein Paarzeher." leiert. Des hört sich richtig echt an, wie so'n kleiner Bub, der sei Text net korrekt auswendich gelernt hat. Ich glaub, an dem Ecki is'n echter Schauspieler verlore gegange!

Kinner, wie die Zeit vergeht! Die Liz sacht, bei ihr in der Schul wär's zwar net so streng gewese, awwer mit'm Stock hawwe die se auch noch gefange. Un die Mama von der Liz, die hat des mit den Taschetüchern noch in echt erlebt.

„Jedes Kind musste ein frisch gewaschenes und gebügeltes Taschentuch vorzeigen, wenn die Lehrerin danach gefragt hatte.", hat die Liz von ihrer Mama erfahre.

Du lieber Gott, was müsse die Kinner gelitte hawwe!

Awwer des Beste is dann im zweite Akt:

„Mama, solche Lehrer würd ich mir nicht wünschen.", sacht die Mizzi.

„Die kümmern sich zu zweit um einen einzigen Schüler. Da kann man ja gar nichts alleine machen! So kann man doch nichts lernen!"

Die Mizzi is froh, dass se net so'n Lehrer spiele muss, der dem Till die Schuh ausziehe un die Pantoffel anziehe muss.

„Schade!", hätt der Till gemeint, sacht die Mizzi. „Das wär'n Spaß gewesen, wenn du mir als meine Lehrerin die Schuhe ausgezogen hättest. Dann hätt ich extra Stinkstrümpfe angezogen, ha ha!"

„Ich geb dir gleich ha ha, du Arsch!", hat die Mizzi gerufe un dem Till mit ihrem Schulstock gedroht.

Also, was die heut für Ausdrücke hawwe! Des hätte mir net gedurft.

Kapitel 41
Kinder Kinder!

„Stell dir vor, wir bekommen wahrscheinlich das Schulgebäude in Nickelshausen nicht."

Der Bär schaut mich völlig verdaddert an.

„Wie bitte? Ich verstehe nicht."

„Doch. Du hast richtig verstanden: Das Ministerium hat uns zu verstehen gegeben, dass die Gemeinde Marienberg nicht bereit ist, im nächsten Schuljahr das Gebäude für die Errichtung einer Privatschule zur Verfügung zu stellen."

„Und mit welcher Begründung?"

Ich schiebe meinen letzten Bissen köstliche Nachspeise Marke Bär in den Mund, bevor ich antworte:

„Es gibt verschiedene Begründungen. Hauptbegründung ist, dass wahrscheinlich der Schulbetrieb in Nickelshausen noch zwei Jahre in diesem Gebäude weitergeführt wird."

„Ach du lieber Gott! Warum **das** denn? Das neue Schulgebäude in Marienberg ist doch fast fertig."

„Eben nicht, sagt die Britta. Sie hat Informationen aus dem Ministerium, nach denen nur eine eingeschränkte Zahl von Kindern dort unterrichtet werden kann. Man rechnet mit einer sinkenden Schülerzahl, so dass in zwei Jahren alle Kinder in dem neuen Gebäude untergebracht werden können."

„Das ist doch handgemacht, dieses Problem!"

Selten habe ich meinen Mann so aufgeregt erlebt wie in diesem Moment.

„Da steckt doch wieder irgend so ein Quertreiber dahinter!"

„Das meint die Britta auch. Sie sagt, da hätte jemand aus Nickelshausen entsprechende Verbindungen um die Privatschule zu verhindern." Jetzt bin ich selbst auf Hundertachtzig.

Plötzlich geht ein Kugelblitz durch meinen Bauch. Ich halte mir mit der rechten Hand den Bauch fest und schreie ganz laut: „Au!"

Sofort ist der Bär an meiner Seite. Er zieht mich von meinem Stuhl hoch.

„Tief durchatmen!", schreit er aufgeregt.

„Lass mich los!", sage ich ganz ruhig. „Es ist schon wieder vorbei."

Es ist doch bemerkenswert. Ein sonst so cooler Arzt, den nichts und niemand normalerweise aus der Ruhe bringt, springt bei dem kleinsten Utsch seiner Ehefrau fast aus der Hose.

„Wir fahren sofort ins Krankenhaus." Der Bär ist jetzt wieder ruhig und gefasst."

Er zieht mich förmlich aus dem Wohnzimmer heraus.

„Moment, ich hole noch mein Köfferchen oben." Ich springe die Stufen zum Schlafzimmer geschwind hinauf.

Auf der obersten Stufe geht dieser Blitz-Schmerz wieder durch mich hindurch. Diesmal schreie ich nicht, merke nur. wie mir etwas Warmes die Beine herunter läuft.

„Die Fruchtblase!", rufe ich, ohne dass ich es eigentlich wollte.

Gottseidank ist unser Kreiskrankenhaus nur vier Kilometer von unserem Wohnort entfernt. Der Bär rast wie ein Schwein. Ich sage:

„Pass auf, sonst brauchen wir gar keinen Entbindungs-Arzt mehr, dann hat sich alles von selbst erledigt!"

Ich halte mir die Augen zu, bis ich merke, dass der Wagen zum Stehen kommt. Wir sind da.

Weil der Bär unterwegs trotz hoher Geschwindigkeit auch noch telefoniert hat, kommen uns jetzt zwei Sanitäter mit einer Trage entgegen gelaufen. Ich folge den eiligen Anweisungen der Männer, lasse mich auf der Tragbahre nieder und ergebe mich in mein Schicksal.

Mein Mann rennt, sein Smartphone am Ohr, neben uns her und gibt ärztliche Anweisungen an eine mir unbekannte Zuhörerschaft.

Ich denke noch: ‚War der früher auch so?', da blitzt es wieder durch meinen Körper und ich verliere das Bewusstsein.

Als ich aufwache, werde ich in ein Krankenzimmer geschoben, bei dem es sich um ein sogenanntes Zweibettzimmer handelt.

„Wir haben Sie in ein größeres Zimmer gebracht, Frau Berger. Leider sind zurzeit alle Einzelzimmer belegt.", meint die nette Krankenschwester.

„Mein Name ist Dr. Breuer. Ich bin Ihre behandelnde Ärztin.", sagt die Krankenschwester.

Ich bin noch ganz benebelt, sehe alles verschwommen und kann gar nicht erkennen, wer zu mir spricht.

„Schwester, bitte nehmen Sie mir dieses Zwicken im Bauch ab, das ist nicht angenehm." Hab **ich** das gerade gesagt?

„Frau Berger, Sie sind noch nicht ganz aufgewacht von der Narkose. Wir mussten einen Kaiserschnitt machen, sonst hätten Sie womöglich das Kind verloren."

Ich starre die Frau verständnislos an.

„Was für einen Schnitt?", stammele ich. „Wo bin ich überhaupt, Schwester?"

„Ich bin Ihre behandelnde Ärztin.", antwortet die Frau mit einer beruhigenden Geste. Sie streichelt meine Hand. Dann klopft sie mir mit der flachen Hand leicht gegen meine beiden Gesichtshälften.

Sie schaut sich um, weil hinter ihr noch jemand ist.

„Ich überlasse Sie jetzt Ihrer Frau. Sie ist ja in guten Händen bei Ihnen."

„Sie können jetzt das Baby bringen lassen.", höre ich die Stimme vom Bär.

„Was? Das Baby? Was für ein Baby?"

„Unser Püppchen.", sagt der Bär und streichelt mir über den Kopf.

„Moment mal!", sage ich. „Also: Ich bin in einem Krankenhaus, habe einen Kaiserschnitt gemacht bekommen von so einer Krankenschwester und jetzt habe ich ein Kind. Richtig?"

Der Bär lacht. „Das passiert öfters bei einem Kaiserschnitt. Es braucht eine Zeit, bis man wieder richtig wach ist und alles mitbekommt."

Da öffnet sich die Tür und eine weitere Krankenschwester kommt herein und legt mir ein entzückendes Baby auf den Bauch. Sie lächelt und sagt:

„Guten Tag, Frau Berger. Mein Name ist Cornelia. Ich bin Ihre Krankenschwester." Sie lächelt freundlich. „Frau Dr. Breuer hat mir gesagt, dass Sie jetzt wach sind. Wie geht es Ihnen?"

Da sehe ich das Kind. Ich bin völlig verzaubert. Sofort schließe ich das kleine Wesen in meine Arme. Ich bin hin und weg! Wunderschöne blaue Augen betrachten mich interessiert. In diesem kleinen Gesicht wirken sie riesig groß. Ich schmelze dahin.

Die Schwester hat sich aus dem Zimmer geschlichen und der Bär ist näher an mich rangerückt.

„Du hättest schon noch etwas warten können!", raunt der Bär mir zu, so als ob das verboten wäre, was er zu mir sagt.

Allmählich komme ich in die Gegenwart zurück.

Jetzt bin ich wieder im Bilde, was passiert ist, nachdem der Bär mir alllles haarklein erzählt hat.

„Und die erste Dame, die hier war, ist Frau Dr.Breuer, deine behandelnde Ärztin.", erklärt mir der Vater meines neugeborenen Kindes jetzt noch einmal.

„Welche Ärztin? Ich erinnere mich an keine Frau Dr.Breuer.", necke ich meinen Ehemann und Vater meines Kindes.

„Die Narkose wirkt wohl noch immer." Der Bär geht auf meinen Scherz ein und tut so, als würde er mir glauben.

„Ach so!" Ich schaue den Bär verständnislos an. „Alles klar."

„Nun will Freya aber etwas zu essen.", meint der Vater meiner Kinder.

Ich sehe, wie das Baby das süße Gesichtchen verzieht und anfängt zu weinen.

„Na dann, liebe Freya, dann wollen wir mal." Wie das Stillen geht, daran kann ich mich noch gut erinnern. Aber an den Namen Freya muss ich mich noch gewöhnen.

Wir hatten ihn schon von vorne herein ausgewählt, ohne zu wissen, ob das Kind ein Mädchen wird. Auch einen Jungen-Namen hatten wir zur gleichen Zeit ausgesucht. Ich hatte vor meiner Schwangerschaft einen Roman über die Nibelungen gelesen. Der hat mir so gut gefallen, weil die Nibelungen und ihre Abenteuer darin ziemlich locker und lustig dargestellt waren. Die Romanfigur Freya war natürlich die schönste von allen, aber auch die komplizierteste. Ihr Geliebter, namens Gunther, hatte ganz schön viele Hindernisse zu überwinden um sie zu erobern. Aber die beiden haben es geschafft, entgegen aller Gefahren und Hindernisse zueinander zu finden.

„Mir gefällt der Name für unsere Tochter sehr gut.", meint der Bär jetzt, als ob er meine Gedanken gelesen hätte.

„Ich kann Gedanken lesen, Puppe, das weißt du doch!" Der Bär streicht mir mitleidig über mein völlig verzaustes Haar.

„Ich weiß auch, dass du mir das nicht glaubst."

Ich bekomme einen zärtlichen Kuss. Stimmt. Ich glaube ihm nicht.

„Aber in deinem Gesicht kann man lesen, wie in einem Buch, Puppe.", lacht er.

„Ich glaube jedoch, unsere Tochter ist satt." Freya wendet sich gerade ganz zufrieden von ihrer Ernährungsquelle ab und sieht zum ersten Mal scheinbar bewusst ihren Vater an.

Sogleich verzieht sie ihr Gesichtchen, als ob sie weinen wollte.

Da geht die Tür zum Krankenzimmer auf und herein wird eine Bahre mit einer Frau geschoben, die scheinbar noch schläft.

„Ja, hallo ihr beiden!", ruft der Bär überrascht. „Was macht ihr denn hier?"

„Wahrscheinlich genau dasselbe wie ihr.", antwortet der Eckhard. Die Frau, die sie hereingeschoben haben, ist Anne. Im Arm hält sie ein Baby.

„Es ist ein Junge.", lacht sie. „Hab mir gedacht, dass ich dich hier treffe."

Jetzt fangen alle an zu lachen. Die Männer gratulieren sich gegenseitig zur Vaterschaft.

„Na, dann dürfen heute aber keine anderen Kinder mehr geboren werden.", sage ich. „Denn dann gibt es hier keine Zimmer mehr im Krankenhaus."

Die Männer gucken sich verschmitzt an.

„Doch. Es gibt noch Einzelzimmer." Der Bär schmunzelt. „Wir haben es so arrangiert, als wir erfahren haben, dass ihr beide nicht mehr warten könnt."

Anne und ich gucken uns gegenseitig verdutzt an.

„Na, ich musste doch den Eckhard informieren, dass ich heute keinen Dienst übernehmen kann. Da hat er mir angedeutet, dass es bei ihnen auch losgeht, und dass wir uns spätestens heute Nachmittag im Krankenhaus treffen würden."

„Und da habt ihr das mit dem Zweibettzimmer ausgeheckt."

Das war keine Frage, sondern eine Feststellung von Anne. Sie lacht:

„Na Liz, dann können wir uns ja endlich mal in Ruhe unterhalten, gell?"

„Zufälle gibt's!" Ich bin richtig happy, dass ich nicht allein mit Freya im Zimmer liege, sondern so eine nette Gesellschaft habe."

„Wie heißt denn die Krabbe?", frage ich meine neue Freundin. Sie hat das Baby im Bauch immer liebevoll 'Krabbe' genannt. „Doch nicht Krabbe, oder?"

„Paul.", gibt die Anne zur Antwort. „Der Name hat mir schon immer gefallen. So heißt aber auch der Papa vom Ecki."

„Ich hatte mal einen Onkel, der hieß Paul.", ruft der Bär von der geöffneten Tür aus. „Aber der ist schon lange tot."

Die Anne wirft ihm ihr Kopfkissen hinterher. Das trifft aber den Eckhard, der sich gerade zusammen mit dem Bär aus dem Zimmer schleichen wollte.

„Jetzt wird den Kindern der Kopf gewaschen. Zusammen mit den stolzen Großeltern!", ruft der Bär noch und dann sind die beiden verschwunden.

„Na, das wird bestimmt eine Orgie.", meint die Anne.

„Wer vertritt eigentlich unsere Männer, wenn die eine Orgie feiern?"

„Der Ecki hat die Katja angerufen. Die hat heute ihren freien Tag."

„Na, das passt ja gerade wie abgemacht.", wundere ich mich.

„Das ist auch abgemacht.", meint Anne. „Die Männer haben schon vor Wochen mit Katja darüber geredet.

„Da wir es ja beide am selben Tag erfahren haben, dass wir schwanger sind, ist es auch nur logisch, dass wir zusammen niederkommen, ha ha." Ich schaue mir nochmal meine Tochter an. „Ein bisschen früher macht doch auch nix, gell mein kleiner Schatz?" Freya antwortet nicht. „Dass du so schnell mit einem Jungen in einem Zimmer schläfst, hätte ich auch nicht gedacht.", sage ich zu meiner Tochter. „Du bist mir vielleicht eine Früh-Reife!"

Das Kind schaut mich verständnislos an.

Da geht die Tür auf und fast meine gesamte Verwandtschaft stürmt herein:

Zuerst Mama, dann Julia, dahinter Papa und Nick. Aber damit nicht genug: Auch Anne's Eltern mit Mizzi und Matthis drängen sich durch die Tür. Im Nu ist das Krankenzimmer voller gesunder Leute.

Kapitel 42
Aktenzeichen X

„Ich weiß jetzt, wer verhindert hat, dass unsere Privatschule nach Nickelshausen kommt.", verkündet der Ecki.

„Ach.", sach ich. „Du bist awwer früh dran! Seit einem Tach weiß ich es auch schon."

Der Ecki macht so'n enttäuschtes Gesicht.

„Woher weißt….". Die Mizzi kommt ins Wohnzimmer geschlendert.

„Du Mama, der Till und ich wollen mit dem Fahrrad zum Schwimmbad fahren. Darf ich?"

„Ab mit euch!", sach ich. „Awwer nur üwwer den Fahrrad-Weg!", ruf ich der Mizzi nach. „Un des Dreimeterbrett lässte schön sein, gell!"

Die is schon verschwunne. Seit die Ferie hawwe, sin die Kinner ständich mit dem Fahrrad unnerwegs.

„Du traust deiner Tochter wohl gar nicht?" Der Ecki baut sich vor mir uff.

„Sind die Kinder denn schon mal auf der Hauptstraße gefahren?" Jetzt schnappt der mich un küsst mich. Also gell, ich krieg noch immer Gänsehaut, wenn mei Mann mich anfasst.

„Nun entspann dich mal, Körnchen! Die Mizzi weiß genau, wo sie fahren darf und wo nicht."

Des Kind fängt an zu piepse. Unser Paul, der schreit net, der piepst wie so'n kleiner Vogel. Un sei Schnäbelche sperrt der beim Füttern ach uff, wie'n Piepmatz.

„Des Kind schreit. Der hat schon widder Hunger. Des is'n kleiner Nimmersatt."

„Ja, dem gefällt deine Nahrungsquelle genau so gut wie mir." Also, des ich typisch mei Mann! Zu meinem Busen 'Nahrungsquelle' zu sache, des is 'ne Frechheit! Zu seine Kinner hat der sogar gesacht, es gäb Limo un Cola an der Quelle bei mir. Die hawwe des tatsächlich geglaubt! Die Anna hat mich gefracht, ob sie ach trinke dürft.

„Hast du auch Apfelsaft? Das trinke ich nämlich lieber.", hat se mich gefracht.

„Nee, bei mir gibt's nur Milch.", hab ich se uffgeklärt. Ich musst mich beherrsche, dass ich net lache musst.

„Un ich glaub, die würd dir net schmecke."

Die Anna hat mich ganz ungläubich angeguckt un hat gesacht:

„Okay, dann lassen wir's."

Die Anna trinkt nämlich überhaupt keine Milch. Des wusst ich. Gottseidank war ihr kleiner Bruder net in der Nähe. Der hätt nämlich gesacht, dass er Cola will. Der is total scharf uff des Gesöff.

„An was denkst du, Körnchen. Du hast so ein süffisantes Grinsen um deinen hübschen Mund."

„An deine Sprachkünste denk ich."

„Sooo, das ist ja interessant." Er küsst mich widder un ich bin ach widder elektrisiert.

„Ja, und an Limo und Cola." Jetzt lacht der Ecki. Ich denk, der weiß an was ich denk.

Ich hab den Paul inzwische an mein 'Nahrungsquelle' angelegt und der hat widder zugebisse, dass mir's ganz schwarz vor Augen geworde is.

„Willst du denn gar nicht wissen, was ich auf dem Ministerium herausgefunden habe?"

„Nee, nur von wem du's erfahre hast, will ich wisse. Ich weiß es nämlich auch seit gestern."

„Von wem weißt du…." Jetzt kommt der Matthis zur Tür rein. Der sacht:

„Ich weiß was, was ihr nicht wisst."

Kapitel 43
Aktenzeichen X gelöst

Man soll das echt nicht glauben:
Gestern Abend waren wir bei Anne und Eckhard eingeladen und haben erfahren, dass der Opa vom Till seine Beziehungen zum Minister hat spielen lassen und erreicht hat, dass erstens die Privatschule nicht nach Nickelshausen kommt und zweitens, dass sein Enkelsohn bis zum vierten Schuljahr in Nickelshausen zur Schule gehen darf.
„Der Minister und er waren Klassenkameraden.", hat der Eckhard herausgefunden. „Mein Klassenkamerad hat's mir geflüstert.
„Wer is dann dei Klassekamerad?", hat die Anne ihn gefragt.
„Das rätst du nie, Körnchen."
„Deshalb frach ich doch.", meinte die Anne trocken.
„Der Herr Ministerialrat Gettmann."
„Was?! Der Arsch?", ist es mir entfahren.
„Ja, dieser Streber-Arsch.", hat uns der Ecki aufgeklärt. „Ich wollte eigentlich nie wieder was mit ihm zu tun haben. Aber vor Kurzem, auf unserem Klassentreffen, ist der mir auf die Pelle gerückt und hat gemeint:
„Du bist doch Arzt, oder?"
Als ich ihm das bestätigt habe, wollte er von mir medizinische Details über Diabetes wissen."
Der Eckhard hat die Augen verdreht.
„Ich hab zu ihm gesagt, er soll doch in meine Praxis kommen, da könnte ich ihn mal untersuchen."
Dieser Kerl wollte doch tatsächlich auf einem Klassentreffen kostenfrei und ohne Anstrengung einen Arztbesuch einsparen! Für mich keine Überraschung. Ich kenne diesen Typen von den Schulleiter-Dienstbesprechungen. Ein unangenehmer Schleimer!
„Und wisst ihr was?! Der Gettmann ist tatsächlich gekommen. Da hab ich erfahren, was er beruflich macht. Hat mich eigentlich überhaupt nicht interessiert."
Der Eckhard lacht:

„Naja, und da habe ich ihn bei seinem letzten Besuch ausge-quetscht. Ich hab ihn gefragt, ob er denn etwas über die Privatschul-Gründung in Nickelshausen weiß."

„Und wie bist du darauf gekommen, dass der Opa vom Till in der Sach drinsteckt?" Die Anne wusste bereits **vor** dem Eck-hard, wer der Übeltäter war.

„Nun, er hat mächtig ausgepackt. Er wusste ja nicht, was ich mit der Sache zu tun habe und hat mich gefragt, ob ich einen Herrn Böck kenne."

Der Gettmann hat ihm dann erzählt, dass man diese Schul-gründung gar nicht gerne sieht. Und überhaupt ist diese Schulleiterin Frau Berger bei dem Herrn Minister ziemlich unbeliebt. Denn sein Schulkamerad Böck hat dem Herrn Minister auch schon einige Dinge über 'diese Frau' erzählt. Gottseidank ist ja der Herr Schulrat Breuer endlich pensio-niert. Der hat dieser Frau immer die Stange gehalten. Völlig unbegründet!

Und dann sei die Rettung gekommen:

Der Herr Böck hatte diese Idee gehabt mit dem Fortbestand der 'Dependance', wie man das jetzt nennt.

So hätte man zwei Fliegen mit einer Klappe geschlagen:

Das Aus der Schule ohne Umstellung für seinen Enkelsohn und die Verhinderung der Privatschule, die dem Herrn Minis-ter sowieso nicht gefällt.

„Und wie hast **du** erfahren, dass der Böck das Ganze ausge-heckt hat?", hat der Eckhard die Anne gefragt.

„Die Magdalena hat's mir gestern gesagt. Die wollte es nicht mehr für sich behalten, nachdem sie wusste, dass ihr Schwiegervater erreicht hat, was er wollte. Sie hat niemals daran geglaubt, dass Tills Opa am Ministerium erfolgreich sein würde mit seinen Ideen." Die Anne schaut ganz traurig bevor sie weiter redet:

„Naja und seit gestern weiß es ja jedes Kind, dass die Privat-schule nicht kommt."

„Dass wir uns das alles so gefallen lassen, das ist dem Herrn Ministerialrat Gettmann wohl nicht in den Sinn gekommen?" Ich habe diese Frage eigentlich als Feststellung gemeint.

215

„Nun, ich habe mich mal schlau gemacht, ob sich die Nickels das gefallen lassen und - ja, das tun sie.", antwortet mir der Eckhard.

„Wie bitte?", haben wir alle wie aus einem Mund gerufen.

„Na, die finden das prima!"

Das ist ein Zeichen dafür, dass die Nickels nur aus einem Grund für die Privatschule gekämpft haben:

Damit die Kinder in der Nickelshausener Grundschule bleiben können!

„Deshalb können wir dem lieben Herrn Böck doch herzlich dankbar sein.", meint mein pragmatischer Ehemann jetzt, nachdem wir eine Nacht darüber geschlafen haben.

„Wie meinst du das?", frage ich, aber ich weiß die Antwort.

„Überleg doch mal! Die Nickels wollen im Grunde genommen, bis auf wenige Ausnahmen, gar keine Privatschule. Wenn die Montessori-Schule gekommen wäre, ja dann wären die Nickel-Kinder treu und brav reingegangen."

„Und **ich** hätte weiterhin meine Ideale verteidigen müssen. Meine Ideen über Gesundheit, mein Konzept….."

„Du hättest weiterhin um alle deine Ideen kämpfen müssen bei den Nickels, genau wie bisher."

Mir fällt ein, was mein Sohn Nick zu mir gesagt hat:

„Mama, du glaubst doch nicht wirklich, dass die Nickels hinter dir stehen!"

Wie konnte er das blos wissen?

„Meine kleine Weltverbesserin, hat mal wieder an das Gute im Menschen geglaubt, gell?" Der Bär stellt ein Glas Malzbier vor mich. Er zwingt mich, das Zeug zu trinken. Das Gebräu ist mir viel zu süß! Lieber würde ich ein echtes Bier trinken, aber das hat mir mein böser Hausarzt verboten.

„Wenn du mit dem Stillen aufhörst, darfst du wieder."

Nicht mal ein Glas Champagner haben sie Anne und mir auf Wunsch gebracht, als wir im Krankenhaus auf unsere Kinder anstoßen wollten!

Aber die wussten nicht, dass wir den Champagner doch bekommen haben. Papa hat ihn uns geliefert.

Dem geht es Gottseidank seit ein paar Tagen wieder etwas besser.

„Es geht wieder aufwärts mit ihm.", hat Mama gesagt. „Aber ins Land der 'begrenzten Unmöglichkeiten' will er nicht mehr. Die Amis sind ihm zu intolerant."

Kapitel 44
Erstens kommt es anders, zweitens als man denkt.

Es ist Mitternacht. Ich kann mal wieder nicht schlafen. Seit drei Monaten arbeite ich nun schon ausschließlich in der Praxis meines Freundes Eckhard Herz mit. Es gefällt mir, aus verschiedenen Gründen:
Erstens kann ich immer in der Nähe meiner Puppe und meinem kleinen Püppchen sein, und zweitens brauche ich nie mehr bei Nacht und Nebel aufzubrechen um zum Beispiel nach Afrika, Indien oder in die Emirate zu fliegen.
War ein schöner und ereignisreicher Job, aber auf die Dauer für einen Großvater wie mich, etwas zu anstrengend. Ich bin ja nun nicht nur Papa einer zuckersüßen Tochter geworden, sondern auch Opa von Zwillingen, die ich noch gar nicht kenne.
Leider konnten Liz und ich unsere Enkelkinder Freddy und Eliza noch nicht sehen. Die Reise über den großen Teich wäre für fast alle Beteiligten zu beschwerlich. Dank Telefon und Internet können wir jedoch täglich miteinander kommunizieren. Wir wissen, dass unsere Enkelkinder wohlauf sind und wir bekommen auch fast täglich neue Fotos zugesandt. Sie sind ganz unterschiedlich ausgefallen, die beiden Racker, wie Barbara sie nennt. Von ihr haben wir auch folgende Informationen bekommen:
 Freddy, ein sehr stilles und in sich gekehrtes Baby, sieht aus wie Barbara: blaue Augen, blondhaarig. Eliza ist lebhaft und aufgekratzt, und mit ihren großen braunen Augen und dunklen Haaren, ähnelt sie ihrem Papa.
Die Eltern meines Schwiegersohnes sind zur Taufe meiner Tochter Freya aus Dallas hier her gekommen, um dem Kind 'den Kopf zu waschen'. Schon bei Barbaras Hochzeit hatten sie versprochen zu diesem Ereignis zu kommen, ohne wirklich zu wissen, dass diese Zermonie immer in ein Besäufnis ausartet. Sie waren sehr tapfer. Nur am Tag darauf ging es ihnen nicht so gut. Von unserer Familie und Freunden waren sie total begeistert. Nach einer Woche hatten sie jedoch

schon Heimweh nach ihren Enkelkindern. Tja, so ist das, wenn man Großeltern wird.

Eigentlich hatten der Eckhard und ich, die 'Kopfwäsche' schon direkt nach der Geburt von Freya und Paul (Neugeborener von Anne und Eckhard) vorgenommen. Wir haben sie aber gerne noch einmal wiederholt.

Das war vielleicht ein wunderbares Zusammentreffen von Zufällen, was wir in der letzten Zeit so erlebt haben:

Zuerst der unwahrscheinliche Zufall, dass meine Puppe und Max, der Mann meiner Kollegin Katja, sich auf dem ersten Montessori-Wochenende kennen lernten. Und dann die Sache mit dem Handy, weswegen ich beinahe einen Riesenstreit mit Liz bekommen hätte:

Ich hätte es ja wissen können: Bereits in unserer ersten Schwangerschaft ist es wegen einer Freundin fast zur Trennung zwischen Liz und mir gekommen. Meine Ex-Kollegin Lea, die wirklich nur eine Freundin war, hatte bei meiner damals schwangeren Frau eine Riesen-Eifersucht hervorgerufen. Ich war davon ausgegangen, dass es Liz bekannt war, dass Lea lesbisch ist.

Lea hatte damals eine schwierige Phase und ich habe ihr viel geholfen. Als frisch gebackene Ärztin war sie von ihrer langjährigen Freundin verlassen worden. Lea war nicht mehr in der Lage, irgendwas in ihrem Leben zu regeln. Ihre Freundin Erna war ebenfalls Ärztin und hatte in der Klinik auf derselben Etage ihr Zimmer wie Lea und ich. Wir drei waren ein echtes Freunde-Trio und haben auch privat viel zusammen unternommen. Dann kam der große Knall und Erna zog aus, weil sie sich an der Charité in Berlin beworben hatte. Deshalb habe ich Lea auch nicht einfach so fallen lassen können, obwohl ich verheiratet war und meine Frau schwanger war.

Naja, zugegeben: Manchmal hat Lea auch mitten in der Nacht angerufen und mich um Hilfe gebeten. Das war für meine Frau wirklich nicht leicht zu aktzeptieren.

Dann hat sie hat mich vor die Wahl gestellt: „Entweder Lea oder ich."

Lea war sehr vernünftig, als ich ihr erzählte, dass wir uns nicht mehr sehen könnten. Ich bin noch eine ganze Nacht bei ihr geblieben, habe zusammen mit ihr die wichtigsten Dinge geregelt und habe mich dann am nächsten Tag endgültig von Lea verabschieden wollen.

Als ich am nächsten Abend nachhause kam, war meine Frau jedoch versöhnlich gestimmt und wir haben Lea sogar zur Patin unserer Tochter Barbara gemacht. Helmut, der Freund meiner Frau, hatte ihr tüchtig ins Gewissen geredet. Ein bisschen war ich auch immer auf Helmut eifersüchtig, weil Liz zu dieser Zeit öfter mit ihm zusammen war, als mit mir. Das lag aber eher daran, dass ich so oft unterwegs war.

Danach war Liz jedenfalls nicht mehr eifersüchtig. Nicht mehr, bis vor ein paar Monaten.

Ich hatte diesmal wenig Mühe, Liz davon zu überzeugen, dass ihre Eifersucht unbegründet war, weil sie selbst herausgefunden hat, dass sie sich das alles nur eingebildet hatte. Deshalb hat sie sich auch sehr geschämt. Was wäre ich für ein Schurke, eine Frau, die hochschwanger ist, sitzen zu lassen! Da war ich doch ziemlich beleidigt, dass Liz so etwas von mir angenommen hat, obwohl sie nie einen echten Grund dazu hatte. Auch bei Lea nicht. Scheint bei ihr tatsächlich mit den Schwangerschafts-Hormonen zusammen zu hängen!

Ein weiterer Zufall war das Zusammentreffen des Geburts-Tags von Paul Herz (Eckhards Sohn) und Freya Berger (meinem Püppchen).

Es geschah am selben Tag. In weiser Voraussicht hatten Eckhard und ich ein Doppelzimmer im Krankenhaus freihalten lassen, da wir so etwas geahnt hatten. Die beiden Frauen Anne und Liz waren nämlich scheinbar am selben Tag schwanger geworden. Deshalb war es auch anzunehmen, dass die Kinder vielleicht am selben Tag geboren würden. Wir hatten sogar schon unsere Vertretung in der Praxis organisiert. Unsere Kollegin Katja hat das übernommen.

Sie und Max sind übrigens auch Mitglieder unseres Vorstands für die Privatschule. Ebenso ist die Frau Zorn, Mama der verstorbenen Jana, Förderin und Vorstands-Mitglied unseres Vereins geworden. Sie leistet wertvolle Arbeit, aus dem Vorstand wäre sie nicht mehr wegzudenken. Im Hause Herz hat sie bereits ein eigenes Zimmer, wo sie immer übernachtet, wenn Abend-Veranstaltungen anstehen.

Sie ist auch zusammen mit Anne im Land herumgefahren und hat sich alle Grundschulen in der Nähe von Nickelshausen angesehen, die vor Kurzem geschlossen wurden.

Es hätte ja keiner gedacht, dass die Nickelshausener Grundschule nach den Sommerferien nun doch geöffnet bleibt. Am Allerwenigsten meine Frau und ich, hatten wir doch geplant, das demnächst leerstehende Gebäude für unsere Privatschule zu nutzen.

Nun gibt es nach dem XXL noch einen weiteren Verräter in unserer Mitte: Der Opa vom Till.

„Aber ich habe das doch nur gut gemeint!", hat der alte Herr Böck zu seinem Enkel Till gesagt. „Nun kannst du während deiner ganzen Grundschulzeit zu Fuß zur Schule gehen, anstatt mit dem Bus zu fahren."

Der Eckhard hat uns erzählt, dass der Till nicht mehr mit seinem Großvater redet. Dessen Einmischung in diese Angelegenheit nimmt er ihm sehr übel.

„ Der Till will zur Privatschule gehen, und das nicht nur, weil die in Nickelshausen stehen würde. Wenn sie woanders aufgemacht wird, dann will er dort hin gehen, auch wenn er nicht zu Fuß gehen kann. Es geht ihm um die Schule und nicht um die Entfernung zur Schule."

„Ich glaube, die Ablehnung, die der alte Böck durch seine Familie erfährt, ist für ihn Strafe genug.", meint meine Frau.

Liz , der Gutmensch! Sie sucht für jeden Übeltäter eine Entschuldigung für seine üble Tat:

„Er hat's bestimmt nur gut gemeint."

„Der hat nur an sich gedacht, der Scheißkerl, gell!", hat die Anne gekontert. „Der will nix mit Montessori zu tun haben, weil er net will, dass sei neu Enkelin Inge zu dir in die Schul gehe muss."

„Da könntest du auch wieder Recht haben.", antwortete mein Gutmensch. Sogar Arabisch hat sie gelernt, damit sie ihre neue Schülerin aus Syrien begrüßen konnte. Ich finde, sie übertreibt manchmal mit ihrer Fürsorge. Aber so ist sie nun mal, meine Puppe. Ich liebe sie so wie sie ist. Allmählich merke ich, wie ich müde werde.

Ich schleiche ins Schlafzimmer, um mich endlich hinzulegen. Die beiden Mädels liegen nebeneinander und schlafen friedlich. Ich muss sie einfach noch eine Weile betrachten. Ein schwaches Mondlicht scheint durchs Fenster und beleuchtet ihre Gesichter. Sie sind sooo schön, die beiden!

Was habe ich doch für ein Glück im Leben gehabt!

Elisabeth Bonner

Jahrgang 1951, wohnhaft im Saarland, verheiratet, ein Sohn

1969 Abitur in Bonn

1972-1975 1. und 2. Staatsexamen für Lehramt an Grund- und Hauptschulen an der Pädagogischen Hochschule in Bonn

1975-1983 Grund- und Hauptschullehrerin in Rheinland-Pfalz

1983-1985 Umzug der Familie nach Texas und Californien, Ehrenamtliche Tätigkeit in einer Tagesstätte für ‚Handicapped-People'

1985-1996 Lehrerin an einer Grundschule in Rheinland-Pfalz mit zahlreichen Fort- und Weiterbildungen im Bereich Integration und Reformschule

1996-1999 Aufenthalt in Nord-Frankreich
Tätigkeit als Austausch-Lehrerin im Bereich 'Ecoles Primaires'

1999 Rückkehr ins Saarland und Lehrerin an einer Erweiterten Realschule

2003-2008 Schulleiterin einer Grundschule in der Nähe ihres Wohnortes

2008-2010 Rektorin an einer benachbarten Grundschule

2010-2012 Montessori-Diplom-Kurs und Gründung einer Privatschule

2012-2014 Lehrerin an einer Montessori-Grundschule

Seit 2014 im Ruhestand und in der Flüchtlingsarbeit als ehrenamtliche Lehrerin von 'Deutsch als Zweitsprache' tätig

2017 Erstes Buch „Reden ist Silber, Schweigen ist Quatsch„
         BoD ISBN: 9783743153509